丫頭有福了 1

風文創 615

秋鯉 著

目錄

序

秋鯉

親愛的朋友，我希望你是在讀完這本書之後，覺得這個作者的腦洞還滿有意思，那麼我將萬分滿足。

由於受家庭環境的薰陶，我從小就喜歡閱讀，從而開始寫作，開始將自己的故事一個一個寫出來，寫給你們看並給予褒貶，冥冥之中，自有其緣。

我感激這種緣分。

書籍陪伴我們成長中的每一個過程，一本書一個故事，故事有喜怒哀樂，有起承轉合，很多時候，閱讀故事的我為故事裡頭的人物歡喜，也落淚。

同時，後來寫故事的我，也同樣曾經為書裡的人物歡喜或者淚流。

生命就像一次高空拋擲，會被投到什麼地方，我們都不得而知。有時我們要單獨面對寂寞，有時又需要我們自己對抗孤獨，而生活除了寂寞跟孤獨，還有苦難和挫折。每當此刻，我都萬分慶幸自己在幼年學會了閱讀。

高興時，閱讀一本喜歡的書作為對自己的獎勵；難過鬱悶時，更要去閱讀，轉移痛苦。所以書籍也在側面反映著我們的成長過程。成長不可避免要遇到陣痛，沒有誰終生都不必經歷一點苦難，也沒有誰從頭到尾都是一帆風順。

我所感激的是，書籍在成長過程中給了大家正面的力量，它讓人看到苦難總會過去，幸福是可以期待的。不囿於曾經的苦難、不陷入痛苦而無法自拔，並從痛苦中堅強地走出來，這足以使得每一個有此經歷的人驕傲。

《丫頭有福了》這本書便是如此創作出來的。雖說幾經轉折，幾經反覆，有時候在深夜也會為自己文中的形形色色所感觸，也會為某一個人物故事萬分自責，但終歸圓滿。

創作的過程像經歷過的青春，年少的張揚肆意、囂張跋扈，直到最後，繁花落盡，露出枝頭的果實，而我們也從其中學會妥協，懂得珍惜。

我所表達的，是希望每一個靈魂在展望這個世界的歷程中，多多記得那些開心的、高興的事，淡化那些痛苦或者不愉快。就算不能忘記，也要放在心底，然後，堅毅、勇敢、快樂地度過屬於自己的每一天。

希望每一個讀到本書的朋友，在閱讀到某處，都能體會到作者創作時的奇思妙想，讓兩個靈魂在書中握手。

寫下這篇序文時，窗外陽光正好，亦寒風大作，我關著窗，留下陽光，擋了寒風。

願，天高水闊，比鄰安好。

第一章

褚隨安站在人群裡，摸了摸包袱裡頭的半塊窩窩頭，竭力壓住心裡的焦急，可又怕面容顯得太平穩，讓那些選人的牙婆們覺得她可有可無，不樂意選她，所以努力睜著大眼，不錯過任何一道看過來的視線。

可那看過來的視線卻帶著嫌棄。「哎呀，怎麼還混了個黃毛丫頭在裡頭？瘦巴巴的，能搬動兩斤柴？」

這話一說完就引來一陣哄笑，是周圍同樣賣身孩子們附和的笑聲，尤其有幾個已經被定下來的笑得格外大聲。

隨安能夠理解這種笑聲。不過是下位者對上位者的諂媚而已，不過是生存的手段，就是落在自己身上，聽著刺耳。

褚隨安動了動嘴，剛要開口說話，一個認識她的人牙子替她解了圍。「老姊姊難得也有走眼的時候。她爹是上水鄉里的褚童生，只是時運不濟，趕考的時候偏得了重病，這丫頭跟著也識了好些字，我拿了一本書試她，唸得挺流利……」

他這樣一說，周圍的目光又一下子變了，大部分人目光中少了嘲諷，添了幾許意味不明，還有幾個小孩子的眼光裡竟然也摻雜了嫉妒。

褚隨安見有人替自己出頭，連忙感激地朝那人行禮。

牙婆們則互相交換著眼色。這年頭識字就好比懂得第二語言一樣，有這項技能，總歸是條混飯的途徑。

當下的大戶人家時興給孩子請先生在家坐館，這先生都請了，自然也要配上幾個識字的伴讀，或小廝、丫鬟之類，所以像褚隨安這樣的，就有了市場。

人群之中有個婆子動了心思，笑著問她。「那妳是打算簽活契還是死契？」

隨安深吸一口氣，定了定神，先福身行禮，才答道：「回這位大娘的話，死契、活契我都會好好幹活，我爹爹病得不輕，家裡急需用錢。」

「喲，妳這孩子倒有幾分孝心，只是妳這瘦巴巴的，不怪我老姊妹走眼。主家買了妳去，可得好好地養兩年呢，這要是簽了活契，那不成替妳爹養閨女了？」

聽在耳朵裡頭總像是養兩年再殺的感覺，隨安的心七上八下，咬了牙道：「大娘，我吃得不少，就是長不胖。」

她的胃隨著這句謊話狠狠地抽搐了一下，但隨安打定了主意要把自己賣出去，這會兒別說胃不服，就是肺造反，她也能毫不留情地鎮壓下去。

那婆子粲然一笑。「行了，都說日行一善，我先把妳定下來吧！我這裡倒有些個伴讀的活計，只是妳能不能幹得了卻不是我說了算，將來主家若是相不中，那也沒辦法，就當我損失幾頓飯錢了。」說著示意身邊一個黑瘦的男人拿了定契的紙出來，又鬆開荷包數了一百文錢。

隨安先接了契紙在手裡，一目十行地掃了一遍。

「小丫頭可認得這是什麼？」黑瘦子嘿笑著試探。

「大叔，這是定契的合同，寫了先下訂金，若是我將來尋不到主家，這訂金還要退回的。」她認真地回答。

那婆子其實也提著心呢，聽見她說得有板有眼，眼裡有了一分笑意，只是又迅速斂了回去。

隨安按了手印，接了訂金，轉身便把錢交到陪同自己來的同村人李松手裡，囑咐他拿了錢先去給自己爹買藥。

李松心裡慌慌的，低聲道：「隨安，這錢……」剛才那女人說了，要是人家相不中，這錢還是要退回去的，若是買了藥，那以後拿什麼還人家？

隨安知道他要說什麼，堅定道：「松二哥，你先拿藥給我爹看病，我一定會留下的。」她也不想賣了自己，可難道要眼睜睜看著爹爹病死？

其實直到此時，前世的記憶依舊鮮明。初初考上軍校，年輕氣盛，見了幾個騙子設陷阱，看不過去，上前揭發卻被人從臺階上推了下來，醒來卻換了世界……

說是穿越，這身體的記憶卻一清二楚。亡故的母親，柔弱的父親，印在心底。待要說是黃粱一夢，卻又清晰記得前世剛拿到大學錄取通知的喜悅、辭別家人獨自北上的感傷，還有摔到臺階上的痛，以及暈過去之前，眾人扭曲的面容……

然而她此時卻真真切切地站在這裡，父親褚秋水是自己唯一的血脈親人。賣身為奴是這時代的世道規則，站在生跟死的邊緣。對她來說，選擇並不困難，她賣身，褚秋水就有活下去的希望，她堅持要做獨立的自己，褚秋水就只能死了。

隨安家的境況已經差無可差，父女倆到了每天連一頓飯都吃不飽的地步，鄉鄰能周濟一時，卻不能周濟一世。

李松想到隨安這一去來回也要好幾日，自己去山裡尋尋，說不定能抓到山禽之類的野物，到時候賣了錢，再尋人借些，湊上一百文錢應該算容易。想通了這才放鬆心神，又一個勁兒地叮囑她，要照顧好自己。

隨安深吸一口氣，為自己鼓了鼓勁，跟李松約定了三日後在這裡聽信後，手腳並用地上了牙婆的驢車。

可是，她這番乖覺並不能令牙婆開心。她點了點人數，再看一眼坐在車邊的隨安，對趕車的黑瘦子道：「我總覺得是個賠錢的買賣……」

隨安鬱悶地垂下頭。牙婆這樣一說，她都覺得若是不能順利賣了自己，都有點對不起人家了。

怕什麼來什麼，頭一家連主母的面都沒見就被管事的拒絕了；到了第二家，雖然見了主母，但是一句話也沒問，仍舊是不留……

牙婆的臉色越來越不好。「這是最後一家了。他們家雖然是這二十年才漸漸起來的，可規矩比先前那些還大。」

一路上，隨安從孤注一擲到幾乎絕望，最初的那點孤勇像被戳了一針的氣球，快消耗得丁點兒不剩，見牙婆主動說話，連忙問道：「大娘，他們家是做什麼的？」

「說起來也不差。正四品的武官家，大老爺現在在外頭帶兵，是個將軍，還跟妳同一個姓；不過，這門裡的爺們沒幾個喜歡唸書的。」後頭一句直如一盆涼水潑到隨安身上。

進了褚府，她呆呆地跟著眾人一道下拜，忽然一道清脆的聲音直戳腦門。「既然是給我選人，怎地我不能做主？」

隨安被這一聲拉回心神，飛快看了一眼，只見一個身著大紅色披風、高挑個子的男孩從正廳旁邊的一道門走進來。

上首主母的聲音帶著笑意跟歡喜。「怎地不能做主？自然是選你中意的呀！你來看看這幾個，都識字，模樣周正，年紀正好比你大幾歲，看著性子也沈穩，在書房裡頭伺候不錯吧？」

隨安的心直墜深淵。即便再來個人選，也不會從她們這些刷下來的人裡頭挑選，就算牙婆有心推薦她，也不敢當面反駁主母的決定。

大紅的身影圍著那選出來的幾個丫鬟走了一圈，一邊走，一邊點頭。「是，一個個花枝招展的。不過我話說在前頭，我這書房連著幾個哥哥、姪兒們的書房，這些丫鬟別看我年紀小，三兩步地竄到人家床上……」

這話委實刻薄，卻不知這府裡是不是真有這樣的事情？

上首的主母忽然不說話了，廳裡鴉雀無聲，隨安小心地呼吸，終於又聽到主母開口。「那依你的意思再選幾個吧！」

也就是說，先前選的人都不算。隨安心中一動，隨即飛快地抬頭，目光熱切地看向那手握決定權的紅衣少年。

這時，少年的眼光也正好看過來。

方才他那刻薄的話一出口，先前以為自己能入選的丫鬟們紛紛紅了眼眶，沒入選的也覺得伺候這樣的主子不是好差事，已經有不少人退縮。

可隨安不在乎，她嘴巴緊緊抿著，牙齒咬著內側嘴唇，幾乎要咬出血來，目光迎著那少年的視線，彷彿在說，我絕不會跑到別人的床上去。

紅衣少年正是府裡的九爺褚翌。隨安的目光教他不由得片刻恍神，見她長相只能算中等，臉容細瘦，襯托得一雙眼睛又大又亮，散發著渴求的光芒。

褚翌沒由來地想起白錦緞上襯著的兩顆黑珍珠，再看一眼隨安，心裡倒有一些說不清、道不明的可惜。

或許是那雙眼睛裡的渴望太過於強烈，或許是大家都退縮了，只有她不懼不畏，倒教他多頓了一下，隨即抬手指了一下。「就留下她好了，我那書房又不大，她一個人夠了。」

上首的主母目光看了過來，隨安連忙雙膝跪地，依照規矩將目光定在面前的地面上。

「醜了些……」主母嫌棄。

隨安的自尊碎了一地。九爺不耐煩，揮了揮手。「家裡模樣俊的還少嗎？我這書房安一個醜人正好。」

九爺走了，主母不知想到了什麼，徑直愣神，牙婆跟著管事娘子出去結算，屋裡悄悄的，沒了動靜。

良久之後，主母才嘆氣說道：「這孩子任性，選了這麼個丫鬟。」她的目光重新看向隨安，似在詢問，又似在自言自語。「妳有什麼好呀？」

隨安拿不准是不是在問自己，猶豫著不知該不該回答？就聽旁邊傳來一個翠鳥般的聲音。「老夫人在問妳話呢，怎麼不回答？」口氣驕橫。

隨安忙直起身，目光直視前方地面。「奴婢生在鄉下，見識有限，不知自己將來如何，只有一顆忠心，請老夫人明鑑。」先表明自己身無所長是因為環境限制，又表示自己會忠於九爺，算是回答了剛才九爺那些刻薄之語，間接明志。

主母一聽笑了。「看著差了些，也算言之有物。」問隨安叫什麼名字，聽說她姓褚，又笑。「倒像是我們家生的奴才。」

隨安來前早知這家人家姓褚，也不訝異，無意間也博得老夫人一些好感。「既是劉牙婆送來待選的，那應該也識字。妳認得多少？」

說到這個，隨安多了幾分自信。「回老夫人的話，四書上的字奴婢都認得，只是意思僅僅粗通，學得不精細。」

她確實身無所長，女紅、廚藝全不中用，所以為了把自己推銷出去，只得把功夫下到學問上，把褚父的書大體都讀了一遍不說，還將論語背了下來。

不過任憑她之前付出多少，主母也並不在意，懶洋洋地回道：「行了，先留下看看再說吧！」一揮手叫人領她下去。

簽了契，交割了銀錢，李松一再保證會將褚父治好，隨安這才在褚府安頓下來。她伺候的主子便是先前留下她的那個九爺褚翌，是老夫人的嫡幼子，深得寵愛。她進府不多久，褚翌嫌書房嘈雜，老夫人便單給他開了一個院子讀書，這下連書房都是單獨成院。隨安能在這書房小院裡頭伺候，用其他丫鬟們的話說，「可真算是走了狗屎運」。

更讓隨安開心的是，有了錢看病買藥，父親的病也有了起色，這才教她打心裡快活起來。

第二章

只是，伴讀丫鬟的日子其實並不好過。

當今世道叛亂頗多，這幾年武將地位有所上升，褚府以武發家，褚家兒郎多上過戰場，褚翌更是七、八歲時就被褚元帥帶上戰場殺過俘虜，心性堅硬可見一斑。

他不愛讀書，只喜歡持刀弄棒，或者帶著小廝、奴僕之流對戰殺敵。隨安眼瞧著自己可能即將失業，若是這失業是解除契約攆回家，對她倒是好的，反倒白賺了那些賣身錢；可顯然大家都不是傻瓜，肯定是要轉手再將她賣掉，屆時說不定這境況還不如當下。

隨安發愁，尋思了一日，想了個法子。待褚翌再找人打仗的時候，她便借了身小廝裝束，上場做褚翌的敵方，頭兩次假裝不敵，後面幾次卻領著自己的小隊俘虜了褚翌的不少「兵馬」。

她用的是「田忌賽馬」法子，以最弱的牽制褚翌，剩下強壯的都去對付其他人。褚翌上了兩次當，再回頭就揪住隨安。「妳使詐。」

隨安自是不肯承認使詐，據理力爭，拿了書本出來給他看。

褚翌目光閃爍，從此再上先生的課，總算能坐得住了，只是更偏愛兵法、兵書。

他想讀懂兵法要略，就必須先識字，而只識字不通意義也不成，先生在講那些經藝，他便硬著頭皮聽了進去。

褚翌在玩樂上的時間少了，隨安大大鬆了一口氣，覺得自己總算沒有辜負這個伴讀丫鬟的名聲。

只是她伺候人也是沒多少經驗，往往按下葫蘆浮起瓢，顧得來這頭，顧不了那頭。最倒楣的一次，是褚翌在課上打了個哈欠，她也跟著打了一個，把上課的先生氣得直接捅到老夫人那裡。

這件事鬧得不小，先生氣得辭職，褚翌被老夫人罰跪，隨安則挨了十板子。木板子打在屁股跟大腿上，痛徹心腑，隨安險些覺得小命不保，更認定這次一定會被發賣了。事實上，老夫人也是如此決定的，誰知褚翌知道後竟然主動開口要求她留下。

一晃三年過去，隨安也長成一個十三歲的大姑娘，只是她臉皮厚實，書房院子裡頭什麼活都做，不矯情、不拿喬，女兒家的嬌氣在她身上一點也看不出來。

她變得更適應這個時代，卻保留了自己的特色。

這年的秋末冬初，連下了兩日細密小雨，天地間渾然一色。隨安才推開書房的窗戶，就聽見有人在外頭喊。「隨安在嗎？」

她抬頭望去，原來是褚府老夫人身邊的大丫鬟紫玉。

隨安應了聲，走到門前掀開棉布簾子，迎著人上前，笑著福了一禮道：「紫玉姊姊。」

紫玉握著她的手，笑盈盈地看了又看，隨安神色自若地請紫玉進門。「天冷，姊姊請進屋說話。」

紫玉望著她的臉，看了一眼四周，笑著道：「不了，老夫人叫了九爺身邊伺候的人過去說話。」

隨安一怔，道：「再過一刻鐘，林先生就過來了……」

紫玉顯然也知道。「老夫人說了，她那裡不著急，等妳伺候了九爺唸書再說。」說完拍了拍隨安的手，轉身走了。

隨安十分疑惑，不過仍舊先忙著書房的差事。

等褚翌進了書房，書案上筆墨紙硯俱全，左邊的茶碗裡，裊裊茶香升起，是他素日裡吃慣的碧螺春。

林先生是褚府的當家人褚元帥在戰場上救下的書生，聽說原來在嶺王的藩地也是小有名氣的才子，嶺王叛亂，他被趕上戰場，虧得撕下裡衣當白布條舉得早，這才沒成了刀下亡魂。

也不知道褚元帥怎麼想的，反正問明情況就將人送到了上京，正巧褚翌的師傅辭職，林先生便擔當起教導褚翌學問的任務。

在林先生之前，褚翌的先生已經走了六批，大部分是被氣走的，最早的那師傅還是當朝太傅。

隨著褚帥軍中的捷報頻傳，褚翌竟然忍了林先生很長一段時間。

隨安暗地裡腹誹。肯定是知道褚元帥大捷後要班師回朝，這才沒有把林先生氣走，畢竟如果褚元帥回來了之後發現先生沒了，少不得要吃一頓棍棒。

跟先生不同，隨安這個伴讀的飯碗倒是一直端得安穩。原因嗎？大概她比較耐摔打……

褚翌的表兄弟、王家的瑜少爺就挺喜歡隨安，還誇她。「你這個伴讀好，安靜、有唸書的樣子。」

褚翌從鼻孔裡哼笑。「道貌岸然。」

隨安面無表情。

褚翌問：「妳不服？」旁人不曉得，他可是一清二楚，別看隨安老是變著法子敦促他唸書，可她一聽先生唸書就犯睏。

隨安俯身。「奴婢並非不服，只是覺得，用道貌岸然這個詞來形容奴婢有些浪費。」

王子瑜跟褚翌聽了哈哈大笑。

林先生講完課便走，褚翌也跟著起身離開。隨安收拾好書案，從院子裡頭出來，往前走出半里路，才到了褚府的主母老夫人所在的徵陽館。

她在門口正好碰見了熟人，提著食盒從外頭進來，卻是老夫人身邊的大丫鬟，棋佩。

隨安見了棋佩，恭敬地見禮喊了一聲「棋佩姊姊」，又問：「姊姊這是打哪裡回來？」

棋佩笑著道：「外家太夫人過來，老夫人高興，說太夫人喜歡大廚房裡頭劉大做的千層酥，我這才去取了來。」又問隨安。「妳怎麼有空過來？」

隨安便道：「是老夫人命我等九爺下了學過來一趟。」

棋佩聞言若有所思，又牽了隨安的手一起進門。

一個、兩個的神神秘秘，隨安只覺得心裡發毛。

正房東邊的宴席室裡傳出一陣笑聲。

「妳在這裡等等，我去稟告老夫人。」棋佩說著鬆開她的手，提著裙襬進屋。

隨安應下，站在門外不由得緊張起來。

前幾年，她在府裡一直擔心父親的身體，好不容易等他身子骨養得有點起色，可聽李松說，秋裡下地翻土的時候又扭了腰……有個這樣溫柔到柔弱的父親，她雖然當初逼不得已賣身進府，但一直想著能夠出去奉養他晚年，最好能找個上門女婿。可這也只是她的妄想，目前，她連贖身銀子都沒有攢下來。

前年，老夫人身邊的一個二等丫鬟贖身出去，聽說交了足五十兩銀子。她這樣的，該妄自菲薄的時候就要毫不吝嗇的妄自菲薄——反正她覺得自己要是贖身，主家肯定不會要五十兩這麼多。然而，就是十兩銀子，她現在也沒有。

沒多久，簾子一晃，一個丫鬟出來，四周一望，見到隨安道：「原來妳在這裡，快進來，老夫人叫妳呢！」

隨安跟她進了屋子，垂眼到了老夫人跟前，站定行禮。「奴婢隨安給老夫人請安，給太夫人請安。」

上首的老夫人聲音溫婉，對著旁邊的一位老安人道：「母親，這就是九哥兒的伴讀丫鬟。」

王老安人笑著點頭。「這丫鬟行，看著乾乾淨淨，難得的是不見妖嬈，可見翌哥兒是認真讀書了。不像外頭那些看著花團錦簇，內裡不知做些什麼勾當？」

老夫人噗哧一笑。「母親可別偏向他說話，他哪裡是讀書的料子，只求他認識幾個字我就唸佛了。」

王老安人不理會老夫人，正色打量了隨安，又道：「這丫鬟眼睛好看，臉也圓圓的，有福相。」

隨安一聽這話，心一下子躥得老高，搖曳著像蘆葦一般。

一般誇人能誇到有福相的，八成接下來要說到姻緣。丫鬟們有福的……呵呵，大部分都成了老爺們的通房。

越怕什麼越來什麼。「這轉過年，翌哥兒就十五了——」

王老安人的話沒說完，碧紗櫥那邊突然走過來一個人。「母親，我昨兒拿來的彎刀放哪裡了？」

隨安一聽聲音就知道是褚翌。

褚翌一來，後頭的丫鬟們魚貫而入，捧盆遞帕。

隨安恨不得時間趕緊過去，她也好隨著人流退下，怎奈老夫人並沒有忘記她，正色問道：「叫妳來是有正事要問。林先生來了也有段日子了，妳可清楚他的喜好？」

林先生住在書房旁臨街的一個小院子裡頭，性子孤傲，不要伺候的人，老夫人便叫人傳話，命隨安多看著些，免得那些粗使的婆子不盡心，怠慢了。

隨安其實也僅僅是多關注了下林先生的穿衣吃飯，其餘的林先生不喜，她也沒有硬貼過去。

隨安恭敬地回道：「林先生喜歡穿棉布衣裳，飯食上偏向南方菜，飲茶極其講究，曾指點過奴婢兩次；林先生起居的地方不要人伺候，一切都是他自己收拾，說是在自己家裡也是如此。」

老夫人見她說得還算在點上，點了點頭，轉頭卻是對著王老安人解釋起來。「這位林先生，說得好聽點是降將，難聽點百無一用，偏您女婿不知被他灌了什麼迷魂湯，不僅巴巴地把他送了來，還自南方把他的家眷也找到，說是人在路上了，我這又要準備宅子，竟是沒有頭緒。」

王老安人笑了。「常話說客隨主便，妳儘量好好安排，他們識不識抬舉，又有什麼關係？」語氣裡頭對林先生並沒有多少尊重。

老夫人也點頭，道：「我是看九哥兒跟著他還算安生，也想著多一事不如少一事。」說著頓了頓，轉頭對著隨安。「妳既然曉得林先生的習慣，那林先生家眷要住的院子，還是妳去理一理，需要什麼，管妳紫玉姊姊要。」

來之前，紫玉的眼神教隨安發毛，現在一聽是這事，心裡大大鬆了一口氣。但是老夫人不重視的事，不代表她一個做下人的也能敷衍了事，面上依舊慎重地應下。

老夫人便對王老安人道：「您別看她年紀小，心裡倒是有一桿秤呢！」

褚翌在王老安人身旁嗤笑。

之後，隨安告退，老夫人才悄悄問王老安人。「您看這個丫鬟怎麼樣？我仔細看了有段時候，想把她放到九哥兒房裡。」

她說這話也沒背著褚翌，褚翌一聽就皺眉。「我不要什麼房裡人，也不要那破丫頭。」

王老安人拍了一下褚翌的胳膊。「我見你大哥哥都不敢這樣跟你娘說話。」老夫人是褚帥第二任繼室，先頭故去的原配跟繼室都留下了幾個孩子，現在也尊稱老夫人為母親。

褚翌遂不再言語，臉上卻不怎麼高興。

老夫人見他沒說話，這才對母親解釋道：「過完年就十五了，老大在他這個年紀都成親兩年了。先時我怕他性子不定，早成親說不定要鬧騰壞了身子，一直壓著，有上門說親的也被我推託過去。不過嶺王叛亂之事已定，老爺遲早要班師，我琢磨著等老爺回來，他這親事也要搬到檯面上說一說了，到時候若再往他房裡放人，顯得我們跟親家打擂臺似的，也讓新媳婦沒臉面。」

王老安人一邊聽一邊點頭。褚翌撇了撇嘴，起來告退。「七哥說平郡王尋了把好劍，兒子也想去看看。」

老夫人打發走他，又接著跟母親道：「隨安這丫鬟，寡言少語，心裡有數。您不知道，她剛來的時候，九哥兒拿著書當柴燒，整日裡說要學他爹當勞什子將軍，我都忍不住火氣捶了他好幾次。偏隨安問他的小廝，是不是當將軍不用唸書識字？又問那些兵法、陣法、要略是誰寫的？沒承想，九哥兒竟然聽到了心裡，打那以後雖然也是混日子，卻磕磕絆絆地熬了下來，好歹沒把師傅們氣死。我又暗地裡試了她幾次，對不是自己的財帛也不動心，難得的是這份定力；她又識字，放到九哥兒房裡，替他管著那些東西也還算穩當。

「現在九哥兒身邊的幾個丫鬟，不是年紀太大，就是大字不識一個，想抬舉也抬舉不起來；若是從外頭找，又不知要蹉跎多少時候才能尋一個可心的？」

王老安人緩緩點頭。「妳說得在理，不過，她年紀是不是還有些小？」

「小才好呢，趁早看出個好歹來。再說，難不成還指望她綿延子嗣？」反正又不是娶來做主母，丫鬟的身子壞了，老夫人自是不在意。

隨安還不曉得這些故事呢，老夫人身邊的大丫鬟們倒是知道一些，但是主子不明確地表示出來，誰也不會亂傳。

隨安這邊接了新活計，就忙著列單子。著意記下的一件事便是林先生是南方來的人，這裡的冬天格外冷，到時候家眷們來了，用的炭最好一次領足了，免得凍著客人，也免得她後頭跟著受累。

這樣條列下來，要添加的大約有二、三十件，如琉璃風燈、四季如意屏風、紅漆描金海棠花的托盤、黃底藍邊青花茶具等等，不一而足。

她這裡尋思了一通，覺得沒什麼遺漏的，便另外抄了單子，拿著去找紫玉。

誰知紫玉見了她，又是那種意味深長的笑，隨安那本來已經慢慢服貼的寒毛瞬間又直立起來。

她拿著單子，也不著急交給紫玉，只一味說軟話。「好姊姊，有什麼事您可得提點著我些，別只瞞著我，到時候一下子砸我頭上，我可找您抹淚。」

紫玉握住她的手，笑著捏了一下隨安的腮幫子。「小丫頭學會怨暢人了，我可不怕，只怕妳到時候喜得合不攏嘴，羞答答不肯出來見人呢！」

隨安心裡一沈。姑娘家怕羞，一般就是說定了親事，她年紀這麼小，不到放出去的年紀，那麼能教她怕羞的，也只有一個可能。

她心裡沈重，面上卻不敢顯示出來，仍舊纏著紫玉。「姊姊就跟我透露一二吧，免得我回去抓耳撓腮、想不通透。有那些琢磨的工夫，我都能給姊姊畫幾張花樣了。」

紫玉笑。「想妳才來的時候瘦瘦巴巴，誰想到這才過了三年就長成一個小美人兒了，不怪老夫人喜歡，就是我見了也喜歡呢！」又道：「真是好事，我只說一句，妳呀這輩子，可不就得好好伺候九爺吧！」

第三章

紫玉的話，隨安一下子就聽懂了。都說到要一輩子伺候，肯定就是通房丫鬟，至多混成個姨娘，已經是了不起的了。

隨安無心跟她再說下去，回去之後就關上門，悄悄數起自己的私房來，卻是越數心情越糟糕。她手頭的銀角子跟大錢加起來，統共也不到二兩，再加上過年過節偶爾得到的賞賜、幾根銅包金的簪子、一副細細的銀鐲子、幾副珍珠耳環，全部當了也沒多少。

當年她的賣身銀子是五兩，可她那時候瘦小，如今在府裡這樣養了幾年，想原價贖出去簡直不可能。

平日裡覺得自己省吃儉用，又不塗脂抹粉的，比起其他人尚且算能攢住錢的，可現下才發現努力了這麼久還是白忙。外頭的爹更無法指望。

既然存了出去的心思，主子身邊自然是不能過分去討好，討不來好，自然也就得不了多少賞賜。

徵陽館裡，老夫人已經拿定了主意，但想著距離褚元帥回府還有一段日子，她正好可多觀察觀察。

而褚翌知道母親的意思，卻在心裡冷笑。隨安這死丫頭，旁人只覺得她乖巧懂事，他卻知道她有多麼狡猾，腦袋裡頭又有多少主意。她想不遠不近地跟著自己，到時候好從府裡全身而退？也不想想若是身邊的伴讀丫鬟贖身出去，他這個主子臉上會不會有光？會不會以為他是身有怪病還是怎麼的，否則怎麼會連個丫鬟也籠絡不住？

想到這裡，覺得就算自己看不上她，但為了自己的名聲，將這破丫頭收到房裡也不錯，下次遇到她，便把這事好好地跟她說說，仔細瞧一瞧她驚慌失措的樣子！

接下來幾日，褚翌格外放了心思觀察，結果發現隨安依舊如同往常，似乎對於要成為通房丫鬟一事毫無所覺。

褚翌性子也上來了，偏要看一看她的真面目。但還沒等他找出點事來，林先生的家眷已到了河口，估計再有五、六日就能進京了。

「不是說約莫要在路上走大半個月？這才幾日就到了？」粗使婆子們也詫異。

隨安不清楚內情，卻知道自己不能怠慢了這一家人，著意去請了老夫人身邊的路嬤嬤。「到時候還請您老過去看著點，我年紀小，怕是哪裡有做不到的地方。」

路嬤嬤可是知道老夫人看不起林先生，聞言就有點猶豫。「這……要不到時候再說，我也拿不准那日有沒有時間。」

隨安存了說服她的心，笑了道：「老夫人著意叫我去，派了這差事給我，我也好奇他們南方那邊的人是什麼講究呢！這些事又不懂，也怕怠慢了客人，到時候抱怨給老爺聽，我自己挨一頓訓斥沒什麼，就怕失了九爺的面子。要是嬤嬤在，見多識廣的，也能對上話，比我一個毛丫頭不知強出去幾百倍！嬤嬤您往那兒一站，體面、風度又勝過我們百十倍。好嬤嬤，您就當可憐可憐我，千萬要去，有您在呀，我這腿不抖了，心肝也不顫了，也有主心骨兒了。」

路嬤嬤聽了心裡舒坦，便道：「那我到時就抽空走一趟，妳個小丫頭，可是機靈。」

隨安高興地謝了又謝，回去後，果然管家就打發人來問林先生家眷到京的確切日子；她又去找了紫玉，催促著庫房將東西發出來，一口氣領足了過冬的新炭。這一番忙忙碌碌的安置，倒是把心裡的懼怕淡去不少。

忙過一陣，好不容易閒下來歇歇腳，捶著腿自己嘀咕。「其實九爺也還是一個小孩子，他能知道什麼？」

「死丫頭，妳在說什麼？」

身後突然傳來褚翌的怒喝，隨安這才知道自己剛才竟然把心裡話都說出來了。

「請九爺安。」她連忙行禮。反正錯已經鑄成，能彌補一點是一點。

「行了，沒有外人，別假惺惺的給爺來這套。」褚翌惡聲惡氣地看著她。「說爺什麼也不知道？哼，知道的總比妳多，等妳進了我的房……」

話說了一半，故意不說，意猶未盡地斜睨著隨安。

隨安裝傻，故意做出怕怕的樣子。「九爺難不成要照一天三頓打奴婢？還是不給奴婢吃飽飯？」

褚翌卻突然臉色微紅。他想起自己今年春天夜裡煩躁，第二天一大早，母親就派了教導人事的姑姑過來說的那些事，再看看隨安還一副插科打諢的傻樣，抬腳就踹了過去，不過用的力道卻不大。

褚翌踹完就走，隨安自地上爬起來，拍了拍身上的土，這次終於管住了嘴巴，在心裡琢磨。也不知林先生的夫人過來，會不會打賞？要是她們不知道行情，一次就賞個十兩、八兩的……又想到自家老爹那文弱書生樣子，那時到府裡哭哭啼啼的來兩聲，沒準兒老夫人心一軟，可憐他無人奉養，就把自己放出去呢……

隨安想得極美，雙手捧著腮幫子，笑得眼睛都彎成彎月，連褚翌去而復返都不曉得。

褚翌想起自己跟那些粗混的漢子們在一起時，聽他們說家裡婆娘就要時不時收拾一頓才安生老實的話——難不成隨安也喜歡被人打？

因為懷抱著不可告人之目的，所以隨安在對待林先生家眷一事上，既用心又慎重，連帶博得林先生不少好感。

林太太進京這日，隨安特意穿了一身喜慶的棉紗小襖。褚翌跟著林先生前後腳進了書房，兩人俱是眼前一亮。

隨安臉小，皮膚又白，仔細一瞅，還真有點《詩經》裡頭手如柔荑、膚如凝脂的意思。也不知是不是林先生許久不見家人的緣故，這堂課講得有點生硬，最後直接顛三倒四，一句話說了好幾遍。

褚翌笑著站起來。「師母今日到府，學生也該去拜見，今日不如早下學方好。」又問隨安。「書房裡頭可有我的衣裳？換身鄭重些的。」

隨安伺候這位爺也是很熟練了，只是褚翌的個頭高，足足高出她一個頭半，搭披風的時候，隨安的手就顯得短了，踮起腳尖都搆不著。

褚翌撇了下嘴，極其輕蔑地給了個「蠢」。隨安大人有大量，不跟他一般見識。

林先生有一子一女，公子林頌楓，姑娘林頌鸞，從取名上就可看出林先生對林姑娘的重視。女床之山，有鳥焉，其狀如翟而五采文，名曰鸞鳥，見則天下安寧。

林頌鸞虛歲十五，本來在路上已經跟弟弟商量好了，見到父親的學生，要以師弟相稱。本來麼，學習講究的就是個先來後到，可不是以年紀論；他們林府雖然不是豪門望族，可也是世代書香，姊弟倆都是早早跟著父親啟蒙，褚家的少爺再早也早不過他們。

剛下轎子，就見到了褚翌。

彼時的褚翌身上穿了一件銀白色長袍，五彩絲攢寶石腰封在陽光下熠熠生輝，頭上戴著紫金冠，又繫了一件大紅色鑲金邊的五福如意披風，站在冬日的寒風之中，真個面如冠玉，身形如松柏，神采飛揚，教人見了覺得陽光都落到了他身上一般。

親人相見，林先生也不忘介紹兒女。褚翌站定，與眾人分別見禮。

林頌鸞的那句師弟突然就叫不出口。她下意識地撫了一下頭上的青絲，原本自傲的膚光勝雪、眉目如畫，一下子黯淡下去，連跟父親久別重逢都沒能使她更為歡欣喜悅。

相較而言，林頌楓更加耿直一些，直接道：「還以為武將世家的兒郎個個粗獷豪放，不想師弟竟是這般俊秀人物，以後少不得要常常打擾師弟，還望不要嫌棄才好。」這師弟說得毫不遲鈍，那是又親切、又自然。

林頌鸞聞言，連忙替他彌補。「讓師兄見笑了，我弟弟性子直爽，跟著父親學習又早，還請師兄多多包涵。」伸手扯了扯林頌楓的衣袖，不許他繼續多言。

褚翌一笑。「林姑娘過慮，林公子客氣了。」

林頌楓還要再說，林先生卻道：「天氣冷，進去再說。」

一行人到二門，隨安跟著路嬤嬤迎了上來。

隨安一邊噙著笑，一邊暗暗打量這家人。林太太是個面容白皙、身形嬌小的婦人；林公子一臉孩子氣；林姑娘身材中等、五官精緻，很是矜持。

林公子跟林姑娘手裡都拿著包袱，路嬤嬤迎上去之後，林姑娘更是將包袱直接抱到了胸前。

路嬤嬤熱情地說道：「林太太跟公子、姑娘這一路辛苦了，全家團圓，再好不過的事情……」

林太太大概不慣應酬，目光怯怯地看著丈夫，可林先生目無下塵，連路嬤嬤是誰都不大清楚，於此事無能為力。

褚翌咳嗽一聲，喊了隨安。「隨安，過來。」轉頭對著林太太道：「房子都是這丫鬟看著收拾的，若有不適合的地方儘管找她。路嬤嬤是母親身邊的嬤嬤，隨安有做不到的地方，可找路嬤嬤說話。」

林太太見連房子都準備好了，心底感激不盡，林頌楓跟林頌鸞則誤以為隨安是給他們的使喚丫鬟。

林頌楓把包袱往隨安懷裡一放，隨安小小的個頭完全被埋住了。林頌鸞見弟弟也不知讓著她這個姊姊，沒好氣地瞪了他一眼，瞪完想起褚翌在身邊，連忙彌補。「我們的行李那麼重，你自己拿著。」

林頌鸞又看了一眼隨安，頓時心裡更加不喜歡。一個下人丫鬟長得跟嬌小姐一般，穿得比她還好！

隨安的心一涼。這林家，別說賞賜了，連一句謝都沒有，剛才林姑娘的眼神跟小刀子一般，大宅門裡最要不得亂發善心。

她目的沒達到，之前費的工夫只當是用心當差了。見林頌楓聽了姊姊的話，果真過來接她手裡的包袱，便毫不客氣地還給他，笑著道：「林先生高潔，沒想到林姑娘跟林公子也這麼客氣。院子裡頭一切都是妥當的，林先生並不要人伺候，所以只有一個打掃院子的粗使，還有一個會做南菜的廚娘。林太太去看看若是還需要什麼，只管到九爺的書房院子裡頭來問奴婢。」

褚翌又在心裡冷笑。依他看，通篇就這「九爺」兩字是這破丫頭想表達的，讓這林家人知道她是自己的丫鬟——這會兒倒是知道拿他當擋箭牌了。

林頌楓沒在意，他剛進京，這一路的讚嘆還沒完，這會兒也沒心情關心這些小節。「這宅子可真闊，真大！」又問有沒有湖、占地多少畝等等。「南方多水，家宅裡頭有湖不算什麼，難得是北邊竟然也有湖。」

林頌楓是真心讚嘆，所以林頌鸞也就越發氣惱，覺得弟弟顯得太沒見識了。

路嬤嬤抿笑看著這一家人。今兒她算是開了眼，回頭也有話對著老夫人絮叨。

九爺的師兄弟？呵呵，當朝太傅親自給九爺啟蒙，太傅的學生才能算得上是九爺的師兄弟吧！

進了院子，林頌楓又嘆。「這院子比我們老家還大。」

林頌鸞笑得快沒脾氣，輕描淡寫地道：「北方宅子寬闊，跟南方的小巧玲瓏沒得比，不一樣的建造格局罷了。」

不管怎樣，一家人見了隨安安排的房子都還滿意。

褚翌今天能來作陪還是受了母親的囑咐，此時耐心快要耗盡，直接拱手道：「先生一家剛團聚，翌就不打擾了，等先生將家人安頓好，再給先生家人接風洗塵。」

林先生頷首同意。他教導褚翌也是無奈之舉，在他眼裡，褚翌就是個不學無術的紈袴子弟。師生倆一個不愛學，一個勉強教，師徒情分薄如蟬翼。說實在的，今日褚翌能站在門口迎接家人，已經教林先生吃驚了。是以，褚翌說的諸如接風洗塵的客套話，林先生也沒放在心上。

褚翌要走，隨安也跟著走，前幾日奔波的熱情這會兒完全銷聲匿跡。

路嬤嬤見識了林家人做派，便回徵陽館描述給老夫人聽，末了道：「林先生不提，這一家人倒是模樣都極好。」老夫人聽了，不如路嬤嬤料想的那般歡笑，只說了一句。「可憐見的，從普膳坊叫一桌席面進來，賀一賀林先生一家團圓吧！」

想了想，又突然問道：「隨安那丫鬟在做什麼？」

路嬤嬤一副想笑又不敢笑的樣子，答道：「九爺說要寫詩，要按著九九消寒，一日做一首詩，讓隨安抓緊了時間做出九九八十一張詩箋來。」

老夫人笑著只說了一句「這孩子」，就打發路嬤嬤下去。

隨安領了褚翌心血來潮安排的差事，忙活到傍晚，才把箋紙放在模子下頭，又搬了石塊壓上，累得腰痠背痛直喘氣，一句話也不想說。

好不容易挪動到一旁，捶著肩膀坐在木几上發呆。

早上沒得賞，午飯的時候，她鬱悶得一連吃了兩個饅頭，這會兒雖然累，倒是一點都不餓了。

隨安覺得自己現在壓力巨大，一個就是贖身，另一個是贖身之後如何把日子過下去？就她跟她爹，說實在的，她都比她爹看上去更漢子些。這家裡沒有個壯勞力，終歸不能長久，總不能她贖身出去，以後再遇到什麼事又把自己賣了吧？

想到這裡，她就重重嘆了一口氣，剛站起來想出去看看，就見在林家小院裡當差的那個粗使婆子過來了。

方大娘一臉神秘，瞅著隨安欲言又止地動了動嘴唇。

「大娘怎麼了？」

「隨安，我有件事跟妳說……哎呀，這麼說吧，我知道件事，妳給我出個主意，看我該怎麼辦好？剛才我都想走了，這不想起上午把笤帚落在院子後頭，走過去，可巧就聽了那麼一耳朵，妳猜我聽到什麼了？」

沒等隨安捧場地接著問，方大娘壓低聲音，神神秘秘。「裡頭的人彷彿是林太太的聲音，說能有這院子落腳，多虧了林公子、林姑娘的小姨，還說元帥這是看在他們小姨的面子上才安頓了他們……」

隨安倒吸一口氣。這消息好大。

方大娘一看她這樣就知道她明白了，拍了一下她的手，道：「我就知道妳這個丫頭是個聰明的。」

隨安立即想到，剛才為何方大娘說要她幫著拿主意了。這事是方大娘發現的，報上去等於間接表明忠心，上頭人心裡先有了底，自然不會虧待方大娘。

難就難在怎麼報、說給誰。方大娘是家生子，也認識不少人，可這事真不能人人都說，最好的辦法就是說給老夫人身邊的心腹聽，偏這樣的心腹，方大娘平素接觸不到，找隨安的目的便是為了能夠傳話，當然，還不能昧下方大娘的首功。

隨安想了想，這個忙必須要幫，否則她勞心勞力地做了這麼多事，沒有功勞還罷了，再被有心人說一句她諂媚林家，到時候老夫人惱怒，她可就慘了。

方大娘見隨安若有所思，卻不做聲，就有點急了。「妳這丫頭，我這可是為了妳好，妳這幾日為了他們家忙前忙後的……」

隨安回神，方大娘的話正好灌進耳朵裡頭。連方大娘都看在眼裡的事，她再推託也顯得太怕事了。「那我替大娘走一趟，正好老夫人身邊的紫玉姊姊央我畫幾副花樣，我畫好了，還沒給她送去呢！」

方大娘笑了起來，一個勁兒地點頭。

第四章

隨安問了人，在徵陽館的小茶房裡找到了紫玉。

紫玉一見她就笑了。「今兒可得了賞？」

路嬷嬷來說林家人做派的時候，她就在旁邊，聽了個全套。

要論諷刺、嘲笑人，這褚府也找不出一個能跟九爺媲美的，隨安早練就金剛不壞之身，對於紫玉的那點嘲笑充耳不聞，笑嘻嘻地道：「不是這個，老夫人派了差事給我，我盡心去做了，就算沒賞錢，原也沒什麼，可打掃林先生院子的方大娘卻說，林家這是託了林太太妹妹的福，還說這是林太太親口說的……」

紫玉一怔，而後露出一個嫌惡的笑。「林家本就是落魄了來投奔的，老夫人也是看著老爺的面子，否則誰理會他們？等老爺班師回朝，自有計較。」

隨安的任務完成，道了別，輕快地往外走，誰知偏在門口碰上來給老夫人請安的一堆主子。

大爺領頭，他在戰場上替褚元帥擋箭，受了腿傷，有些不良於行，看著卻仍舊精神奕奕；大夫人跟在他旁邊，身後是大房的一群兒女。

隨安提著燈籠，跟其他丫鬟一起躬身站在路邊。好不容易等這群人都走得差不多，才要抬頭，視線裡停了一雙五彩金線靴子，再往上，大紅色披風映入眼底。

她暗罵一聲自己倒楣。「請九爺安。」

褚翌看她一眼，突然道：「妳最近來老夫人院子倒是勤快。」

隨安卻被他話裡的那個「勤」字嚇了一身冷汗。她可不就是勤快，除了頭一次是老夫人召見，其餘的好幾次都是她主動來的。催紫玉開庫房、催紫玉拿東西給林先生一家布置房子……

想到這裡，她整個人都不好了，恨不能立即跪下抱著九爺的大腿說明清白。

褚翌往前走了兩步，又突然轉身。「今天晚上的功課我還沒寫完呢，正好妳來了，伺候我寫完再走。」

隨安淚流滿面，恨不能買塊豆腐撞死。九爺從來也沒寫過功課，這不知道想到什麼法子要折磨她？

兩人正說著話，前頭請安的大爺已經出來了，見了褚翌道：「母親有些不舒服，你進去看看，我去請大夫。」

褚翌一聽連忙應是，顧不得教訓隨安，匆匆進了徵陽館。進了屋子，發現平素在屋裡伺候的丫鬟一個也不見，他不由提高聲音。「母親？」

「你來了？」老夫人的聲音比往日低了一個調子，顯得有些氣力不足。

褚翌心中一緊，連忙三步併作兩步地繞過屏風去看她。

老夫人背靠著茜紅色的大迎枕，神色略帶了點疲憊，看見褚翌，臉上露出一絲溫和的微笑。

褚翌鬆了一口氣，跪在腳踏上，拉住老夫人的手道：「大哥才說母親不舒服，母親哪裡不痛快，給兒子說說。」

老夫人輕笑。「我沒事，就是多吃了幾口糟鵝掌，積了食，胃裡有些不舒服，一會兒就好了。」又吩咐一旁的徐嬤嬤。「妳給他拿個凳子坐，妳看他這麼大了，還動不動就跪在我跟前，跟個小孩子似的。」

褚翌這才看見徐嬤嬤，不好意思地站起身來，咕噥道：「徐嬤嬤。」

徐嬤嬤笑著，端了一個錦凳放在床頭。

褚翌一直拉著母親的手沒有鬆開，眼睛一眨不眨地盯著老夫人來回看了好幾眼。徐嬤嬤就笑，意有所指地對著褚翌道：「九爺放心，老夫人還要好好地看著您娶親生子呢！這身子骨兒有什麼不舒坦啊，見了你也就舒坦了，全府誰不知道，九爺就是老夫人的靈丹妙藥。」

「瞧瞧妳，徐嬤嬤，這麼大年紀了，還這麼促狹。」老夫人拍拍褚翌的手，笑著道：「我好多了，你來時我正跟徐嬤嬤說眼看著就要進臘月，你的功課是不是該停一停了？正好林先生的家眷也才接過來，讓人家一家四口好好團聚團聚。」

一說這個，褚翌就高興了。「母親，真的可以不去上學了？那書房椅子我坐上就打瞌睡……」

「也不能不學，等你父親回來，知道你一直上學，總不好捶你。」褚元帥最篤信棍棒底下出孝子，幾個成年的孩子小時候沒有不挨揍的，就算褚翌是最寵愛的老來子，也曾經挨過巴掌。

談起父親，褚翌意氣風發。「母親，將來我也要帶兵，做大將軍。」幼年曾指揮僕人當士兵，自己玩官兵捉強盜的遊戲，現在大了，對帶兵的渴望不降反升。

老夫人只笑。「天底下哪有那麼多仗讓你們去打？不要你去上學，可你的功課卻不能荒廢，好好把大字練好了，你父親回來可是要看的，你寫得好些，他也高興。」

母親訓話，褚翌站起來恭敬地應是。母子倆又親親熱熱地說了一陣子，徐嬤嬤看著這會兒眉眼舒適的老夫人，在心裡嘆了口氣。

紫玉過來說，大爺已經請了宋大夫過來。

老夫人連忙擺手，支走了褚翌。「我這會兒都好了，快打發他回去，記得給診金。你也不用再過來了，得閒好好唸書。」打發了褚翌出去不提。

褚翌出來之後，隨安偷瞄了他好幾眼，見他臉上沒有怒色，方才放下心來，小聲跟紫玉道別，隨著褚翌往外走。

褚翌走了兩步站定，蹙著眉頭突然轉身。隨安一個踉蹌，差點沒站穩，然後就聽了他沈聲問話。「妳今天來老夫人院子找誰？說了些什麼？」

兩句話就把隨安的心給提了起來。

見隨安面色有異，褚翌眼底閃過冷光。「妳跟我過來。」

徵陽館上房，徐嬤嬤待人都走了，面上笑容溫和地說道：「也是好久沒伺候您了，今晚讓奴婢給您值夜吧！」

老夫人搖頭。「用不著，這算什麼大事？跟從前那些事比起來，這都不算事。再說，也早就知道了的，只是到這會兒，我就是替他隱瞞也瞞不了幾日。重孫都二十多歲的人了，我能說什麼？人倫羞恥不顧，他那點名聲也不要了！」說著說著，聲調就揚了起來。

徐嬤嬤聞言，愴然垂首。當今士林最重名聲、名節，偏他們大老爺愛色，即便上了戰場，竟然不顧軍規納了一房妾室，得知此事的老夫人還要替他遮掩，免得被御史曉得，一紙彈劾驚動朝野，到時不知褚家兒郎熱血疆場的功勞大，還是褚大老爺身為元帥、戰場納妾的笑料大？

「也罷，拘著林家人，不要讓他們滿府裡亂跑，等他回來再處置吧！」老夫人嘆息。

徐嬤嬤看著仍舊面容白皙、美貌的老夫人，也忍不住淚濕眼眶，低低叫了一聲「姑娘」。

雖然叫著老夫人，可今年到底不過才三十六歲，可恨皇家為了籠絡武將，硬是將已經訂親的姑娘賜婚，嫁給一連死了兩任妻子的大老爺。老夫少妻，本就委屈了姑娘，沒想到大老爺不珍惜，這麼大的年紀仍舊不斷納妾。

可即便徐嬤嬤心裡同樣怨恨大老爺，卻不能火上澆油，還是勸道：「那林先生的妻妹能誓死不從嶺王，逼得林先生上了戰場，卻又從了大老爺，可見也是個貪生怕死、水性楊花的東西。這樣的女人進了上京，也不過是個人人鄙夷的玩意兒，只怕其中真的另有內情才是。您也消消氣，就是怪罪大老爺，也要看七爺跟九爺的面子。您瞧瞧，九爺一聽說您不舒服，臉色都白了。」

說起兩個兒子，老夫人臉上少了幾分怒意，擺了擺手。「老七已經成家，他……好好的就行，我也不指望他多孝敬我，只是九哥兒的親事，我必定要自己做主！」

老夫人生的七爺得到當朝的平郡王青眼，娶了平郡王的獨女德榮郡主，成了郡王爺的女婿，一年倒有半年要住在岳父家裡。

「話可不能這麼說，七爺多孝敬您，就是郡主，我看她對您也只有尊敬，您對小輩們又一向寬和；還有大爺，奴婢看著也守規矩，知道孝順。」

老夫人嘴角多了幾分笑意。「算了，老七能跟郡主夫唱婦隨，我也就知足了。」接下來卻是話鋒一轉。「只是九哥兒的親事……他的性子可不像老七一樣，到時候咱們倆可得好好看著，不能全憑老爺做主。」

徐嬤嬤勸得老夫人心情轉好，連忙笑著重新端熱茶，挑亮燭火，兩個人熱熱鬧鬧地談論起京中適齡的小娘子們。

被褚翌帶回錦竹院的隨安則不怎麼好過。

錦竹院的大丫鬟蓮香看見隨安，眼底閃過詫異，不過當著褚翌的面還是很客氣。「隨安妹妹可是稀客。」叫了自己身邊跟著的小丫鬟去給隨安倒茶，她則跟另一個丫鬟荷香一起伺候褚翌更衣。

褚翌丟下一句。「妳去書房等我。」就進了裡間。

隨安知道他說的書房是錦竹院裡的書房，主動過去等褚翌，正好也趁這個機會想想待會兒該怎麼說？

是站著說還是跪著說？是說兩句就開始表明心跡、痛哭流涕，還是堅定地表達自己對九爺忠心不二？

褚翌過來得很快。

天氣很冷，書房的炭盆剛升起來，可隨安背後已經出了密密實實的一層汗。

「妳去給我拿一碗冰塊過來。」他吩咐蓮香。

蓮香見他心情還好，大著膽子問了一句。「九爺，您要冰做什麼？」

褚翌不耐煩。「我讓隨安用這個磨墨試試。好了，叫其他人也都下去。」

蓮香一聽這個，連忙去準備，很快就拿了一碗冰塊進來。

隨安見了，忍不住吞了吞口水。

褚翌笑。「妳已經曉得我要問什麼了是不是？聽說女人小日子來的時候，吃了冰，以後不僅月月痛苦難忍，將來生孩子也要遭大罪……」

隨安面色發白，卻還強忍著懼怕道：「九爺，就是給奴婢一百個膽子，奴婢也不敢不忠心。」

「妳在我身邊日子也不短了，曉得我的手段，這很好，那妳就說吧，把妳知道的、猜測的，都說出來。記住，我要聽實話，還有妳的心裡話，若是膽敢有一絲謊話……」

隨安嚇得連忙提著裙襬跪在地上，也不管地磚冰冷。「九爺，奴婢不敢。」將自己從方大娘那裡聽來的話，還有自己之後找紫玉的事都說了出來。

「方大娘彷彿是猜到、猜到大老爺納了林太太的妹子，就想告訴老夫人。奴婢以為，她雖然想立功，可心還是朝著老夫人，是忠心為主的。」

「這個不用妳說，妳接著說其他。」褚翌的聲音凜冽，這時候的他一點也不像那個在母親面前天真懵懂的少年，而是一個真正的男人。

「奴婢出來之後，紫玉姊姊當值時跟老夫人說了這事。後來紫玉姊姊說老夫人當下什麼也沒有說，看著也如往常一般，就是飯用得不多，還叫了丫鬟們都退下，只留下徐嬤嬤一個人說話。剩下的，就是大爺來了，老夫人說不舒服。」

褚翌盯著跪在地上、嚇得顫顫巍巍的隨安，直看到她搖搖欲墜，才開恩道：「起來吧，去炭盆那邊烤烤。」

隨安連忙爬起來，坐在炭盆跟前的一張小小腳凳上，使勁揉搓著又痲又痛又冰的膝蓋和小腿。

褚翌雖然是在內宅長大，但沒有太多的婦人之仁。隨安說的事他知道後，並不覺得是大事。依照他的想法，若是看得不順眼，要麼攆出去，要麼找個藉口殺了，真不值得費神。

就是母親的不豫，他放在心上。母親是全家尊敬供養的老夫人，因而才能這麼快就壓下心緒，波瀾不興，可他怎麼記得七、八歲的時候，父親在家，兩個人為了一個丫鬟還打過架？且當然是父親讓著，但母親的脾氣也是真大，為何這次反而沒什麼動靜？

坐在椅子上思考不久，轉頭看見隨安正拿著帕子在擦鼻子，突然問道：「妳是不是不想留在府裡？是不是想脫籍出去？」

他都這樣問了，她要是違心地說不想，沒準兒他真能將她永遠留在府裡。

「奴婢不敢說謊，奴婢想著到了年齡能贖身出去。倒也不是因為外頭有什麼相好，只是奴婢的爹肩不能扛、手不能提，奴婢想出去照顧他幾年。」

褚翌笑。「妳就不怕他給妳找個後娘，轉手再把妳賣了？」

隨安雖然鬱悶，卻也只能答話。「奴婢家無恆產，只有那兩畝地，也不值幾兩銀子，可是奴婢的爹卻體弱多病，就是現在這樣也無人肯嫁，若是過幾年，等奴婢爹年紀更大，估計就更不好找了。」

褚翌哈哈大笑，笑完喊。「過來。」

隨安忙站起來，走過去，唯恐他要踹自己幾下，所以站得比較遠。嗯，至少留著兩、三步的距離。

褚翌沒理會她的小心思，瞇著眼從上到下打量她。他個頭高，坐在椅子上看隨安的目光也是居高臨下。

隨安倒不侷促，站著任他看。

褚翌看夠了，噗哧一笑。「妳才多大，知道什麼是相好？」見她不回答，突然起了逗弄的心思。「老夫人說，馬上就要進臘月了，上學的事可以停了，以後只每天唸書、寫寫字，妳說是妳搬來錦竹院呢，還是每天仍舊勞駕妳九爺我去書房？」

果然褚翌一說，隨安的心又緊跟著提了起來。俗話說，金窩、銀窩不如自己的狗窩，她守著那書房小院，雖然平日也忙碌辛苦，但好歹不染是非，日子還是非常舒心的；要是來錦竹院，四個大丫鬟，八個二等丫鬟，還有數不清的小丫鬟，她這種空降過來的，又算什麼品級？

她這樣一想，面上也就顯現出來，神色都消沈了好幾分，鼓了鼓勇氣，還是咬牙道：「奴婢聽九爺的。」她很想住在書房小院，但她是九爺的奴婢，自然是事事聽主子的吩咐。

褚翌聽她這麼說，心裡還算滿意，也不繼續嚇唬她，直接道：「我已經回了母親，每天仍舊去書房小院讀書，妳便好生蹲在那裡等著吧！」

隨安一聽，眉開眼笑。她眉眼本就生得乾淨，這一笑更像雨過天晴的天空一般，沒有一絲雜質，澄澈明亮。

褚翌突然覺得，放一個這樣呆傻的蠢貨在自己身邊也未嘗不可，最起碼不敢對著自己撒謊。

他站起來，走到她面前突然抬手捏住了她的下巴，冷冷地打量她的眉目。

面前的人再無三年前初見時候的乾瘦樣子，杏眼烏黑，皮膚細膩白皙，欺霜傲雪。

隨安被他看得膽戰心驚，卻不敢後退一步，只覺得後背上的汗水淋淋，被門縫裡吹進來的風一吹，打了一個寒顫。

見到她眸子裡真真切切的害怕，褚翌才滿意地鬆開手，卻輕飄飄地來了一句。「贖身的事，想都不要去想。」

第五章

回到書房小院，隨安才如釋重負地吐了口氣，使勁跺了跺腳，點亮燭火去看白天做的詩箋，見一切妥當，才就著熱水隨便吃了點東西。泡腳的時候，想起她差點就喝了冰塊的經歷，更加堅定贖身出去的念頭，至於褚翌說教她想都不要想，她偏想。

但是事情總是這樣，沒有最倒楣，只有更倒楣。第二天天不亮，她起來活動，小院門那裡就有人敲門，打開門一看，是林頌鸞。

老夫人跟九爺擺明了不待見這一家人，隨安也不敢顯得多熱情，直接問道：「林姑娘這麼早，可是有什麼事？」

「沒事，就是新來乍到，只認得妳一個，過來找妳說說話。」林頌鸞臉上掛著一個矜貴又高傲的笑。

隨安看了她一眼。這一大早的，府裡的粗使們才開始上工，主子們還在睡，她連早飯都沒吃。南方人不是更怕冷嗎，這麼冷的早晨難道不應該好好待在被窩裡頭？

「林姑娘若是嫌悶，那院子角門就通著大街，出去逛逛方便得很。」

林頌鸞似乎沒聽出她語氣裡的拒絕，自顧自地垂頭玩著自己的帕子。「我不愛出門，平日裡也多是看看書，寫幾個字罷了。」語氣婉轉，甚為銷魂。

隨安無語。這不愛出門的，現在就站在別人家門口……

「林姑娘吃過早飯了嗎?往日裡林先生彷彿要辰正才用。」

「吃過了,我們習慣早起,用飯也用得早。」

隨安本想活動活動身體,這會兒也不好意思了,便請她進門。「林姑娘廊下坐坐,我正要打掃院子。」

「這院子是妳掃?」林頌鸞四下看了這小院,倒是比自己住的那院子小,可看著更為精緻。從南方一路過來,路上她也算長了些見識,光那窗上鑲著的琉璃怕不止值個千八百兩銀子。

「是,院子不大,九爺讀書的地方,不喜歡太多人過來。」她一邊打掃院子,一邊把掉在地上的落葉都撿起來,用的是竹鉗子,省去彎腰的工夫。

林頌鸞見了稱奇,走下迴廊過去拿在手裡,大覺好用。「這個倒是方便,看不出妳個小丫鬟很會找省勁的。」

這話聽在耳朵裡,怎麼都覺得不像是誇獎。

褚翌來後,便看到這麼一副景象。凝望了兩人片刻,眉頭輕皺又突然舒展,繼而粲然一笑。「怎麼還讓客人做奴才們幹的活?」

林頌鸞聽到他的聲音,笑著轉過身,月白色的裙裾劃出一道漂亮的弧度。「師兄過來了?這麼早就起來讀書?我就是看隨安小小年紀一個人幹這些活,覺得不忍,才幫了一點忙。這點事也不算什麼,早先在家,我也常幫家裡的僕婦們做事,我就是心太軟了,父親、母親也常這樣說我……」

隨安張大了嘴。她昨天還覺得這姑娘挺識大體，起碼比她弟弟強，現在看來，果然其實還是她蠢。

褚翌卻全無顧忌，似笑非笑的神情使人看了覺得他天真懵懂。「真的嗎？林先生一向高潔，不肯用僕從，沒想到林先生家裡也有僕婦。」

林頌鸞聽了這話微微一愣，但又覺得自己沒從裡頭聽出諷刺，連忙答道：「是，父親喜歡親力親為，可母親的身子虛，不宜多操勞，所以家裡有幾個僕婦幫忙，她們拉家帶口的也很不容易，我有空便幫她們做活。只可惜這次我們匆匆北上，她們故土難離，便都留下了。」不勝唏噓。

褚翌噗哧一笑。「林姑娘也不用擔心，等兵亂平定，你們就能平安還鄉了。」

這話裡的意思就不怎麼友善了。他們昨兒才到京中，本是奔著前程過來的，這前程還沒看到，就有人提前祝他們早日還鄉。

林頌鸞勉強隨著笑了一下，不久就告辭。

褚翌點頭。「隨安送送林姑娘。」

林頌鸞咬了咬唇，緩下步伐輕輕往外走，走到院門口時，她停下腳步，轉過身，溫柔地對隨安道：「妳快去忙吧，我知道路，不會找不到門的。妳年紀小，身子骨兒還在長呢，以後有什麼活計忙不過來，就喊我過來給妳搭把手。」還順手把隨安肩膀上的一片落葉拿了下來。

把隨安嚇得毛骨悚然，連忙道：「可不敢勞駕姑娘，您慢走。」

林頌鸞紅唇微抖、眼波流轉地看了褚翌一眼，這才依依不捨地走了。

隨安「依依不捨」地目送林姑娘，喃喃道：「原以為是高嶺一朵花，誰料到竟是人海一粒渣。」人不可貌相，海水不可斗量。

院中，褚翌斥道：「妳嘟囔什麼呢，還不滾過來！」用腳踢了踢竹鉗，抬起頭眉目間全是笑意。「來得早不如來得巧啊，要是再晚點，說不定還不知道妳小小年紀這麼辛苦……」

隨安覺得，要是褚翌把他擱在自己頭頂的那隻胳膊拿走，她說不定會相信他是真心體恤自己，而現在，她聲音裡帶著說不出的委屈。「奴婢在這小院幹了三年活，也就今天，突然覺得真的好辛苦、好辛苦、好辛苦……」

她一連用了三個好辛苦，褚翌原本陰沈的心緒頓時消散得無影無蹤，嘴角微翹地笑了起來。

隨安見他真笑了，這才漸漸放下心來。幹活其實真不辛苦，如何不動聲色地諂媚自己的頭頂上司才是個辛苦活，尤其是上司脾氣極其陰晴不定。

褚翌笑夠了，突然出聲問道：「昨兒吩咐妳做的東西可做好了？」

「做好了。」

做詩箋這樣的事雖然辛苦，但隨安也樂在其中，可以說是無怨無悔。

這次做詩箋用的模子是她花費了很久的工夫，在光滑的青石上一點一點刻出來的。搬開壓著模子的石頭，再拿開模子，底下便是做好的詩箋。上頭紋路清晰，花邊細膩流暢，如流水一般蜿蜒自然，紙張不過比巴掌略大，卻齊齊整整，使人看了舒適。隨安心裡也得意，吹了吹上頭並不存在的浮塵，送到褚翌眼前。

褚翌頓時有種本是懲罰她，卻被她當成獎賞的感覺。「尋一個錦盒裝了，我要去外祖家，正好送給子瑜。」王子瑜是他表弟，琅琊王家的嫡子，平日裡是個愛舞文弄墨的人。

勞動成果一轉眼就成了別人的東西，隨安不敢說什麼，裝好了，殷勤地送褚翌出門。

「行了，妳回去，把我這些日子落下的功課趕緊補起來，待我回來抄寫。」

隨安啊了一聲，眼睛一下子瞪得又大又亮。「褚元帥要班師回朝了嗎？」

褚翌沒回答，伸手推著她的額頭，把她推進門裡頭。「好生幹妳的活！」

王子瑜收下這份禮，極為高興，笑得合不攏嘴。「這肯定是隨安做的！」

褚翌送禮不是白送，是要讓王子瑜幫他做些詩。

王子瑜這才知道他停了課，頓時羨慕地看著他，褚翌便把母親的原話說了。「說是林先生一家才團聚，給他們幾日工夫讓他們好好親熱親熱，再有幾日進了臘月，停課都是慣例。」

王子瑜有些訝異，卻不感到震驚，連林先生家人進京的事也沒有多問。

褚翌一見他的樣子，便知道其中定有緣故，笑著誑他出來喝酒。王子瑜不察，掉到褚翌挖的坑裡，只好苦哈哈地把自己知道的都倒了出來。「這事也就我爹跟祖母他們知道，我也是在祖母跟前睡覺時聽了一耳朵。說是那林太太的妹子生得閉月羞花，嶺王見了心喜，非要納她不可，她又不從，嶺王便把她姊夫林先生弄上了軍帖。這之後林先生投了元帥，元帥平亂之後，那林太太的妹子便……」

說到最後支支吾吾，褚翌卻完全明白了，總結了隨安跟他說的，看來這林太太的妹子很不一般，還沒進京，一群人已經對她如臨大敵了，他倒是好奇起來。

王子瑜不怕說林家如何，可若是褚元帥真將林家人納了，他再說就有批評的嫌疑了。他跟褚翌兩人雖然是親表兄弟，可褚翌跟褚元帥也是親父子，褚元帥又一向溺愛褚翌，因此王子瑜便住了嘴，一個勁兒地猛灌酒，褚翌不過想事的工夫，王子瑜就喝了個爛醉。

「你喝成這樣！難不成我是煞星？」

酒家早備好了醒酒湯，兩人的小廝合力給王子瑜灌了下去，又抬上馬車，還沒走到王家府門所在的街上，王子瑜就吐了，不僅吐了自己一身，還濺到褚翌身上，馬車裡到處都是污穢酒氣。這樣送回去，王子瑜要受罰，他也得不了好。

褚翌陰著一張臉，聲音比寒冬還冷冽。「回褚府。」又叫了王子瑜的小廝過來，吩咐他回去給舅舅、舅母跟外祖母報信。

褚翌本想將人往錦竹院帶，蹙眉一想，錦竹院裡個個巴結母親，若是給母親知道子瑜大醉，少不得要訓斥自己一頓。想到這裡，直接吩咐小廝。「把馬車趕進書房小院，我今晚在那裡住一宿。」

馬車進小院時，天已經半昏黃，隨安正從大廚房那裡領了自己的晚飯回來。耳房小小的，爐火比燭光還要亮，她正將白菜放到小鍋裡熱上，院門處的喧囂嚇了她一跳，慌忙起身出去看。

褚翌從馬車跳下來，指揮身後兩個小廝抬著王子瑜下來，看見隨安，隨口就道：「妳去收拾下書房，今晚我住在這裡。」

書房的隔間有一張大床，也能睡人，隨安收拾好了，小廝們抬了熱水進來，褚翌先讓王子瑜洗漱，等他上了床，沒等小廝熄燈，一個鯉魚打挺坐直了身——王子瑜雖然身上香噴噴的沒有酒味，但一呼吸，噴出來的酒味簡直酸爽。

隨安見主子們躺下，好不容易得了空，慢吞吞地擺好晚飯，趁著爐火熄滅的餘燼，起身去小櫥子裡抓了十來個栗子，剛放進去，褚翌便來了。

「妳在吃飯？吃的什麼飯？」

隨安唯恐他說出什麼倒人胃口的話，忙側身去擋，褚翌卻直接走過來。「吃的什麼還不許我看？」掃一眼，皺眉。「豬食！」

說是這麼說，可他這會兒看見飯菜，才想起，自己今日壓根兒就沒正經吃過什麼東西，雖然覺得白菜看上去，像是被狠狠蹂躪過一般無精打采，肥肉也有點徐娘半老、顫顫巍巍，但還是坐了下來。嫌棄筷子是隨安用過的，在旁邊的茶水杯子裡頭涮了兩下，就自顧自地拿起爐子旁邊烤得酥脆的饅頭，就著白菜粉條吃了起來。

直到他吃了兩口，隨安才從震驚中反應過來，慌忙道：「九爺怎麼能吃奴婢的飯食？您餓了？奴婢去大廚房讓大師傅現做些來吧？」

褚翌瞪她。「難不成我還要忍著餓等妳提飯菜回來？」

隨安默默把一句「奴婢給您下碗麵條」給嚥了回去。

褚翌吃完飯，自在地往隨安的床上一坐。「今晚我就睡這兒。」

隨安突然臉一紅。

褚翌一見她臉紅，明白她想歪了，頓時羞惱。「妳想什麼呢！小爺豈是妳能染指的？還不滾去伺候表少爺！」

隨安心裡大呼冤枉，卻不多狡辯，回隔間打開箱籠重新拿了一床鋪蓋出來，抱到耳房，而褚翌正百無聊賴地打量她的屋子。

屋子很簡單，靠西的牆上掛了兩幅畫，一幅田園圖，上頭一棵樹、幾塊石頭，樹下一隻老母雞帶著一群小雞低頭吃蟲，老母雞肚子大得跟懷胎十月似的，小雞們眼瞅著蟲子不敢下嘴，畫法拙劣。

另一幅卻是仿前朝大師的名畫竹報平安，竹子就罷了，就那竹筍張牙舞爪的，不仔細看還以為哪裡的大閘蟹爬出來嚇唬人呢！

這兩幅畫都沒有落款，裝裱也不是一般地差。

見隨安抱著被褥進來，褚翌仰著下巴問：「這兩幅畫是妳畫的？」

隨安答。「是。」

「呿！這水平，看得眼疼。」

隨安不為所動，整理好床鋪，把自己的鋪蓋放到一邊。「奴婢過去照看表少爺了。」

褚翌從鼻子裡哼了一聲算是答應，扯了被子過來睡。

隨安又進了書房。隔間裡一股酒氣，她重新點了兩個炭盆，然後散開一半的帳子，打開半扇窗戶，過了半個多時辰，總算讓酒味散去，王子瑜的呼吸也更舒暢了些。
小院那邊有人敲門，隨安以為是老夫人那邊不放心，打發了人來看，開門一看卻不是。
林頌鸞披著一件薄如紙的斗篷，笑顏如薔薇花盛開，甜蜜又芬芳。「聽見妳這邊還有動靜，想是沒有睡著吧？我也睡不著，就過來看看能不能借幾本書？」
隨安笑道：「林姑娘想看什麼書？」
林頌鸞眼珠子一轉。「一時也說不上來，我能自己選選嗎？」
打探書房的心思幾乎昭然若揭，隨安笑容變淺。「這卻是不巧，九爺跟表少爺今日都歇在書房，實在不便請林姑娘進去。」
林頌鸞還要說話，遠處長廊的轉角拐過一群人來，前頭的婆子打了兩只燈籠，說笑聲打斷了她們的對話，走到近處，才看出是紫玉等人。
紫玉笑道：「好丫頭，知道我過來，先迎著了。」她年紀長，又自詡跟隨安有共同的秘密，所以說笑起來很是親熱。
紫玉說完才看見旁邊杵著的林頌鸞，不過只這一眼，她就知道是誰了，不是奴婢的穿著卻又衣裝寒酸，該是林先生的家眷。
心裡有了底，面上卻笑著問隨安。「這位是？」
「這位是林先生的女兒，林姑娘。」隨安笑著向紫玉介紹，又對著林頌鸞道：「林姑娘，這是老夫人身邊服侍的紫玉姊姊。」
林頌鸞火氣一下子就上來了。介紹人都是先為尊貴的介紹，隨安先把她介紹給紫玉，就表明隨安認為紫玉的地位比她高。紫玉有什麼地位？不過是一介奴婢，她可是良民小姐！她這樣想，卻沒有考慮到自己現在是借居褚府，紫玉是主家的奴婢，有道是客隨主便，隨安這樣介紹其實並沒有什麼問題。

紫玉剛才占了上風，並不咄咄相逼，笑著行禮。「林姑娘好。」

林頌鸞坦然受了，端著架子輕輕頷首。「原來是老夫人跟前的紫玉姊姊，頌鸞這廂有禮了。」說完才要行禮。

紫玉連忙避開，沒多理會她，而是對隨安道：「老夫人不放心，打發我過來看看。」說完，笑咪咪地看著林頌鸞。

林頌鸞頓了一下才想明白，臉色一紅，努力端著架子告辭。

第六章

隨安陪紫玉先看了王子瑜。王子瑜臉色紅潤，睡顏可愛，紫玉微微放心，轉眼看見兩個雖然已經站起來，可還迷迷糊糊的小廝，正要教訓，被隨安拉住手，笑著小聲道：「姊姊，九爺怕委屈了表少爺，讓我夜裡給表少爺值夜，他歇在耳房裡了，我陪著姊姊過去看一眼，說不定九爺還沒睡著呢！」

紫玉想教訓小廝的心思不由得一頓。九爺可是個煞神，來之前，老夫人還囑咐了自己。「哥兒歇在書房，就是不想咱們知道，所以妳去也要悄悄的，別驚動了他，免得他以為我到處管著他……」她要是在書房越俎代庖地教訓九爺的小廝，九爺不在還好；若是在，就是天皇老子的丫鬟，他也會當場甩臉子。

「那咱們快點過去，我悄悄看上一眼，回去有話回就行了。」她長長舒一口氣，臉上重新帶笑，挽著隨安的手去了耳房。

耳房裡，燭火跳躍，褚翌正蹺著腳在床上發呆。

紫玉悄悄掀開簾子看了一眼，連忙放下，出來到了外面對隨安道：「也罷，委屈九爺了，今夜妳多費心，兩頭都看著些。」

隨安一笑。「姊姊言重了，這算是什麼委屈，我送姊姊。」

她這麼知趣，紫玉先頭的不快也漸漸消了，兩個人手挽手走到院門。

這頭林頌鸞回去之後神情不好，林太太便問了一句，聽林頌鸞說起紫玉是老夫人身邊的丫鬟，頓時眼睛亮了，催促林頌鸞快去找紫玉說話，最好能請到她們這院子裡來。「咱們該正經拜訪老夫人，只是上趕著過去，沒臉不說，還不一定能進門，要是紫玉為咱們說一句話，那可敢情好。」

林頌鸞被她這麼一說，心裡不服，抿著唇道：「一個丫鬟比那些真小姐的架子還大，我不想去奉承她。我今天還見了褚翌，也沒低三下四。」

林太太吃過的虧多，生活經驗也多，不免要勸她。「我沒什麼，妳若是能討了老夫人歡心，跟在她身邊多些見識，定能入了這京中貴人們的眼。」末了又道：「我兒這樣的人品才學，將來總要強過妳小姨去才好。」

亂世出佳人，林太太看著明珠一般的女兒，既怕她在養在深閨人不識乃至於明珠蒙塵，又怕她遇人不淑、明珠暗投，真真操碎了一顆慈母心。

林太太這樣說，林頌鸞雖然依舊不情願，卻又再次出來了，且正好跟紫玉碰到一處。

隨安眼底閃過詫異，主動打招呼。「林姑娘。」

林頌鸞笑得生動又委屈。「還是睡不著，我母親說我這是認床，隨安妹妹這裡有適合女孩子讀的書嗎？借我一本看看。」

紫玉笑道：「林姑娘昨兒就來了吧？這認床不會一時半刻能好，要過段日子才能適應，想來昨夜歇得也不好。」轉頭又對隨安道：「聽說南方的小姑娘個個水靈，我原還不信，見了林姑娘倒是信了。林姑娘歇息不好，臉色卻看著極好。」

這話說起來輕巧，只是裡頭意思不僅諷刺，還透著不屑。

林頌鸞本是存了奉承拉攏紫玉的心，此時被她這一番話說得怒火中燒，早忘了林太太的囑咐，這會兒別說要送紫玉衣料，就是讓她請紫玉去家裡說話也說不出口。

隨安忙道：「林姑娘昨天才經過長途跋涉，疲累得很，哪裡還顧得上認床？夜裡睡足了，氣色自然是極好的。這認床我倒是有個偏方，用點花椒水泡泡腳，或許能早點入睡。可惜我這裡的書只有女誡、女則，這些書想必林姑娘早就會背了，我拿出來還不夠丟人現眼的……」

她替林頌鸞在紫玉面前周旋了話語裡的疏漏，又不軟不硬地回絕了林頌鸞的請求。

林頌鸞卻不領情，握緊的拳頭、緊抿的唇角無不顯示她的惱怒，連轉身走路的背影都透著僵硬。

三更天的時候，王子瑜口乾舌燥地掙扎著醒過來，看見坐在旁邊打盹的隨安還以為自己作夢了。

「表少爺可是渴了？」

王子瑜點了點頭。「又渴又餓。」打量了四周。「我這是在哪兒呢？九哥呢？」

「在我們九爺的書房院子裡。」隨安端了溫著的蜂蜜水過來，又輕聲問：「表少爺可有什麼想吃的？」

兩個小廝也都揉著眼睛站了起來，等著吩咐。

王子瑜不好意思。「這裡有什麼現成的拿來我吃點就行，要是沒有就算了。」

「奴婢做了些麵條曬乾了，要不給您煮一碗？」

書房小院雖然沒有廚房，卻有個小小的茶房，今夜爐火沒滅，熱水是現成的，隨安切了蔥花，又從吊著的籃子裡拿了兩個雞蛋用小鍋燒熱，放了油蔥花，做了一碗香噴噴的荷包蛋麵。

王子瑜看著麵條口水橫流，一邊吃一邊誇讚。「隨安，妳這手藝趕得上春風樓大廚了，他那一碗麵可要十兩銀子。」

一說到銀子，隨安頓時覺得親切。「表少爺謬讚了，您這是餓了，才覺得麵好吃。」

十三、四歲的豆蔻少女，如花蕊初綻，亭亭玉立，王子瑜抬頭看了一眼，連忙低頭繼續吃麵，嘴裡道：「才不是。」

吃完洗漱後重新躺下，卻怎麼也睡不著了。

看了燈影下安然坐著的隨安，覺得自己右邊腮幫子有種隱隱的痠麻，就像小時候換牙的感覺，說痛算不得大痛，說舒服還隱約有點……

他其實以前就有點喜歡隨安，但都沒有今晚這麼強烈。

真的好想把她要到自己身邊——

褚翌睡到後半夜，覺得被子厚，蹬開摸了一床薄的被蓋在身上，偏那被子不知被什麼熏了，有種淺淺淡淡的香氣，他皺著眉捲在懷裡，天明醒來，覺得下半身那裡濕漉漉的，一看，自己竟將隨安的被子抱在懷裡。

隨安剛打了熱水進來，準備叫褚翌起床，就見他惡狠狠地看著自己的被子，聽見動靜，轉頭看見她，更是惱火。「妳個丫鬟用的被子比我這少爺的被子還軟和！妳莫不是偷拿了我的被子？」說著把隨安的被子往地上一扔，猶自不過癮，胡亂穿了中衣赤著腳就下床去踩。

這種找碴的事他也不是第一次幹了，隨安在心裡咆哮。要是她有個這樣的弟弟，早拿鞋底子上前去往死裡抽了。

褚翌踩完又吼。「叫他們抬浴桶過來，我要在這裡沐浴！」

這個早上注定雞飛狗跳。褚翌把隨安的屋子弄得到處都是水，已經丟在地上的棉被更是沒能夠倖免，把隨安氣紅了眼。「我就這一床被子！」氣狠了，連稱呼都忘了掩飾。

「妳蓋蓋本少爺的被子試試！還敢頂嘴！妳是不是覺得本少爺的被子更好？那妳蓋！」

褚翌一大早的火氣就大，可不大，怎麼能夠掩蓋自己的羞惱呢？

可惜隨安的心思都在如何挽救自己的被子上，根本沒注意九爺其實是惱羞成怒。

「這一大早鬧烘烘的，你平日就起這麼早？」王子瑜也醒了，打著哈欠出來問。

在錦竹院擔心了一夜的蓮香正好帶人進來，笑著道：「表少爺早，這算不得鬧，您要是在錦竹院住上一晚才知道什麼叫鬧。」拿了新衣裳過來給王子瑜換，又對著王子瑜道：「表少爺別嫌棄，九爺這身衣裳是沒上過身的……」一邊說著話，團團地指揮了丫鬟們進來伺候，兩個爺們很快地神采煥發。

褚翌拉住王子瑜，一邊往外走一邊說：「不早了，咱們出去練練，你也使使大哥的槍，練完正好吃飯。我跟你說，大哥的那桿槍九十九斤，我爹他老人家還有一桿更重的，不過沒在家，隨身帶著了……」

王子瑜被拉得叫。「哎喲，你慢點，我頭還暈著……」

隨安氣得咬牙切齒，盯著褚翌的背影恨不能讓目光變成凸透鏡，把他燒出個窟窿。

進了臘月，天氣更冷，隨安夜裡睡覺非要把被窩暖熱乎了才敢進去，早上起床，滿屋子冷氣。

初六這日，天還濛濛亮，一串串的鞭炮響在府裡點開來。隨安打開小院，碰見一個小廝問了才知道，褚元帥大獲全勝，嶺王及其兒孫全數投降，已經在回京的路上。

褚元帥是統帥，雖然還兼任幾個地方職務，但必定要進京面聖交還帥印的，班師回朝，請功受賞，是武將畢生的榮耀。

褚府的人歡騰起來。

褚翌高興完，想起了自己的功課來。別人還在高興，他已經衝到書房小院，一面打發了小廝去王家跟王子瑜要做好的詩，一面喊了隨安過來。

隨安抱著足有十多斤的字紙進來。「九爺，這些都是您往常該做的功課。」

褚翌看著差不多趕上他一半高的「功課」，臉色陰沈下去。「這麼多，妳要我怎麼抄？」

胡亂翻了一下，發現都是密密麻麻的蠅頭小楷，更是生氣。「行書、隸書、草書，妳寫哪一種不好？」偏寫女子們用的蠅頭小楷，這樣他想冒充一下自己寫的也沒辦法！就算他能糊弄住父親，但這麼娘氣的字體——父親鐵定笑話他！

見她臉色也青青白白的不好看，褚翌更煩。「這些都是妳近來寫的？」

「是，奴婢這幾日除去吃飯，就是寫這個。」事實當然不是，這些都是她往日悄悄寫下的，否則要她一下子寫這麼多，連睡覺的時間都沒有。

褚翌雖然很懷疑，但還是道：「行了，妳下去歇著吧！」

「九爺，奴婢給您研墨吧？」她故意連舊年寫的也抱出來，就是為了看他奮筆疾書，好出一出自己胸中惡氣，自己要是走了，豈不是看不到？

褚翌想著她研墨向來比那些粗魯的小廝好，點頭應下，也不多說，直接挽起袖子悶頭抄寫。隨安心裡暗爽，天色暗下來，還殷勤地點了大燈，十幾根蠟燭把屋子照得如同白晝。

褚翌一口氣寫了百十多張，累得手腕都要斷掉了，摔筆道：「今兒不寫了，明日早起來寫。」他明明寫了百十張，可怎麼看怎麼覺得隨安那一疊沒減少。

一整天下來，隨安還能悄悄出去活動活動，褚翌則是保持一個姿勢，不吃不喝地書寫。他這股勁頭，隨安面上淡定，心裡還是很佩服。當然，她也暗暗腹誹，九爺這麼賣力，也有可能是因為褚元帥的棍棒威力巨大。

褚翌一站起來，全身的關節都作響。

「九爺，奴婢喚兩個大力的粗使過來給您捏捏肩膀吧？」

褚翌回頭看了她一眼。這還是兩人前幾日鬧了那一場之後，頭一次這麼和諧，但是這丫頭的殷勤，他怎麼琢磨都覺得不對勁。

「不用了，妳替我捶兩下就行。」

隨安那樣說，就是為了避免自己給褚翌捶肩膀，沒想到褚翌突然來這麼一句，愣了一下，見褚翌已經在看她，連忙上前給他捏肩。

她用上吃奶的勁，褚翌還不滿意。「怎麼跟隻奶貓子似的，妳用點力啊！」

隨安累得說話都斷斷續續。「奴婢就這麼大的勁……剛才就說了，叫兩個有力氣的人來，您又不讓……」

兩個人唇槍舌劍，褚翌累得狠了，聽她抱怨幾句，權當是貓叫，也不理會，竟然坐著睡了過去。

褚翌再醒過來，耳裡是蓮香的聲音。「這一整天，除了早上吃了點東西，竟是沒再進過一粒米，我這裡還不敢告訴老夫人，也替妹妹擔心，若是傷了九爺的身子骨兒……」

不理會蓮香話語間的暗諷，隨安也學她的聲音低低道：「姊姊不用擔心，九爺一直在做功課呢！我見九爺能靜下心來坐一整日，就想著褚元帥排兵布陣，豈不是比這個還辛苦？可有道是虎父無犬子，上陣父子兵，九爺現下能吃這個苦，將來豈不是定能青出於藍？說不定啊，咱們府裡還能被封個異姓王或者上柱國呢！到時候我們這些伺候的，雖說比不上姊姊功勞大，可也能跟著風光風光不是？」

蓮香輕笑。「妳這丫頭，讀書識字就是嘴甜會說，我才說一句，妳就來這麼一大段。」

隨安見糊弄了過去，暗暗擦一下冷汗。

褚翌其實仍舊很累，可被隨安這麼一說，又覺得自己受的這點累實在不算什麼。父親說過，行軍在外，有時候走上幾天幾夜，喝污水、啃冷雪，天冷天熱都是受罪。他沒想到隨安小小年紀竟然有這樣的覺悟，接下來的幾天都安安分分地寫功課。

隨安奸計得逞，不，應該是吹捧得當一舉數得，褚翌當真就日日不輟地抄寫功課，拿出以前十幾年都不曾有過的勁頭，連徐嬤嬤都陪著老夫人悄悄來看了一次。

徐嬤嬤回去後就對老夫人道：「您可寬心了，九爺有這股勁頭，還有何事可愁？」

老夫人心裡高興，卻不敢將話說滿。「就怕他三天打魚、兩天曬網的，若是這工夫下在平時多好？」

到了臘月初八，先是宮裡的臘八粥頭一份地賞出來送到褚府，到了正午，獎賞褚府的聖旨便出宮。

紫玉直接把接旨穿的衣裳送到了書房小院，蓮香匆匆過來伺候褚翌穿衣。

隨安把衣裳給她，笑道：「九爺在書房，便多偏勞蓮香姊姊了，我送送紫玉姊姊。」

蓮香這才對著紫玉行禮，說了句怕耽擱接旨的時辰，就捧著衣裳去見褚翌了。

紫玉走了幾步還回頭看了她一眼，意有所指地對隨安道：「妳倒是大方。」

「我是一個人，年紀小，也不如諸位姊姊們穩重，難不成我事事都要上手？我還怕伺候不好九爺挨訓呢！再者，咱們府裡的姊姊們也沒見過幾個掐尖要強、爭強好勝的。」

隨安對聖旨內容的好奇心不大，就是盼著能多放點賞錢，可一直到了臘月初十，也沒見有人來放賞。

臘月十一，褚府眾人有品級的統統進宮謝恩，褚翌自是也跟著走了。隨安出去打聽一圈，才知道果然府裡接聖旨之後是放過賞錢的，只是她那一份不知道被誰給扣住了？

回了小院不久，七爺褚鈺、九爺褚翌跟王子瑜一起進來。

褚鈺邊走邊笑。「這頭一遭的名聲就叫九弟占了，柳永奉旨填詞是一段佳話，你這裡奉旨做功課，更是一段佳話。」

褚翌不以為然，逼著王子瑜跟褚鈺幫他作詩。

王子瑜堅決不鬆口，嘴裡說：「你自己謅幾首應付過去就是了。」餘光卻打量著門口的隨安，見她一副充耳不聞的模樣，不禁有幾分失落。

褚翌笑得眼睛都瞇了起來，攔住王子瑜不教他走。「你寫幾首，我改改詞句總成了吧？」又攔褚鈺。「七哥你也做幾首出來，否則我就去告訴七嫂，你十三歲的時候就帶著我去偷看芳華洗澡。」

芳華是褚鈺書房的丫鬟，人長得美，深得褚鈺喜愛，不過德榮郡主醋勁大，褚鈺不敢捋虎鬚，頂多瞅著沒人的時候親親嘴、摸一把，其他與美人再深的交流是不敢的。

褚翌這樣一嚇唬，褚鈺也只好挽袖子幫忙，卻又強調。「若是在你七嫂面前胡扯，不用爹回來，我先揍你一頓。」

褚翌則深諳見好就收之道，哈哈笑著，叫隨安找人去大廚房要一桌酒席。

第七章

隨安喊了武英、武傑去要酒菜，待他們回來，便問那日放賞的事。

武英道：「徐嬤嬤說各個房頭的自己領回去，咱們都是九爺這邊，賞錢便由蓮香姊姊統領了。」

隨安不由皺眉，不知蓮香為何扣下她的賞錢？

正胡思亂想，褚翌在房裡喊她去斟酒。隨安應了一聲進來，王子瑜已經做了五首，褚鈺也做了兩首。這一會兒的工夫能得這麼多，可見褚翌的威力不僅在丫鬟、僕婦們之間厲害，在同輩人裡也是佼佼。

褚鈺發覺隨安一來，王子瑜的表情便不自然起來，扭扭捏捏得彷彿屁股底下有根針。偏偏九弟渾不在意，不是指揮隨安拿碗，就是叫她倒酒挾菜，把她當成小廝使喚。隨安呢，又一副木木訥訥，對酒席上的事一竅不通的樣子。

酒席剛過一半，王子瑜已經吃得雙頰通紅，褚翌一笑。「你可別醉了，休想躲過作詩。」一抬頭看了一眼一旁斟酒的隨安。

隨安領會，轉身悄悄出去，把酒壺裡的酒倒出大半，然後兌了涼開水進去。

褚鈺一喝就吐了，叫道：「這是金華酒？」

褚翌乘機道：「酒量淺就別喝了，這酒寡淡無味得很，上次到外頭吃飯，我還沒吃東西呢，子瑜就醉倒了，害得我回來吃隨安的豬食。」

王子瑜聽到他說隨安，又說吃飯，暈暈乎乎的露出一個傻笑。「我記得呢，半夜餓了，隨安給我下了碗麵條，好吃得很，比春風樓的大廚手藝都好。」

褚鈺也是個人精，聞言便和稀泥。「你那是喝多了，餓得狠了，就是吃鹹菜也是香的。」

褚翌終究還是笑道：「多麼難得，隨安再去下三碗麵過來便是。」

隨安聽了指示，連忙應喏，到了茶房一下子就癱在地上，伸手抹一把額頭，上頭的汗水已經涼了。

這麼多年，她時刻謹記當初褚翌的言語，知道他是個不容許他人覬覦自己東西的性子，所以對外人，尤其是其他男主子們都時刻保持距離；她倒不是覺得褚翌多麼看重自己，只是盡自己本分。

就是王子瑜，她也沒同他談笑過什麼曖昧的話，偏今日她覺得這兩人都不正常了，連帶自己也覺得好似有危險。

三小碗清湯麵端上去，隨安誰也沒看就往外退，退到門口，武英在小院門那裡衝她招手。「角門那裡說妳爹來了。」

隨安一驚，幾乎是本能地就想到不好的事上去，忙拜託武英。「九爺這裡你幫我看著些，我去去就來。」三步併作兩步地回去住處，把攢的碎銀子都揣在身上，然後又匆匆忙忙地趕到角門。

父女倆許久沒見，隨安先上下打量他，見他衣裳雖然舊，但洗得乾乾淨淨，略略放心。

褚秋水人如其名，是個少見的美男子，卻也是個手無縛雞之力的弱書生，別人是屢考不中，他是身體狀況不足以支撐自己去考試。

來自女兒的關懷，一下子讓褚秋水想到老娘在世時看自己的慈愛眼神，忍不住就淚盈於睫。隨安知道他愛哭，遞了帕子給他擦淚，毫不耽擱地問正事。「爹，大老遠的，天又冷，您是怎麼來的？松二哥呢？」

褚秋水流了一會兒淚，才哽咽道：「快過年了，他進京說要賣兩張好皮子，我就跟他來了。」

「那您早飯吃了沒？午飯肯定沒吃。」隨安覺得自己有操不完的心，看了街對面的包子鋪，撇下一句。「您等等我。」拔腿就跑過去，先買了三個，想起李松說不定也沒吃午飯，又買了五個。

褚秋水見隨安買了一堆包子，囁嚅道：「我吃不了這麼多。」

「這是給松二哥的。」隨安將他拉到門口避風，轉身進去跟看角門的婆子要了碗熱水。看褚秋水背著人膽怯又斯文地吃著包子，這才問話。「您上京是有事？什麼事？」

不問還好，一問，褚秋水的眼淚又嘩啦啦一下流了出來。「嗚嗚……都是爹不中用，死了也沒臉見妳娘親……」

隨安忍不住嘴角抽搐。一句話翻來覆去哭了三年，每次見到她總要來上這麼一齣。

「不是跟您說了嗎，您好好活著，一時半刻也就見不著我娘親了；您要是現在下去見娘親，娘親肯定會生氣的，萬一拿著掃把去揍您，沒得丟人丟到閻羅殿……」

後頭有人噗哧一樂，父女倆齊齊轉頭。

角門正對的甬路上，褚鈺、王子瑜、林頌楓和林頌鸞都在身後，褚翌站在最後，所以眾人的目光都集中在他們父女兩人身上。

看門的婆子跟小廝紛紛給七爺、九爺、表少爺行禮，隨安順勢拉著褚秋水站到了一旁。

褚鈺笑著對林頌楓道：「這個門對著的外街向來熱鬧，府裡人若是想出去逛逛，走這裡就極其方便。」

林頌楓道了謝，林頌鸞變戲法似地拿出一頂帷帽，兩人別了眾人出門。

隨安見褚翌轉身就走，想著自己沒告假就偷溜，把銀子跟包子都塞給褚秋水。「現在天色暗得早，你們若是趕夜路太辛苦了，不如去大車店歇一晚，喝些熱湯麵，也免得受寒。」

褚秋水不要銀子。「我來又不是跟妳要錢的。」下頭又沒了話。

隨安見問不出個所以然，就道：「若是今晚你們不回去，你叫松二哥來找我一趟吧！」見褚翌已經走得快看不見人影，連忙告別。「爹，您多多保重，我先回去當差了。」說完就提著裙襬小跑去追褚翌。

王子瑜看了看褚秋水，又看隨安，嘴唇動了兩下沒說什麼，褚鈺便笑。「你表嫂說要奉記的桂花糕，左右走到這裡了，我們去買點，也多買些孝敬孝敬外祖母。你跟我一塊兒吧，免得被九弟抓回去作詩。」

隨安終於在進院子之前追上褚翌，氣喘吁吁地問武英。「怎麼大家都去了角門？」她這還是頭一次被抓包。

「林姑娘進來就說見妳匆匆忙忙地跑了，不知道有什麼事，她想問問看能不能幫上忙？我只好說了妳去見家裡人。誰料她又說既然無事，想出去逛逛，只是不知道這府裡的角門該怎麼走？七爺知道她是林先生的家眷，便道自己也要出門，結果大夥兒就都去了角門……」

褚翌進了書房，隨安同武英、武傑一起收拾了酒席，又開窗通風，點了一爐木蜜香祛除酒氣，伺候著褚翌繼續做功課。

天黑的時候，武英瞅了個機會跟她說角門有人找，隨安看了一眼褚翌正埋頭書寫，一點要休息的樣子都沒有，熬了一刻鐘，最終磨磨蹭蹭地走到案桌旁邊。

「九爺，奴婢想告個假。」

褚翌不做聲，直到把一頁紙都寫完，擱下筆才看了她一眼。他早就看出她心不在焉，一直等著她開口呢！

隨安捏著衣角，心裡急得不行，怕李松等不及走了，也怕爹爹那裡是真有事，亦怕褚翌還在生氣不許她告假，心裡盼著他開口，唯恐他開口說出不中聽的話來。

「麵條是妳做的？」

「是，隔壁院子的方大娘教奴婢，奴婢跟她一塊兒做的。前些日子忙起來忘了領飯，就做一碗，沒、沒有表少爺說得那麼好吃。」

褚翌笑了起來。「妳緊張什麼？怕我說妳巴結新主子？」

隨安被他嚇跪了。「九爺，奴婢那晚是領了您給的差事照顧表少爺，奴婢只是當差，照顧表少爺也不是奴婢自己的意思啊！」

褚翌看著隨安戰戰兢兢、低首下心地跪在那裡，心裡好受了些，伸手捏住她的下巴問道：「真是我叫妳做什麼妳就做什麼嗎？」

隨安愣住，看著褚翌冷靜中帶著興味的少年人面孔，怎麼也沒法往她以為的那個意思上想，不過大腦已經先一步做出反應。「九爺是主子，奴婢唯九爺馬首是瞻。」

褚翌卻不滿意她的回答，更進一步問道：「若是讓妳貼身伺候我呢？老夫人說明年給妳開臉，放到我房裡……」

隨安一下就臉紅了。這人還要不要臉！他才多大年紀，就好意思想著跟女人睡覺！不要臉、不要臉！

褚翌以為她這是害羞，嫌棄般地鬆開手，明明大為得意卻又諷刺道：「看把妳美得！」嘴角忍不住勾了起來，手指在桌上點了一下。「行了，准妳的假了，滾吧！」

隨安深一腳、淺一腳地到了角門。李松見了她，忙道：「妳別急，我總歸等著妳呢！」待要伸手摸自己帕子，又怕隨安嫌髒，略猶豫地道：「妳快擦擦額頭上的汗。」

隨安用手胡亂擦了一下，就急急地問李松她爹怎麼了？聽李松說並沒有什麼事，這才把提著的心放回胸腔。

李松看著她盈盈的眉目，想著白天褚秋水提回去的包子，心中的情誼又冒了出來，鼓了鼓勇氣道：「隨安，我、我已經攢了五兩銀子了。」

隨安不知李松的心思，放下心就想起被蓮香昧下的賞錢。她爹一來，她立即又感覺到自己缺錢了。

兩個人分別後，李松目光一動不動地看著她的背影，直到她拐過了假山，再也看不見。看守角門的婆子一臉興味地看著他，把他看得落荒而逃。

隨安回到住處又數了一遍私房，越數越灰心。

她還想問蓮香賞錢的事呢，誰知蓮香先打發人來找她了。她去了錦竹院，蓮香給了她一疊花樣。

「今年過年，九爺進宮的衣裳要新做，這都是多出來的活，針線房裡忙不過來，我就把九爺的衣料領了回來，這不想著先把繡樣畫一畫，每人分一塊，也好做得快些。好妹妹，勞駕妳在這裡每樣描三份。」

隨安盯著花樣不說話。她這些日子隱隱感覺蓮香大概不喜歡自己，本還沒放到心上，可蓮香扣著她的賞錢不給，還使喚起她，這種挑釁她要是再當作看不見，那就真是無知了。

「這些要讓我畫，若是不幹別的，最少也要四、五日的工夫，只是偏現下九爺的功課是最要緊的，先前進宮，連咱們陛下都過問過……」

蓮香一直盯著她，笑問：「我怎麼沒聽說過？」

隨安道：「具體怎麼回事我也不知，只是七爺那日過來說話，說了一句九爺奉旨做功課。」

蓮香垂下眼皮，過了一會兒才道：「這東西要得急，本想著妹妹耽誤半日的工夫……」

隨安拿著那紙心裡苦笑。這花樣複雜不說，著墨還淺，要想描著畫，除非是極薄的好紙、不怕墨暈開，此時往哪裡找這樣的紙？

她笑著搖頭。「實在做不了，姊姊還是另請高明，免得耽擱了正事。」

隨安不知蓮香打什麼主意，也不想繼續待下去，起來告辭。「出來是在九爺跟前告的假，不敢待久了不回。」把花樣輕輕放到蓮香身旁的桌子上。

只是她剛一轉身，一個小丫鬟就端著熱茶撞了過來。

隨安待要躲開，想到身後小桌上的花樣，情急之下抓起手邊的一個坐墊擋在了臉前，雖然如此，可那茶水滾燙，仍舊將她的手燙紅了。

周圍一群丫鬟撲上來，蓮香更是拉過隨安。「妹妹怎麼不躲一躲？」

隨安看剛才那上茶的小丫鬟已經被擠到一邊，知道這是錦竹院眾人包庇，冷冷一笑，看了一眼仍舊放在桌上的花樣，將手上的坐墊往地上一扔就往外走。

她不惹事，但也不怕事，只是這些陰謀詭計看著實在噁心。

蓮香非要將她送到門口，分別的時候，兩個人都從對方的目光裡看到冷意。

還沒走到書房小院，隨安的手腕上就起了水泡，她暗道要是潑到臉上，這會兒說不定都毀了容。

本來想著誰都不靠，就安安分分地做事，沒想到是非還是這樣上身。不管怎麼說，今兒蓮香這下馬威是使出來了，她不想接招，卻也不能留下把柄讓人以後來坑自己。

林太太出門逛花園遇上了褚府的柳姨娘，聽說柳姨娘生的褚八爺跟著褚元帥在戰場上掙軍功，頓時生了結交一番的心思。

「將相本無種，褚八爺年紀輕輕就有這番魄力，可見柳姊姊教得好……」

柳姨娘捣著帕子直笑。「我哪裡教過他？我們府裡的爺們七、八歲就上戰場，這前程啊都是自己掙的。戰場上刀槍無眼，要我說還是科舉出仕方能長久，安安穩穩在京中做官，我也不用整日替他憂心。妳看我們家七爺中了個秀才，平郡王歡天喜地地招為女婿。不過說起來，還是九爺最有福，能得到林先生教導，這以後啊，我們府說不定能出個舉人老爺呢！」

林太太早就聽林先生說過褚翌孺子不可教，因此聽到柳姨娘恭維林先生，又高興、又尷尬。萬一褚九爺連個秀才也考不上，豈不是林先生的不是？

林頌鸞知道母親心事，過來道：「父親才教了幾個月，若是有功也是九爺之前的師傅們教得好，聽說連太傅都教過他。」

林太太連忙把憋了好久的心裡話說出來，請柳姨娘幫著遞個話，好教她們去拜見老夫人。柳姨娘沈吟片刻，答應了，林太太喜不自禁，把極珍貴的衣料拿出來，硬送了柳姨娘一塊。

又跟林頌鸞商量見老夫人要穿戴的衣裳首飾，林頌鸞見那柳姨娘滿頭珠翠，心裡羨慕，嘴上卻道：「依女兒之見，咱們穿得素淡些就好，一來咱們家也不是那種豪奢人家，二來我看那天紫玉就穿戴得極為華麗，老夫人平日裡想是見多了這樣打扮的人，不如咱們就畫個南方妝容，清清爽爽去拜見。」

林太太道極是，又道：「咱們先見過了，妳小姨來了也有面子。」

第二日，果然有陌生丫鬟來傳話，說老夫人有請。林頌鸞笑著謝過，回屋卻皺眉。「柳姨娘幫了這個大忙，若是等褚八爺回來說也要跟著父親讀書，可怎麼是好？」

林太太奇怪。「叫妳父親一併教了不就好了？」

林頌鸞搖頭。「不成。褚九爺再不成器也是這府裡的嫡出少爺，嫡出尊貴，先貴後賤，到時候恐怕人家要看不起父親；若是父親先教的是庶子，被嫡子看中，外頭人說起來會說父親是有真本事，名聲也好聽。」

林太太心裡的歡喜一下子去了五成。「這可怎麼辦好？到時候她要是說起來，我可怎麼回話？」

「母親不用著急，兵來將擋，水來土掩，到時候您就說要聽父親跟褚元帥的，爺們的事就交給爺們辦好了。」

「那要是褚元帥讓教八爺呢？」

林頌鸞自信一笑。「母親忘了小姨了？」

林太太方才放心。母女倆找出昨天商量的衣裳來，穿戴好了卻不見來傳話的小丫鬟。林頌鸞恨得跺腳，去了書房小院找隨安，要她幫忙帶路。

隨安往書房裡伸頭瞧了瞧，褚翌正在埋頭做功課，便答應了。

第八章

林頌鸞一甩帕子率先走了出去，等走了一段路，才問隨安。「妳最近在忙什麼呢？也不見妳出來。」

「林姑娘到之前，錦竹院的蓮香姊姊剛叫了奴婢過去，想讓我幫著畫幾副花樣，那花樣複雜難描，奴婢正頭疼呢！」

林頌鸞旁的不敢說，這書畫一途還是挺有自信的，隨口道：「妳怎麼不找我？」

「她們要得急，看著實在是難，便推了。」

林頌鸞心裡越發看不起隨安，心裡有了主意，便又問隨安老夫人平日裡的喜好，隨安多一事不如少一事地支吾過去。她縱然再坦蕩，見了這麼多人的私心，也是難免覺得疲累。

這樣一路支應著，三人不多時便到了徵陽館門前，可巧又是棋佩從外頭回來，隨安與她也算相熟，忙託了她通報。

棋佩答應了，進去之後卻沒有回音，隨安便不等了。「林太太、林姑娘，我還有差事，就不陪妳們等著了。」

林頌鸞更無耐心，左腳換右腳地站著。「剛才妳託的人可靠嗎？別是忘了，再找別人傳一句不行嗎？」

隨安無語。林家明明知道自家人給褚元帥當了小妾，怎麼會以為自己在褚家受歡迎？讓人在門口等，不過是甩臉子而已。

她不想跟林頌鸞解釋這個，聽見有人喊自己，見是紫玉在茶房那邊，便走了過去。兩人略說了幾句，就見一個小丫鬟出來，請林家母女進去。沒多久，棋佩滿臉笑容地走來這邊。「妳們猜猜怎麼著，林姑娘請纓要幫著蓮香畫花樣呢！」說著就捏隨安的臉。「說妳年紀小，怕事躲懶也是有的。」

紫玉悄聲道：「就沒見過比這更不要臉的了。」

隨安便把那日清晨，林頌鸞當著褚翌的面說幫她打掃院子的話說了。

紫玉跟棋佩笑得前仰後合。

隨安乘機告辭，出了徽陽館，加快腳步回書房小院。半道兒跟武傑撞上，武傑一看是她，急急道：「姊姊快回去，九爺在發火呢！武英磨墨，加水多了，害得九爺快寫滿的一張紙都廢了。」

隨安一聽不敢耽誤，提起裙襬往前跑去，進了書房沒等喘口氣，褚翌伸手就來拉她，一下子攥破了她手腕上的水泡，鑽心眼的疼教她忍不住驚叫起來。

褚翌一愣，鬆開手，見隨安淚都噴了出來，眉頭挑得老高，以為她跟自己矯情上了，提腳要踹，見她兩手都有紅點才頓住，冷聲問：「怎麼回事？」

隨安小聲說了在錦竹院的事。

褚翌不傻，皺著眉頭看她，直到把她看得眼淚又流出來才罵了句「蠢貨」。

丫鬟們上茶的規矩都是前頭翻來覆去地教，沒有上頭的命令，誰敢直接上滾水？明顯就是有人使壞。

「有本事對著爺哭，妳怎麼不潑回去？」

「回九爺的話，府裡的規矩，丫鬟們打鬧不論對錯，雙方先打十個手板子。」隨安哽咽道。

褚翌又暗暗罵了句蠢，見武英跟武傑在門外探頭探腦，立即喝道：「還不去拿藥！」

書房小院就有蘆薈膠，武英送過來，褚翌已經坐到榻上，見隨安跪在地上委屈地流淚，心裡疼了一下，嘴上卻道：「還不滾過來？就知道跟爺使苦肉計。」

等他掀開衣袖看見那三個銅錢大小、已經破了的水泡，褚翌的眉頭已經皺得能夾住蚊子。

隨安伸手去接蘆薈膠。「九爺，這個看著骯髒，奴婢自己來。」

卻被褚翌一巴掌拍開，斜了她一眼。「怎麼沒把妳燙熟？平日裡的機靈往哪裡去了，不知道躲開？」

隨安剛要擠出一個笑，被他一下子拉住手，又嘶嘶地哀叫了一聲，卻仍舊辯白道：「奴婢是想著那花樣難得，若是潑到上頭，說不得您進宮的衣裳就耽擱了……哎喲，痛痛痛！」

褚翌使勁捏了一下她的手，恨道：「還敢嘴硬！」垂下頭幫她胡亂擦上蘆薈膠。

「奴婢一顆忠心，日月可鑑。」

褚翌差點噴笑，好不容易忍住擦完，把剩下的藥膏胡亂塞她手裡。「行了，滾吧！」別的丫鬟蹭破點皮，都是勾勾纏纏、千嬌百媚地撒嬌，他可從來不敢指望她也同他撒撒嬌。

他生氣的時候，她嚇得戰戰兢兢；可他不生氣了，給她一點溫柔，就教她感動得不行，雖然那點溫柔也只是被夾裹在惡劣的口氣裡。

褚翌看她站在那裡嘴唇動了動，卻一副不知該說什麼的表情，心裡暗罵她蠢。

他從前見褚鈺的丫鬟芳華只是裁紙弄破點皮，就坐到褚鈺懷裡撒嬌。當時雖然看了覺得刺眼，但隨著他長大，現在想來，竟然覺得那樣也是一種情趣。只是若要指望隨安這呆頭鵝給他來點情趣，他還不如指望頭豬！蠢死個人的貨！

可他心裡這樣想，卻忘了別的丫鬟不是沒衝他撒過嬌，而是被他嫌噁心給攆走了。說來說去，不過是對隨安有那麼一丁點兒的認同而已。

隨安受了褚翌一點恩惠，心裡便想著回報一二。

她手裡有一塊青田石，質地好但形狀不好，偶然逛街見便宜就買到手裡。青田石雖然不如壽山石、雞血石那麼有名氣，卻也石質細膩清脆，是刻章的好材料。她思量了很久，才決定刻個「鷹擊長空」。

褚翌這些年一直心心念念想當大將軍，他天生力氣大，手腳靈活，這麼多年武藝一直沒有落下，連不喜歡的文化課都磕磕絆絆地唸了下來，為的就是有朝一日能實現自己的抱負。

隨安為自己的「投其所好」沾沾自喜了一刻鐘，便決定動手。

她這裡剛挽起袖子來，蓮香就帶著小丫鬟匆匆來了。

隨安剛要出去，被武英堵在門口，悄聲道：「九爺讓姊姊學著些。」

她撇撇嘴，站在窗邊看著蓮香，聽她說話。

「春蘭打小就在咱們院裡長大，最是個熱心好動的，這次也不能只怪她，隨安轉身走得急，又沒躲開，這才撞上的……春蘭已經知道錯了，奴婢帶了她來，隨安妹妹任意處置，只要妹妹消氣。」蓮香提著裙子嫋嫋行禮，話說得不疾不徐，讓聽話的人覺得她的話裡透著萬般的無奈跟委屈。

春蘭跪在後頭，眼淚流得情真意摯。「九爺，奴婢真不是故意的，隨安姊姊有學問，奴婢看著就想親近，這才搶了芳兒姊姊的差事幫著上茶……」

褚翌擱下筆，瞟了一眼耳房那邊，漫不經心地對蓮香道：「什麼亂七八糟的，妳是錦竹院的大丫鬟，小丫鬟們不懂事，妳教導了就是。」

蓮香聽了這話，臉上閃過一絲得意，很快又斂了去，換上一副憂心忡忡的模樣。「是，九爺教訓的是。只是奴婢叫了隨安妹妹過去，本也是想著大家都是伺候九爺的，九爺好了，奴婢們才能好……沒想到隨安妹妹推託了不說，還告訴林姑娘。奴婢是想著，咱們一個院子裡，無論怎麼鬧，都沒有外人，教林姑娘知道了，顯得奴婢們無能不說，卻平日看我們笑話，也給九爺丟臉……」

隨安看著手上燙起來的皮，那一塊地方因為抹了藥膏，裡頭發黃、外頭泛白，看著就疼。蓮香隻字不提把她燙傷的事，卻在褚翌這裡給她上眼藥，話裡話外說她不顧大局，把錦竹院的事情透露給外人，讓林姑娘看笑話，顯擺完了，又示威似地往她這邊看了一眼才走。

武英笑嘻嘻地過來。「九爺喊姊姊過去呢，小的覺得九爺是真疼姊姊的。」

隨安眼前一黑。「你小孩子家的，亂說什麼呢！」

褚翌正在翻那一疊功課，看見隨安進來，皺著眉道：「這些妳寫了多久？」

隨安知他開始懷疑，連忙道：「奴婢的字小，寫得快還寫了好些日子呢！盒子裡的墨條奴婢用了四塊，您寫的這些就用了六塊……」

褚翌剛才那樣說只是因為寫累了煩躁，他擱下筆，揉著手腕問：「妳的手怎麼樣了？伸來我看看。」

隨安連忙將手背到身後。「九爺，這個很醜，您就別看了，上了藥過兩天就好了。」

褚翌一口氣悶住。難得他發善心想溫存她，簡直浪費自己心意，這不解風情的呆貨！

他不再強求，只是冷冷道：「蓮香的話妳也聽見了，跟林姑娘說又是怎麼回事？」

「林姑娘問奴婢最近在忙什麼呢，奴婢便說了那麼一嘴，誰知林姑娘藝高人膽大，說到了老夫人跟前。奴婢知錯了。」

隨安恨得牙癢癢。偏這事要是按蓮香說的，她還真不占理；可她當時也只是推託林頌鸞而已，誰承想林頌鸞這麼熱情啊！就算那只是花樣，可到底是給男子做衣裳，不是親近的人，就該遠著些才合規矩吧？

「那茶水呢？是妳撞上去的？」

「不是，奴婢就轉了個身。」她生硬地說道。

褚翌冷笑。「這會兒有火氣了？那時做什麼去了？說妳蠢妳還不服。剛才要不是我替妳擋過去，妳若是跟蓮香對質，鐵定要挨一頓罰。」他瞄一眼她的手。「到時候妳的手就不只是燙破皮，五十個手板子下來，一定腫成饅頭。」

隨安當然不服，可她也知道，要是換成自己，沒準兒真能被蓮香帶往溝裡；就算她據理力爭，大不了那春蘭挨一頓罰，蓮香是不會傷筋動骨的。

想想這些勾心鬥角就煩。她為什麼整日想著如何贖身出府，還不是煩這些糟心事？想到這裡，情不自禁地低聲嘟囔。「九爺，您說蓮香為何要陰我啊？我也沒得罪她啊，她還扣了我的賞錢沒給呢，我也沒問她要。」

「妳瞧瞧妳那出息，一點小事就教妳灰心喪氣了？」

隨安點點頭。「是不想理會，最煩這些婆婆媽媽的陰私，換做我，寧可正大光明地打一架呢！」

褚翌聞言一笑。他果然沒看錯她，在這一方面，他們兩人也算知己，只是隨安這種知己，頂多算半個，太呆、太蠢了。

思忖了一會兒，他循循善誘問道：「蓮香為何看不慣妳，妳真不知道嗎？」

他問得意味深長，隨安一張俏臉憋得通紅。

她很想說，大概蓮香嫉妒自己要成為通房的命運，可又覺得萬一不是，顯得自己自作多情，所以她憋得通紅不是因為害羞。

可褚翌就認定了她是害羞，呵呵笑不說，還輕巧地道：「原來妳也曉得？還不算太蠢。」

隨安嘴角抽搐。

兩個人的心思各異，書房裡的氣氛卻奇異地安靜下來，有一種說不清、道不明的氛圍緩緩流淌。

過了很久，褚翌突然問：「妳是不是怕了？」

隨安愕然，而後搖頭。「沒怕。」真刀實槍的時候她都沒怕過，暗箭傷人就更不會怕了，她只是不想過這樣的日子而已。

「九爺。」她眼睛澄澈，小聲問：「要是被您收了房，奴婢還能不能在書房繼續伺候？」

「妳說呢？」見她竟然好不知羞地問收房的事，褚翌沒好氣地反問，越發覺得褚隨安是個笨蛋。

隨安則徹底死心了。她研究了兩條路，一條是拿錢贖身，這個有點難，再說有錢也不一定能成，主家不讓贖或者提高籌碼怎麼辦？第二條路則一勞永逸，逃跑，跑沒影了，找都沒地找！可是逃跑也有弊端，先不說她如何求生，就是褚秋水那裡，她怕褚翌也把褚秋水抓了。

她在這裡尋找出路，林頌鸞也在跟林太太說著出路。

母女倆讚嘆了一番老夫人的屋子奢華，然後又說起自家的前程來。

林太太嘆息。「妳說褚將軍陣前掛帥，也算是個有真本事的，就是這年紀大了些；若是再年輕個幾歲，妳小姨能得個孩子傍身，咱們在這府裡也算是有了依靠。」

林頌鸞心道到底是做人妾室，不如正室體面，說：「武官不如文官，若是在文官家做一府的主母才是真好，憑小姨的容貌才華，就是進宮做妃子也是做得的。」

林太太喜孜孜地道：「我的女兒也不差，等妳小姨來了，讓她幫著相看相看，到時候找到好的，好教褚元帥幫著作媒。」

林頌鸞心高氣傲，皺眉道：「小姨以前也沒來過上京，這京中之事她能知道多少？」

「我看老夫人就挺喜歡妳的，不是叫妳有空多過去走動？」

林頌鸞嘆了一口氣，悵然道：「若是小姨沒給褚元帥當妾室，我必然厚著臉皮貼上去，可現在這樣，哪家的主母能看妾室順眼的？」

「我看老夫人不是那樣的人。妳想想那個柳姨娘，她生的孩子還不是被褚元帥帶在身邊，這樣有軍功也能掙些，柳姨娘也穿金戴銀的，看不出一點受搓揉的樣子。」

林頌鸞抿唇不語，過了一會兒道：「娘，您給我買兩個丫鬟吧！」

林太太小心翼翼地問：「妳父親是九爺的先生，叫他開口問九爺要兩個不行嗎？我看那叫隨安的丫鬟就挺好的，人也機靈……」買丫鬟要花一大筆銀子，他們家現在統共沒有二十兩銀子，將來林頌楓還要成親，林太太都愁死了。

林頌鸞想起隨安便皺眉。隨安雖然沒有在言語、行動上得罪她，可她就是看她不順眼。「隨安不行，這府裡的都不行。您想想，這府裡的人都是向著府裡的，我們縱然對她再好也養不熟，不如從外頭買了來，直接依靠我們，若是不好，大不了提腳賣了便是。」

林太太一向不敢反駁女兒的話，只苦惱地道：「買人的事，可以問問柳姨娘有沒有相熟的牙行，可這買人的銀子……」

林頌鸞道：「您看到炭房裡的炭了沒有？都是些好炭，雖然不是那些頂好的銀霜炭，卻也不便宜，燒火都沒有臭煙味。咱們賣上一半，留下一半，總能支撐到褚元帥進京吧？到時候小姨也來了。」

林太太一聽立時眉開眼笑。「妳這主意好，就按妳說得辦！」

林頌鸞輕輕笑了起來，花了一夜的工夫便把花樣描好了，早上一大早梳妝打扮好，親自送去錦竹院。

隨著得勝的隊伍一日日臨近上京，京中漸漸熱烈起來，大家都盼著見見班師回朝的盛況，連臘月二十三日的祭灶都過得心不在焉。

大爺帶著七爺早就出發去迎父帥，褚翌也想去，被老夫人攔住了，只好回去繼續寫功課。他這陣子抄書抄多了，連帶精神都帶了些文雅，往日眉宇間的浮躁少了不少，抄書之餘，也在書房小院裡活動筋骨。

老夫人抿唇笑，特意叮囑隨安。「好生伺候九爺，不要讓外人打擾他。」

隨安聽說林姑娘最近跟錦竹院走得近，正好不想陷進她們那些算計裡，連連點頭，等褚翌進了院門就緊緊關閉門戶，有了時間，乘機把那個鷹擊長空的閒章給刻出來。

方寸之間，一隻雄鷹舒展翅膀、直沖飛天，四個比綠豆略大的字凌厲非常，看著就極有氣勢。隨安得意極了，感覺整個胸腔都熱了。

「妳又在美什麼？」褚翌在她耳邊喝了一聲，看見她手裡的東西，一下子搶過去。

褚翌的自大絕對不會比林頌鸞少。「這是預備給我的？」

隨安啞然，說是要挨嘲諷，說不是要挨揍，一時進退兩難。

褚翌等不到她的回答，眼神越來越凌厲，眼瞅著馬上就薄成了刀片，隨安忙道：「九爺的生辰快到了，奴婢想著……」褚翌的生辰在正月初七。

第九章

褚翌拿著印章在陽光下看了一圈，吐出一句。「無事獻殷勤！」說完，想起後頭接著的那句「非奸即盜」就格外彆扭，哼唧了一下，沒好氣地問：「想要什麼好處，說來聽聽。」

隨安沒想到他這般好說話，腦子一抽，心裡話就說了出來。「九爺，您把賣身契還給我吧？」

褚翌呵呵笑。

隨安咬了下舌尖，立即眼淚汪汪，跪下抱著褚翌的大腿。「九爺，奴婢就想活著好好地伺候九爺一輩子，您看奴婢不是良籍，連府裡的小丫鬟都能說潑熱水就潑熱水。九爺……」她仰起頭，給他看眼中真實的淚水，哀哀哭道：「奴婢都是要做通房的人了，這點體面不能給嗎？」

褚翌被她抱得臉紅耳赤，又懷疑自己的認知是不是哪裡出了錯，皺著眉遲疑地問：「妳真的想伺候我一輩子？」

隨安猛點頭。「奴婢可以發誓。」卻狡猾地沒說誓言內容。

褚翌雖然知道她一向奸詐，但沒有想到她能無恥到欺騙純真男童的地步，是以心裡就有點相信了。可相信之後，又有點不好意思，拽了拽腿，沒拽動，他一邊的嘴角咧開，由著她抱著一會兒。

過了很久，隨安正在思慮自己是不是表演得太過火，就聽褚翌陰森森地問：「妳把鼻涕擦我袍子上了?!」上揚的疑問還沒落下就直接變成了肯定。

隨安當然不承認。「是眼淚，真的。」

褚翌卻在思忖，自己答應隨安當通房答應得太過容易，怎麼看都覺得好似吃虧的是自己呢？這丫頭還沒當上通房，就跟自己要賣身契，要是當上通房，施展點魅惑手段，自己萬一再發昏，說不定就成了姨娘……想到最後，褚九爺的大腦已經編了一頂「禍國妖姬」、「獨房專寵」的帽子戴到隨安頭上。

他這次是真心實意地把腿收回來，惡狠狠地對她道：「想得美。」

隨安神色哀怨，目光中閃過一抹狡黠笑意又轉瞬即逝。

眾人一天天數著，日子似乎過得飛快，到了臘月二十六，褚元帥率軍到了外城，軍士們各自歸營，只剩下一千御林軍擇日隨褚元帥進京，上京的氣氛頓時到了頂點。

王子瑜親自送了其餘的詩作跟文章過來，又千叮囑、萬囑咐褚翌。「一定要多改幾個字，這裡頭有些文章也是我以前做的。這兩日給你作詩做得我看什麼都是四四方方、仄平平仄的……咦？你這個章不錯，你竟然有閒工夫刻章?!」

褚翌得意。「這是有人孝敬我的。」一副「老子做人就是這麼成功」的模樣。

隨安端了茶上來，王子瑜放下手裡東西，笑著道：「祖母終於鬆口允許我去蜀中遊學啦！等過完年，出了正月就走。」
褚翌笑了。「我敢打賭，你到三月三也走不了。」
「我若是走得了又怎樣？」
「條件隨你開，只要我有的。」褚翌放言。
隨安送王子瑜出門，到了門口，王子瑜站定，朝著書房看了一眼，輕聲問道：「妳想不想去巴蜀看看？」
隨安不疑有他，笑著回道：「巴蜀之地，天府之國，若是有機會當然很願意去看看，聽說只一個都江堰就可看到很多名勝呢……」

「陛下欽定了臘月二十八日親迎班師的隊伍，太子已經在外城見過了父親，兒子也有幸見了一面。父親還好，問候了母親身體，說二十八日下午回家。」七爺褚鈺笑著說道。
老夫人點了點頭，褚鈺又問褚翌。「你的功課做得怎麼樣了？」
大家的目光便落到褚翌身上。
「自然是都做好了。」褚翌懶懶地道。甭看他奮筆疾書這麼些日子，勞心勞力，到了眾人面前還是很淡定的，是那種累得手腕都痠麻了還假裝沒有的淡定。
老夫人笑著教訓道：「工夫也要用在平時才是。」
褚翌站起來領受。「知道了娘。」聲音拖得老長。
待徵陽館眾人散了，褚翌信步又到了小院門口。

院子裡很安靜，隨安正坐在房裡打磨刻刀，陽光透過窗，薄薄的刀刃反射冷光，她忍不住手癢，拿著刻刀比劃了兩下子。這兩下子還是看著褚翌平日在院子裡鬆筋骨時偷學的。

結果還沒比劃完，褚翌的笑聲就到了。她跟蹌起身，絆倒了椅子不說，還把自己摔了。

褚翌心情瞬間大好，總算不覺得寫功課枯燥無味了。

臘月二十八，隨安並沒有出府去看班師，不過聽說場面搞得很盛大，皇帝帶著太子親自扶起褚元帥云云。

班師之後，褚元帥直接進宮，而親朋們能跑到宮裡的都進宮，其他的人幾乎都來了褚府，武英、武傑來回跑著傳話，來報。「大老爺出宮門，往家來了。」

隨安目送褚翌去了徵陽館，剛要進門，就見在林先生家小院做粗使的方大娘衝她招手。方大娘沒說話，擠眉弄眼地拉著她的胳膊指了指院子，隨安順著她的手指看過去。

院子裡一頂華麗暖轎，大紅遍地灑金的帷幔、富麗非凡的頂蓋在日光下熠熠生輝，頂蓋四周綴滿了長長的流蘇。

隨安挑了挑眉，只見從屋裡掀開簾子出來兩個高眺美麗的丫鬟，一個端了茶盤跺腳抱怨。「這兒天可真冷，奶奶要凍壞了。」

另一個則道：「要死了，不是交代了要喊姨奶奶，妳再這樣，小心姨奶奶罰妳月錢。」

兩個人有說有笑地去了茶房。方大娘悄聲道：「今兒一大早就來了，從那邊的院門進來的。」

隨安雖然跟褚翌經常不對盤，但這會兒知道來人是褚翌的小媽，心裡還是不舒坦，更擔心褚翌要惹出什麼事來。

褚元帥在外院見過了眾多兒孫、家人之後，回徵陽館內院又見了女眷，之後才回內室換衣裳。老夫人剛要吩咐柳姨娘進去伺候，見柳姨娘的一雙眼睛都黏在八爺身上，就笑著道：「你們娘倆也許久沒見了，老八跟著你姨娘回去盡盡孝。」

柳姨娘忙謙辭。「夫人是嫡母，八爺就是盡孝也是孝順夫人，奴婢是哪個旮旯兒裡的人呢！」

老夫人笑，喊了紫玉跟棋佩進去侍奉，而後仔細打量老八，見他皮膚黝黑，眼神鎮定，顯然比之從前更有長進，便點了點頭。「說不得孩子們還是摔打摔打才有出息。」又對柳姨娘道：「妳辛苦懷胎生了他，他孝順我一口飯，也得孝順妳一口湯才行呢，否則我也不依的。」

柳姨娘這才跪下磕頭，而後拉著八爺退下。

褚翌坐在八爺下首，站起來道：「八哥，你跟柳姨娘說完話，我去找你啊！」然而卻被七爺拉住。「八弟剛回來，一家人團聚來日方長，你就算急著上戰場，這會兒也沒仗給你打了。」

褚翌悻悻坐下，然後往下首看。他的大姪子，比他還大五、六歲的褚家大少爺褚長齡也才回來。褚長齡看見他的目光，立即伸手摀住眼。「九叔看不見我，九叔看不見我。」把一屋子人弄得哄堂大笑。

褚大老爺在內室換了衣裳，出來威嚴地道：「老夫算是解甲歸田了，以後大家盡可稱我老太爺。老大年紀也不小了，我跟你母親商量著，以後這個家還得你來挑擔子；長齡也是個好的，咱們家算是後繼有人……」

眾人站著聽他的安排，紛紛應是。

「以後全府都要改口。」新上任的老太爺看著兒孫，滿意地頷首，著意問了褚翌。「九哥兒，聽陛下說教你好生做功課，你可曾做了？」

「兒子都做完了。」

「行，我這就去看看，咱們爺倆也該好好說說話啦！老七，你跟你老丈人說一聲，改日一起喝酒。」說完又令其他人都散了。

褚翌惦記著想讓父親給他找個好一點的武師傅，正想著該怎麼開口呢，聞言自然是一百個同意。

老太爺看了看書房院子，笑道：「這院子挺樸素，怎麼也沒個匾額？」

褚翌道：「就是個書房，寫字用用，要什麼匾額。」

老太爺深愛么兒，褚翌的脾氣又像極了自己年輕的時候，自然是褚翌說什麼就是什麼。「行，是這麼個理。你看這那朝堂上的文人，時不時弄個什麼公、什麼婆的，要不就自稱某某居士，要我說真這麼出塵脫俗，乾脆也別吃喝拉撒了。」

褚翌大笑，眉眼在陽光下極為生動，老太爺心裡得意得很，看兒子如此，比打了勝仗都開懷。

步入書房，隨意打量，見案桌上擺了筆墨紙張，雖不齊整，勝在簡單俐落，怎麼看都覺得風雅；靠牆的書櫃上滿滿的書冊，有那些常看的或者沒看完的，斜斜地夾了書籤，屋裡沒什麼異味，散發著淡淡的墨香。

隨安在茶房燒水準備泡茶，聽老太爺繼續道：「這兒怎麼也沒個人伺候？平日裡誰收拾？倒是看著真不孬。」

「就一個笨丫鬟，只會燒燒水，其餘都是我收拾的。」褚翌大言不慚。

隨安目瞪口呆地聽他說完這一句，突然想到，曾有個人也是這麼毫不猶豫地搶走了她的功勞，說她年紀小，看著做這些活都不忍……以為是世間靈芝翠，原來還是人海一粒渣啊！就不知九爺是不是受了林姑娘啟發？

老太爺道：「好！一室之不治，何以天下家國為！你能事必躬親，真是少年才俊。」

有誇自己兒子少年才俊的嗎？怎不說他芝蘭玉樹、玉樹臨風呢?!這父子倆一樣地教人受不了，這都是些什麼人哪！

跟隨老太爺的人都留在了外頭，武英跑進茶房問：「隨安姊，熱水好了嗎？九老爺叫妳去泡茶。」他已經改口。

隨安悲憤得恨不能捶胸頓足，卻也只得站起來提壺。「這就過去。」

老太爺無所謂地打量她一眼。「嗯，泡得工夫茶，也算是一門手藝，看來妳是專門靠這個吃飯的。」

隨安一律照單全收。「奴婢愚鈍，蒙九老爺不嫌棄，只會燒燒水。」

褚翌微微笑著，端茶遞給父親。「爹爹喝茶。」

老太爺眯著眼喝了一口，道：「不錯，賞她十兩銀子。」

隨安臉色從平淡轉為吃驚，又從吃驚轉為驚喜。她日日夜夜盼著發筆大財，沒想到竟然在心灰意冷的當口上飛來橫財，她連忙跪謝。「謝謝老太爺賞賜！」

褚翌見她諂媚的樣子，心裡有些不爽。要把她收為通房她都沒這麼歡喜。「行了，妳下去吧！」又跟父親撒嬌。「爹爹，您給我重新請個武功高強的師傅吧，我想學那個十步殺一人、千里不留行──」

老太爺便道：「不著急，我先看看你的功課。」

褚翌這才打開櫃子，露出裡頭寫得滿滿當當的紙張。

隨安這頭出來，武英就捧著銀子笑著過來給她。「老太爺的一個清客相公給姊姊的賞錢。」

隨安當即覺得，老太爺真不愧是赫赫有名的常勝將軍，英明神武，雄才大略，德才兼備，滿腔熱忱，說到做到……真是個大好人，跟褚翌比起來！

武傑則悄悄道：「我剛才看見林先生了，好像還跟老太爺跟前的一個相公說話了。」

隨安滿頭汗。不管怎麼說，老太爺在褚翌的書房，要見一見兒子的先生實在太順理成章了；而林先生過來，無論是評論褚翌的功課，還是談到那位神龍見首不見尾的姨奶奶，都不合褚翌的心意，到時候鐵定又有人倒楣。萬一老太爺心血來潮，打算順便過去探望林先生的居住環境……

父親名義上關心自己功課，實際卻利用自己暗度陳倉去見自己小妾──她已經可以預見褚翌的臉色。

無論如何，最好不要讓林先生現在就見到老太爺，可她能做的也只是祈禱紫玉發揮作用，把老夫人請來救場。

「你快去看看，是不是老夫人來了？我聽著好似有動靜。」隨安囑咐武英。

所幸老天爺站在她這邊，她話剛說完，就聽外頭有人說：「有女眷過來了，大家迴避迴避。」

隨安出門一看，果真是老夫人坐了轎子過來，忙在路旁行禮。

老夫人一來，書房小院頓時被伺候的人塞得滿滿當當。褚翌大步流星地出來迎接母親到屋裡，又親自端茶。

老太爺對老夫人道：「兒子的字很有長進。」見書櫃旁邊的小几上有幾個陶罐看著古樸可愛，咦了一聲問道：「這裡頭是什麼？」伸手取下一個。「原來是花生碎啊，那這個是芝麻嘍？生的還是熟的？九哥兒竟然好這口，這可是南方人的口——」

沒等他說完，老夫人的茶碗重重放在桌上，屋裡氣氛隨即一滯。

隨安站在廊下，沒一會兒就見徐嬤嬤拉著褚翌出來了。

褚翌甩開徐嬤嬤的手，大步走到茶房。隨安看了一眼徐嬤嬤，連忙追了過去。

像是不知父母為何吵架的少年一樣，他焦躁地站在茶房中央，眉頭緊緊蹙著，顯然又在憋氣。

隨安知道這不是好兆頭，連忙上前輕聲道：「九老爺，耳房那邊原來有個門洞。」說完就低下頭去。

褚翌看著她這副萬事在心，又萬事不管的樣子就來氣，一把拽住她的手腕。「妳跟我來。」兩個人順著抄手遊廊進了隨安住的耳房。

褚翌先將耳朵貼在牆上，見隨安站在一旁裝鴕鳥，立即伸手把她的腦袋也拉了過來。

隨安剛要掙扎，剛才沒有動靜的屋裡響起老夫人的聲音，無奈且疲憊。「家裡伺候的人還少嗎？值得大老遠拉家帶口地弄一個過來？」

老太爺的回答似乎牛頭不對馬嘴。「我年輕那會兒，原來只是個邊鎮小將，那時戰事多，但都不大，也不怎麼激烈，靠著好勇鬥狠累遷了軍功，忠顯校尉，忠武校尉……一直慢慢這樣升，又沒什麼幫手，家裡的事全靠家裡人自己支撐。前頭那兩個，都是這樣累死的，戰場上的事瞬息萬變，整日整夜地擔驚受怕，心神先受不了了……

「後頭又娶了妳，人人都說我好福氣，一個小小的昭武將軍能蒙皇上賜婚，可我卻沒敢心安理得地享受這份福氣，妳得好好活著，替我看著家裡；我呢，在前頭必須要打勝仗，要勝得毫無懸念，才能不叫妳擔憂。我就像一頭毛驢一樣被人用鐵皮繩子趕著往前，沒想到竟真的教我打敗了嶺王，收復了舊河山。陛下命人在陣前給我送了帥印，我卻覺得那東西燙手，這軍功累累，被人看來繁花錦簇，自己卻感覺搖搖欲墜……妳真有點喜歡我啊？」

最後一句，簡直神來之筆。

第十章

褚翌默默抿著唇，把隨安的下巴往上合了合，而後拉著她離開牆邊。

他要是再不出去，以他爹娘的聰明勁，遲早能發現他偷聽，到時他爹氣急敗壞，他娘惱羞成怒，說不定就讓他做了他們倆的出氣筒。

褚翌小聲道：「不想死的話，今兒什麼都沒聽到。」

隨安猛點頭。

「九老爺，您換件衣裳吧！」進都進來了，好歹做件事掩護一下。

正說著話，外頭有人道：「老太爺、老夫人，林先生求見。」話音剛落，又有小廝飛快地來報。「老太爺，宮裡下聖旨了，請老太爺跟老夫人去接旨。」

一個月內得了兩份聖旨，這份聖意，烈火烹油，鮮花著錦。老夫人渾身一凜，被老太爺拉住手。「慌什麼呢，就算卸磨殺驢，也得讓驢喘口氣吧！」

兩個人出了門，看到站在院子裡的褚翌，老太爺立即笑了。「九哥兒過來，你這又換了一身？不錯，看著更精神，是個大人了，該娶媳婦了啊！」

「奉天承運皇帝，制曰：昔諸列祖，乘乾坤之滌蕩，掃前朝之荒屯，體元禦極，作人父母，則有熊羆之士，不二心之臣，左右經綸。昭文複武，威不庭，康不乂，端命於上。國家思創業之隆，當崇報功之典，人臣建輔國之績，宜施襲爵之恩。此激勸之宏規，誠古今之通義。（注）今有正三品昭武將軍褚元雄，武略德備，奉職克己，宣勞罔懈，小心益勵，加封為正一品太尉銜。原配馬氏，雅性溫慎，追封容柔夫人；繼妻李氏，官肅閨門，追封容素夫人；繼妻王氏，相夫克諧，宜家著範，封一品夫人……」

隨安跟在徐嬤嬤和紫玉後頭，安靜地伏倒在地，有幸聆聽了皇朝頒旨。今時今日，褚氏子孫齊聚，密密麻麻地跪在院子中，她也有幸見證了褚氏一族最為興旺的時刻。雖然跟自己關係不大，可心裡依舊被大家的喜悅感染。

謝恩過後，老太爺雙手接過聖旨站了起來，褚府眾人臉上一派喜悅。內侍笑著跟老太爺說了幾句，就被褚府眾人恭敬地送走了。

老太爺帶著大老爺將聖旨擺放在祠堂，剩下的人則在討論接下來該如何慶祝？

徐嬤嬤便牽起隨安的手。「妳這丫頭，日常只悶在那小院子裡有什麼意思，也多出來走動走動，走動得多了，大家都知道妳是個什麼樣的人，也能念著妳的好呢！」

人群裡，突然有道目光直直落在徐嬤嬤拉著她的手腕上，她側頭去看，就見蓮香正一臉恨恨地看著自己。兩個人的目光在空中相遇，蓮香毫不相讓，甚至微微揚起了頭。

「蓮香姊姊不大喜歡我，我還是待在小院裡。」她輕聲對徐嬤嬤說道。

徐嬤嬤略顯平直的眉頭一挑，慢慢鬆開了手。

隨安不確定自己的「挑撥離間」能不能奏效。「徐嬤嬤，我先回去了。」她行了個禮，轉身挺直了脊梁走了。

紫玉是知道她幾分的，挽起徐嬤嬤的胳膊。「徐嬤嬤，她是個不知上進的，您別生氣。」

隨安剛到小院門口，留下看門的武英急急過來道：「隨安姊，剛才林姑娘陪著她姨母過來了，說要拜見老太爺跟老夫人，虧得老太爺跟老夫人去接旨，要不她們就進門了，您說這叫什麼事？」這可是九老爺的書房院子，林姑娘她姨母這樣的，避嫌都來不及，竟然還主動過來?!

「你去徵陽館跟徐嬤嬤說一聲，我留下收拾收拾書房。」隨安道。

武英點頭。隨安才整理完書房，武英就伺候褚翌過來。隨安抬眼一看，果然臉色陰沈。

「青天白日，妳關什麼門？」褚翌攥著拳頭，臉色鐵青。

隨安偷偷瞄了一下跟在他身後的武英。武英齜牙咧嘴，伸手做了個抹脖子的動作——褚翌知道了林家人來小院找老太爺的事了。

「怕進來些不相干的人，沒得惹了爺的閒氣，只好緊守門戶。」她慢慢回道。

褚翌聽了她這話也沒消氣，隨手一揮，拽出一叢竹子扔砸到廊柱上。「蠢貨，都是蠢貨！」

大冬天的，土地都凍得結實，他氣性大，竟然把竹叢從凍土裡拔起來，隨安不由得抿了抿唇。這要是把自己扔出去……

可是任由褚翌這樣暴躁?當然不行，她只好硬著頭皮上前拉褚翌的手。

褚翌大力甩了一下，隨安沒敢呼痛，繼續再抱，這次乾脆將他的胳膊抱到自己胸前。

注：引用、改寫自全唐文及雪屐尋碑錄。

「九老爺累了一天，也沒坐下喝杯熱茶。奴婢剛把書房收拾出來，熱水也燒好了，您進來坐坐。」

褚翌進了書房，怒氣未消。隨安暗暗慶幸，自己剛才收拾東西時，順便把那些裝了果仁的陶罐都收走了，否則讓褚翌看見，又是一場怒氣。

她輕手輕腳地拿起茶壺、茶杯。「爺常吃的碧螺春還剩了點，這竹葉青茶是七夫人知道您這些日子用功狠了，命人送過來的，說是最能清熱去火、化痰解毒的……」

隨安燙了茶壺燙茶杯，手下不停，絮絮叨叨。「七夫人還叫人囑咐奴婢，這茶要緊地用鳳凰三點頭沖泡法。您說，都是解渴的東西，卻非要弄出一套套法子來，奴婢雖也會做，但真沒覺得有什麼意思。自古以來，彷彿文人騷客們的時間就格外悠閒，偏不管是朝堂上還是戰場上，都少不了他們的身影。

「老太爺是武將，家中、族中子弟也多數習武。從前奴婢不明白，明明老太爺也不喜歡騷人墨客，為何要逼著您讀書識字？今日奴婢聽了老太爺的一席話，卻有些不一樣的想頭……」

她雙手遞了一杯茶，褚翌沒有做聲，但緊繃的面孔鬆了。

隨安知道他聽進去了，便笑著道：「您要做將軍、要帶兵打仗，可您不能只叫您的兵光打仗啊，總要管他們吃喝，生病了要買藥，受傷了要療傷，到了發軍餉、糧草的日子，您總得跟朝廷要錢、要糧發給他們。您可別存了自己貼補的想法，到時候文臣參一句您養私兵，真沒處說嘴去，就像那日奴婢不過是沒有替蓮香畫個花樣，她就能折騰那麼多事出來一樣。

這日子啊，要是過得舒坦了，總有人要找點不舒坦的折騰折騰。

「以銅為鏡，可以正衣冠；以史為鏡，可以知興替。史書中——」她閉了閉眼，本來想說「卸磨殺驢」、「過河拆橋」、「兔死狗烹」之例數不勝數，可今日真不是時候，她這話若是說得重了，再激起他的另一重血性，她可要吐血了。

「史書中大多數時候，武將對上文臣，武將要吃虧。老太爺要您好好讀書習字，不是為了讓您科舉及第、光耀門楣，而是為了一旦將來您位列朝堂，能知己知彼，百戰不殆。您不僅要在戰場上百戰百勝，還要在朝堂上跟那些文臣打嘴仗時，立於不敗之地。」

褚翌喝了一口茶，臉上的厲色雖斂去，卻是說了一句。「多嘴。」

隨安立即從善如流。「奴婢這點愚民見識，還是在九老爺的薰陶下才有的，自然及不上爺您英武神明。」

她仰起臉，白玉似的面龐就落在褚翌眼底，神情笑嘻嘻的，眼神清澈，不像其他女人，看他的時候都帶了那種令人無法忍受的估量。

褚翌斥責的話有些說不出來，對著她發不起火，便將目光落在牆上，思索今日知道的這些事。

朝廷有三公，太尉、司徒、司空，皆是正一品，皇上封太尉是對父親交了帥印的補償，可太尉之上再無輔臣，朝廷封無可封，也就意味著朝廷不會再用父親；太尉雖有名聲卻無實權，還不如封個鎮國將軍之類，雖然品級低些，但軍中事務能插手，也不會落個人走茶涼的結局。

褚翌想到父親說解甲歸田，自稱老太爺，心裡就有些不平。府裡大哥的仕途已斷，二哥、三哥早年戰亡，六哥、八哥帶著姪子們在軍中也不過六品、七品；七哥雖有功名，卻不再去考。他轉過年十五歲，若是以後再有戰事，也不過跟在六哥、八哥後頭，說不定還要遭人壓制……若不是偷聽了父親、母親的談話，他還想不到這麼遠。一想這些，就把林家的事忘了個乾淨，怒氣也漸漸消了。

武英在門外戰戰兢兢地稟報。「爺，前頭打發人來找您，說快開席了。」

隨安再接再厲。「您想想，老夫人是見您高高興興的心裡歡喜，還是見您怒氣沖沖的心裡歡喜？」使了眼色叫武英打水。

褚翌任由他們兩個伺候著梳洗完畢，一言不發地帶著武英走了。

隨安把茶盤端到茶房，看見那幾個孤零零的陶罐，嘆了口氣，將它們裝在籃子裡提著去找方大娘。

她把滿裝果仁的陶罐送給方大娘，兩個人寒暄了幾句，方大娘偷偷道：「就是前幾日，老太爺還沒回來，林太太找了牙行，同林姑娘一起出去買了兩個丫鬟呢！」

隨安有些驚訝，笑道：「這事還是頭一次聽說。不過他們有了丫鬟，也免得老是支使您。」

「可不就是。哎喲，這一家那個摳法就別提了，我聽那倆丫鬟說，林姑娘跟林太太商量，就一年給她們兩身衣裳，其餘的統統沒有，說是買斷了的，沒道理再發月錢。」伸手偷指了指東邊廂房。「看著大方得體，裡頭竟是個嘴甜心苦的。」

方大娘平日沒個說話人，這會兒停不住話頭繼續道：「就是前兒，忘了還是更久之前，林太太過了中午，說臘月二十三沒叫我歇著，補上一日假給我，我就早回了。」一見隨安還在認真聽著，便繼續道：「說也巧，我去買炭，妳猜我碰上誰了？林太太！她沒看見我，我就偷了個懶沒打招呼。第二日回來後，才發現這院子炭池子裡的炭竟然少了一半多，剩下的那些估計連正月十五都過不去呢……」

隨安張著嘴。林太太這是把炭賣了？她打算怎麼過冬？往年上京總是倒春寒，春天比冬天還要冷啊！

隨安問明了方大娘去買炭的是哪一家，猶猶豫豫地走到門口。按理，林家賣不賣炭跟她不相干，可細想一下那一家人的品行，還有林姑娘那些個幾乎是不要臉的伶俐，她無端心裡有點怕。

她想了想，還是專門去徵陽館，把這件事跟紫玉說了。

老太爺升任太尉，府裡過年的氣氛濃厚，到處是噼哩啪啦的鞭炮聲，雖然小院安靜，可心情還是跟著好了許多，彷彿那些煩心事都被鞭炮炸跑了。

一個小廝過來叫她。「隨安姊，妳家裡來人了，在西邊角門那裡等著。」

隨安從茶盤上抓了一把長生果謝他跑腿。

看見李松，她臉上露出笑，喊了一聲。「松二哥。」

李松遞了一個小布包裹過來。「獵的皮子剩下些零碎，我託人做了個小坎肩，妳穿在衣裳裡避寒。」

隨安打開一看，竟然是灰鼠毛料的，連忙搖頭。「這個貴重，若是在店裡賣，得賣個幾兩銀子吧！我有棉襖，也用不上這個。」

李松有點急。「這個毛色不好，是好幾塊拼起來的。」他攢了很久才攢出來，就算能賣個一、二兩銀子，也不如送給隨安。「妳快收著，我還有事問妳。」他看了一眼角門的婆子，然後壓低聲音問：「妳知道自己的贖身銀子是多少嗎？」

隨安咬唇，腦子卻轉得飛快。褚秋水在鄉下多虧李松照顧，她欠下的人情夠多了，上次李松說攢了五兩銀子，她心裡隱隱就覺得不妥。若是老夫人不想讓她當通房，她努力一把，到了十八歲求府裡，說不定能贖身出府，跟李松走得近些也沒什麼；可老夫人的意思清楚明白地放在那兒，她若是跟李松走近了，留下個曖昧的印象，她倒楣不說，還要連累李松。

想到這裡，她搖了搖頭。「從前聽說老夫人身邊一個二等丫鬟，贖身用了五十兩。我年紀還小，也沒考慮；再說，就是二十兩也是個大數，夠莊戶人家過個十年、八年的了。不說這個了，我爹回去好嗎？」

李松的手隨著那五十兩的話慢慢攥緊，心不在焉地道：「他還好，過冬的柴也收拾好了，足夠用了。」

隨安點頭，拿出三兩銀子。「松二哥，這三兩銀子你幫我收著，若是我爹那裡有用錢的地方，你再拿出來貼補，別一下子給他。」

李松遲疑地接了過來，最後下定決心道：「我過完年可能要跟著人走鏢，押了貨物往西北那邊，來回一趟怎麼也有二十兩銀子，這樣不出兩、三年的工夫就能把妳贖出來了。」

隨安沒想到他真的說了出來，一時心裡五味雜陳，可府裡有可能要她當通房的話，卻沒法說出，自己想逃跑的話更沒法說，只好顧左右而言他。「那二哥路上可要小心些，一定要平平安安地回來。」

李松沒聽到她拒絕，鬆一口氣，又說了幾句褚秋水那裡他會託人繼續照顧著，才依依不捨地走了。

得知家裡一切都好，隨安總算有了些安慰，重新睡了一覺，感覺頭腦清醒，神清氣爽。

誰知年三十的中午，武英狼狽地跑過來。「隨安姊，林先生說九老爺沒有做過功課，叫人來拿妳！」

第十一章

隨安頓時有種大禍臨頭的感覺，抓住他急急忙忙交代了幾句，才說完，果然有老太爺身邊的下僕氣勢洶洶地來拿她。

隨安被帶進林家小院去後，沒來得及行禮就被人按倒在地，老太爺怒道：「好妳個賤婢，竟然替主子做功課！我說怎麼在書房看不到先生，鬧了半天，這功課都是妳寫的，給我打！」

隨安張嘴剛要反駁，才說出一個字就被人堵住嘴，按在地上打起來。

十板子下去，她已經半暈，腦子裡那喊冤辯駁的話再也說不出來。

老太爺能夠默認書房小院都是褚翌自己打掃整理，自然也能不分青紅皂白地先打她一頓，只是沒想到是誰會這樣在老太爺跟前誣衊她？可這事，少不了林先生的推波助瀾。

打完了板子，有人提起隨安的衣領拖到老太爺跟前謝恩。

感謝自己這些年不曾偷懶懈怠的工作，讓她的身體沒那麼嬌貴，十板子下去，腦子裡還保持了三分清醒。

上首的老太爺怒氣未消。「以為妳是個好的，沒想到竟然偷奸耍滑，挑唆了主子不學好！要不是看在年節底下，直接把妳打死都不冤。」

隨安已經挨了揍，若是順勢告罪應下來，好歹也能保住一條命，可她從前根本不知道受了冤屈竟然是這般的痛苦！就算是死，也要留個清白的名聲才行！

「太尉容稟！」她視線已經有些模糊，使勁眨了下眼，目視上方，努力大聲道：「九老爺的功課確實是自己做的，奴婢並未幫忙寫一個字。頭一次府裡得了聖旨之後，九老爺進宮謝恩，聽說陛下還問起九老爺的功課，囑咐他好生唸書。九老爺從前的功課都是近來補的，卻未曾落下一日，七老爺之前還說九老爺這是奉旨做功課。還請太尉大人明鑑，九老爺就是敷衍誰也不敢敷衍陛下。」

老太爺顯然不知還有這麼一齣，然而怒氣上來，仍舊強硬地冷笑道：「林先生都說了，褚翌不思上進，日常學習都是在瞌睡，妳身為奴婢不知勸告主子，還幫他往自己身上貼金。」

隨安沒想到她祭出陛下，老太爺都能如此蠻橫，既然他不講理，她也犯不著講理，乾脆就將林先生拉下馬，她轉頭看向林先生。「林先生進府教導九老爺半年，期間從未斥責過九老爺一句，功課布置下來，也是不聞不問。師者，傳道、授業、解惑也，林先生有何資格評論九老爺？」

老太爺張口結舌。他那日決計未想到，兒子的這個丫鬟竟是個口舌伶俐的，又覺得她分明是在諷刺自己，當下更加生氣，不待林先生辯駁，便拿起手邊茶杯朝隨安砸了過去。「妳還敢狡辯！老夫人信任妳，叫妳安頓林先生家眷，妳倒好，偷偷盜賣府裡財物，累得林家五口人沒有炭取暖。林先生還說，就算看著褚翌的面子，不教我說，林家一家人都在為妳求情，妳反而誣衊起先生。褚翌什麼性子我能不知道？來人，拖下去再給我重重地打！」

當權者如此蠻橫不講理，隨安一掃胸中懼怕，被人再拖下去也昂著頭，定定地看著老太爺，看著林家人。

板子再落到身上，她只緊咬著唇看向眾人，但見老太爺瞇著眼，林先生將視線投到一旁，林頌楓看她的目光充滿憤怒，林頌鸞則咬著唇，不知在想些什麼？

明明是林家人自己賣了炭火，卻反誣賴到她身上！

板子落在自己身上一下，她對林家的仇恨、對老太爺的仇恨就更多一層。哪怕老太爺立下赫赫戰功，在她看來，也是個和稀泥、不明事理的無恥之徒！

「是林太太家嗎？」靠著街的院門外突然傳來一聲疑問，眾人停了手，轉頭望去，只見一個中年男子站在門外，身後跟著一輛炭車，見到林太太跟林頌鸞便回頭跟趕車的說道：「果真是這一家。」

再轉頭就道：「林太太，上門打擾不好意思，只是我們仔細查過之後才發現，妳們前幾日賣與我們的炭都是摻了水的啊，加重了分量不說，這天氣這麼濕冷，這炭可不是按炭灰的錢來買的，足足五十文一斤，要不是看您這裡的炭成色好，能賣到些中等人家，俺們何必捨近求遠地過來拉炭？」

林頌楓大叫。「你胡說！我們才沒有賣炭！」他說完一下子看向隨安，只覺得隨安雖然挨打，可看自己的樣子卻帶著不屑。

門口那人懶懶一笑。「那麼多炭，我們拉了五趟才拉完，一路上多少人看見，想抵賴不成？」

不知道底下的誰噗哧一笑。

林頌鸞面上青青白白，提起裙襬往老太爺跟前一跪。「褚伯父，千錯萬錯都是我的錯，我不該看著母親辛苦忙碌，便想著給她買兩個僕婢使喚……」把賣炭的因由推到孝道上頭。

林頌鸞面容緊繃，娓娓道來。「把此事推到隨安姑娘頭上，也是因為怕父母面子上不好看，我們本來寄人籬下，委曲求全……若是因為生活拮据讓父親傷了顏面，作為兒女萬死難辭其咎。」

隨安卻想笑了。說起來，她倒是很佩服老夫人的先見之明。「太尉大人，奴婢可以作證，老夫人並未苛刻半分。林府家眷所用之物全是從府裡所出，件件都記錄在冊，日常嚼用更是日日送新不曾間斷，府裡從管家到小廝，可以作證之人無數。就說林家沒有僕婢，可做飯的廚娘、打掃衛生、看戶宅院的粗使也都是有的，從前老夫人送了丫鬟給林先生，林先生說克勤克儉，不要人伺候也是眾所周知，不知林姑娘說的生活拮据從何而來！」她大聲說道。這一刻，她心裡想的並不是為老夫人正名，而是撕下林頌鸞的面皮，看看在這一張如畫的嬌顏下是怎麼樣的一副黑心腸！

她才說完，門口那賣炭的漢子便跟著說一句。「喂，你們說完沒有？林太太，炭在這裡，把我那五十兩銀子的買炭錢還回來吧！」

眾人俱呆，而後目光全部都集中到了林太太身上。林太太何曾經歷過此種陣仗，她顫抖著舉起手。「你胡說，明明只賣了三十兩！」

此言一出，全院皆愣。

先前，林頌鸞的以退為進已經扭轉了部分局面，可林太太這一句話，瞬間又把他們打回原形。

那門口的漢子不依不饒，雙手環臂，掃了一眼眾人。「看你們也是讀書人家的樣子，做事還沒有我們這些下九流的爽快。那日妳們兩個小娘們去賣炭，我們那裡可是有好多人都看到的。對了，還有個婆子曾經問過我。」他目光緩緩一掃，看見門口站著的方大娘。「這位嬸子，那日彷彿就是妳吧，妳不是還買了幾斤炭說過年待客使來？」

眾人隨著他的手指所指，目光落在方大娘身上，嚇得方大娘面如土色，跪下道：「老太爺，那日是林太太放了奴婢半日假，奴婢這才想著去買些炭好過年，沒想到在那裡碰見了林太太。奴婢沒敢細看，就、就問了那賣炭的一句。」

老太爺面沈如水，心情極為複雜；林先生終於坐不住，站起來請罪。「慚愧，都是我教導無方……」

隨安心裡呵呵一聲，放任自己暈了過去。

醒過來時，發現人在自己房裡，小心地挪了一下，只感覺全身的血都往下流，屁股上火辣辣地疼著。

方大娘一見她醒了，連忙過來。

「果然是……人不要臉天下無敵……」她喃喃道，拉著方大娘的手。「大娘，妳幫我個忙，那箱子裡有好幾個包袱，妳只拿一個就行；還有書房裡九老爺的功課，都交給老夫人，老夫人一看就知道了。我用的紙筆墨，都是自己月錢買的便宜貨，跟九老爺不相干，我的字跡跟九老爺的也完全不同。這誣衊我替九老爺寫功課的罪名，就是打死我，我也不認！」她不把證據擺出來，憑林頌鸞的不要臉，說不定能翻轉出什麼劇情來。

林家賣炭反過來冤枉她的事已經板上釘釘，可這件事在她這裡是大事，在主子們跟前，也不過就是件不值一提的小事。她不能拿小事說話，說了也沒人聽，更沒人在乎。

她要做的，自然是把褚翌的名聲給保護好，幫褚翌正了名，她的名聲才能跟著清白。

這會兒，林家小院從未有過的熱鬧，幾乎是擠滿了人。

老太爺掃了一眼，動了動嘴，再看身旁的妻子面無表情，顯然是胸有成竹。

林頌鸞低低地哭泣，梨花帶雨地求饒。「老夫人，都是我的錯，是我不該聽風就是雨。」

「快扶林丫頭起來。」老夫人聲音寬厚。「聽說，有人說九哥兒的功課是隨安做的，我便過來看看，這話是妳說的？」

林頌鸞渾身一顫，捏著帕子。這話她當然不願意承認，可她剛才說話時好些人都聽見了，且是說給老太爺聽的，當時只是為了顯擺自家才學，說褚翌不學無術，也是想多襯托一下，誰知老太爺聽了就發怒，弟弟又道炭火不足，夜裡好冷，老太爺一看炭池就認定了是府裡剋扣，問是誰往這邊安置的東西？

老夫人見她不說話，耐心十足地問道：「妳剛才說自己聽風就是雨，難不成這話是聽旁人說的？」

林頌鸞忙道：「是，都是我的錯。因幫著錦竹院的蓮香姊姊描了幾副花樣，來往得勤了些，就聽她那邊的小丫鬟們說的，說是九老爺雖然在書房，卻是叫隨安寫的功課……」

老夫人並不生氣，繼續輕聲問道：「這麼說來，妳並非親眼所見了？」

林頌鸞這才驚覺上了當。人云亦云，她這是犯了口舌，可她敢承認是自己親眼所見嗎？她目光惶惶，不自覺看向東廂房，那裡住著她的小姨。

林先生見狀，連忙上前給老夫人致歉。「老夫人息怒，是孩子們說話說得不清不楚，惹得老太爺誤會了。」

老太爺剛要做聲，從東廂傳來一聲輕輕咳嗽，便教他住了嘴。

老夫人心中怒火滔天，這會兒見了他這樣子，也被累累的疲憊壓住了。只是若放過林先生，那褚翌的清白呢？

「孩子年紀小，又沒見過什麼世面，話說得顛三倒四也是有的。只是林先生是九哥兒的師傅，明明知道老太爺誤會，卻怎麼不解釋一番，由著老太爺誤會了九哥兒的清白嗎？」

林先生也惱怒起來。「老夫人明鑑，在下是褚翌的先生不假，可褚翌不尊師重道也是真，上京人盡皆知……」

「所以，就任由你的子女誣衊他叫人代寫功課？」老夫人緊追不捨。

林先生汗如雨下。

老太爺剛要說話，另一處院門那裡又傳來一個弱弱的聲音。「老太爺、老夫人，奴婢把九老爺的功課跟隨安寫的都拿過來了……」

徐嬤嬤忙走了幾步接在手裡，拿到上首，見老夫人點頭，便打開兩個包袱讓眾人看。

方大娘見狀舒了口氣，才敢接著說道：「九老爺的功課寫滿了兩個櫃子，隨安寫的字都收在她的箱籠裡，這裡的不過三分之一。」

老太爺翻了兩下，密密麻麻的蠅頭小楷，整整齊齊的一疊厚紙張；再看褚翌的功課，他先前已經看過了，字跡飛揚，用的是上好的雪花紙。

方大娘見無人叫她住嘴，想起隨安躺在床上的可憐樣，便把話一股腦兒地都倒了出來。「隨安用的紙筆墨，都是她用月錢託九老爺的小廝在四寶齋買的，說打發人去問問就知道了。」

老夫人心裡暗讚一聲。她早就知道隨安本分小心，若不是如此，也不會存了心思想讓褚翌收房。沒想到老太爺竟然還不如一個小丫鬟，不問青紅皂白上來就打人。

想到這裡，她諷刺道：「太尉大人可有話說？我就是想問問大人在外帶兵，也是這樣不察看人證、物證，只憑他人幾句話就給別人定罪？」

薑是老的辣，老太爺受了譏諷沒繼續發火，反而起身給老夫人施禮。「都是我的錯，略灌了幾口黃湯，想著九哥兒又是個上房揭瓦的性子便信了。好了、好了，林先生也不是故意為之，教不嚴，師之惰，他看不過去，又以為妳護著九哥兒，就跟我略提了幾句……」一副大事化小的樣子。

正好不知道哪裡的鞭炮聲響起，他便順著道：「鬧了這一齣，都是我的過錯，看來是真的老了，不服不行。」

老夫人恨不能吐他一口痰，此時便道：「既然太尉大人都如此說了，我也就不追究了。徐嬤嬤，拿五十兩銀子給外頭那收炭的，把那炭買回來吧！」

這一番甩臉，是把林家的臉面徹底扯下來了。老夫人甩了臉，並不乘勝追擊。「今日過年，若是鬧得不愉快，想來接下來一整年都不痛快。依我看，太尉既然打也打了，罵也罵了，氣也消了，不如就隨我歸家吧！」

老太爺也笑道：「可惜夫人不是男兒身，否則這太尉頭銜我竟是要相讓才行了。」其餘人等俱都鬆一口氣，也有笑著上前奉承的。「原是誤會一場，解開就好了。」

老夫人跟老太爺一走，之前人滿為患的林家小院瞬間成空。先前因為主家爭執而龜縮一旁的幾個丫鬟，才縮著肩膀出來，整治酒菜安排過年。

林頌鸞咬著內唇上前重新跪倒。「父親，都是女兒名利心太重，壞了父親名聲。豬翌他不做功課的事，女兒真的是聽錦竹院的丫鬟說起的，女兒怎敢憑空捏造？」

林先生剛要開口教訓，一直坐在東廂的麗人小李氏出來了，軟語道：「姊夫何必著惱，小女兒家爭強好勝總比那碌碌無為要好，便是撞了南牆，再回頭繞道走就是。」

林太太看看相公，再看看妹妹、女兒。「已屆年節，相公還請看在除夕將至的分上，先消消氣，便是教訓孩子們，也請過了上元再提不遲。」

林先生只得道一句。「罷了。」

第十二章

老夫人跟老太爺到了前院，撇下老太爺，陰沈著一張臉轉身進了內室。

碧紗櫥裡的太師椅上，緒翌被人堵住嘴，緊緊地綁縛在椅子上，不得動彈。

老夫人到來之前，他掙扎得厲害，白色的裡衣已經浸出了血。

「你若是連這點事都想不通、想不明白，趁早別出仕，也別從軍，免得我白髮人送黑髮人，死不瞑目！」

看見母親，他的臉動了動，大大的眼眸似在問：為什麼要這樣？

「為什麼？你父親就是這麼個脾氣，暴躁、蠻不講理……」

緒翌搖著頭。這不是他印象中的父親，他當時被母親的人手押在牆外，親耳聽到父親的話，只覺得心如刀割。他不是父親最疼愛的小兒子嗎，怎麼父親連這點信任都不給他？林家說一句功課是隨安做的，他便信了？

他竟然連一個自證的機會都不給他，就定了他的罪。為什麼？他的心裡、眼裡，只想著要問為什麼？

「君君臣臣，父父子子，哪裡有那麼多的為什麼？就算他是你爹，你也沒辦法知道他所有的想法。你看看隨安丫頭，她辯駁得不好嗎？連我都要讚她一句，可她不照舊先挨了一頓打？尋常百姓想要敲那登聞鼓，不管有沒有冤屈，不也要先受廷杖五十？他是你爹，他自己也說，喝多了，被人一激，以為你騙了他，就抓了你的丫鬟來問，你還想怎麼著？叫他在大庭廣眾之下給你作揖賠禮？

「你記好了，這話我只跟你說一遍。昔年太祖分封諸位王，後來卻有三王謀反，當時天下大定，他們只分得一域，有什麼能力跟朝廷作對？堂堂的天潢貴冑不照舊被人扣上謀逆的帽子，受他們連累者數以萬計，難不成那些人也跟著謀反了？你若是想得通，便點點頭，我自然放了你，咱們一家人難得團聚，好好過一個年；若是想不通，你就留在這屋裡，直到你想明白為止。」說完就目視一側，眼角有淚閃過，卻被她硬憋回去。

褚翌的眼淚不受控制地流了出來。

直到此刻他才驚覺，原來父親的寵愛、母親的溺愛，都是那麼不可靠。

他嗚嗚掙扎，繩子更是往皮肉中勒緊，血水慢慢浸透了衣衫。

徐嬤嬤站在門口焦急地看著褚翌跟老夫人，欲言又止。

老夫人平定了下心緒，而後轉身硬聲道：「我最後再問你一遍，是跟我出去好好吃年夜飯，還是在屋裡待著？」

褚翌閉了閉眼，臉上的淚痕宛然，而後點了點頭。

徐嬤嬤不等老夫人吩咐，就衝上前給他解開繩索。

徐嬤嬤一拿走他口中布巾，褚翌就開口，嗓子卻有些啞了。「我想去看看隨安。」

徐嬤嬤便道：「九老爺別擔心，老夫人已經命人給她請了大夫，也讓方婆子去照料她了；若您還不放心，奴婢一會兒就去看著。」

老夫人也說：「等吃過了年夜飯，我跟你一起去。」

褚翌方才不語，任憑她們兩人幫忙換上裡衣、上了藥粉，再換上過年的新衣。等三人走到吃年夜飯的正廳時，其餘人等都已經到了；幾個兒媳婦上前扶老夫人。

六老爺、八老爺都看著七老爺褚鈺，褚鈺笑著起身拉了褚翌過來。「快給父親見禮。」

「父親。」褚翌行禮。

褚鈺見他臉上雖然沒有笑容，卻也還算平靜，鬆了口氣，去看老太爺。

老太爺聲音和藹。「都到齊了吧？咱們先去祠堂祭祖。」

大老爺忙道：「都到齊了。」

一家人去了祠堂祭祖。老太爺主祭，大老爺陪祭，大爺獻爵，其餘人等依次焚帛、捧香、展拜毯、守焚池等等。褚鈺緊緊地挨著褚翌，唯恐他在祠堂做出什麼事情來，誰知褚翌竟然完全跟著做下來，雖然看不出多麼恭敬，卻也平平靜靜的。

女眷這邊則由老夫人領著在祖宗遺像前供奉祭品，一切都渺無聲息地進行。

祭完祖，再回到正廳，徐嬤嬤已經指揮著人把酒席布置好了，一家人分主次坐下。老夫人抽空往男客那邊的席上看了一眼，見老太爺身邊陪著的是大老爺跟大爺，褚翌身邊則坐著褚鈺跟八老爺，這才微微放心。

一頓飯總算是熱熱鬧鬧地吃完，老夫人便打發德榮郡主回去。「妳父親那邊替我們問個好。」

德榮郡主看了一眼褚鈺，有些猶豫地低聲道：「母親，讓相公陪著您多坐會兒吧！」

老夫人搖頭，叫了褚鈺跟褚翌過來，吩咐褚鈺。「別耽誤了，大過年的，路上也小心些。」又跟褚翌說：「你去送送你七哥、七嫂。」

隨安趴著睡在床上，渾身火辣辣地疼，她喃喃罵著林頌鸞一家入睡，一直睡到半夜，才睜開眼又嚇了一跳。

褚翌坐在她床邊，見她醒了，他陰沈著一張臉道：「喝藥。」

隨安一動眼淚就流了出來，彷彿睡了一覺身子更疼了。可惜她沒個撒嬌的人，只好忍痛直起身子，褚翌見狀扶了她一把，又幫她端藥。

黑漆漆的、一整碗散著中藥味的湯汁，隨安扶著碗邊，一口氣喝光，喝完感覺有點支撐不住，重新趴到褥子上。

屋裡的蠟燭燒到最後，乾脆滅了，外頭的炮竹聲，還有煙花劃開空氣升空的聲音，把天空弄得很亮、很響，屋裡卻只能聽見褚翌的呼吸聲。

奇怪的是，漫天煙花聲竟也沒能將他的呼吸掩蓋過去。

睡不著又不能翻身，她側了側頭，再睜眼，發現褚翌放在自己枕邊的手居然在顫抖。她盯了一會兒才發現，褚翌是真的在抖。

隨安這才確認，他確實是氣急了，也氣狠了。她來褚府的時候，老太爺就在外頭帶兵，昨兒算是頭一回見，本來覺得他還不錯，當然也是自己大意了。慈不帶兵、義不養財，她不能僅憑一面之緣就認定老太爺是個好父親，是她太過想當然了。

當然，估計褚翌也跟她差不多，算起來，他跟老太爺也有五、六年沒見了吧！

想到這裡，她伸手蓋在了褚翌的手上，觸手冰涼，像握住一塊冰塊一樣。

褚翌張開眼皮看了她一眼。隨安不知道說什麼，他是主子，她一個下級奴婢頂多能勸幾句，這安慰的事，她做不來。

這樣一想，她覺得褚翌快點成親也有好處，到時候就有人說話，免得受了氣窩在她這裡，這算什麼事呢？

隨安剛抬了抬身子，仰起頭，正好看到褚翌垂下眼看著自己。

過了一會兒，他開口。「以後遇到這樣的事，先找人告訴我。」

她眨了下眼，有點理解不了褚翌的意思，咧了下嘴，露出一個傻笑。「您要是跟老太爺頂上，那可就是不孝了。」

武英先去老夫人那裡傳話，才告訴自己，不僅使得他失去先機，連帶讓他眼睜睜地看著母親阻止自己衝進去。要是他提前知道，不管孝不孝，起碼不會眼睜睜看著她挨打。

褚翌並沒有多解釋，兩人之間又沈默下來。

過了一刻鐘，隨安實在忍受不住，便嘮叨。「爺，這大過年的，奴婢飯還沒吃呢！您去幫我要兩隻雞。要是有燉雞，就要一大鍋；沒有燉雞，兩隻燒雞也行，今天吃一隻……剩一隻明早吃。」

褚翌胸口起伏了一下，把自己的手抽出來，站起來就往外走。

走到外頭才發覺自己忘了戴斗篷，轉頭一看，隨安正扒拉他的斗篷蓋在自己身上。

褚翌看著她左支右絀的兩隻爪子，還有被子底下扭來扭去的身子，真有點無語。

他來之前明明想過，她被打得氣若游絲、一見他就痛哭流涕；他呢，一腔憤懣思忖著如何復仇，兩個悲苦的人最後抱頭痛哭才符合邏輯吧？

可現在呢，她支使他去拿雞，還貪心地要兩隻，見他落下斗篷，也不喊他穿上，反而蓋到自己身上。在母親屋裡被壓抑下去，絲毫沒有減少的憤懣，在此時奇異地消滅下來。

褚翌的斗篷是貂毛的，又輕又暖，隨安舒服得幾乎想嘆氣，轉頭朝外一看，沒見褚翌的身影，還以為他走了，剛趴好，就聽見推門聲。

褚翌抱著一床被子進來，隨安張著嘴，好半天才找回聲音。「您要在這裡過夜啊？」是心裡愧疚準備打地鋪照顧她嗎？完全不必，把賣身契還給她就好。

褚翌往前走了幾步，單手把她背上的斗篷拿開，然後抖開被子往她身上蓋去。

「輕點、輕點，真的好痛！」她哀哀地叫。

褚翌手下不見溫柔，粗魯地把被子蓋到她身上，眼瞅著，她就像被壓在五指山下的猴子，雖然足夠倒楣，但真沒看出哪兒可憐來。

蠢貨。她要是不這樣說，沒準兒他會更相信她痛。

隨安擠出一個「心碎」的笑。「九老爺，外頭天冷，您出去的時候記得穿上斗篷。」

褚翌沒搭理她，提著斗篷走了。

沒把褚翌盼回來，老夫人帶著徐嬤嬤等人來了。

隨安有一絲緊張。「老夫人，這屋裡髒，您……」剛才褚翌過來，她都沒這種感覺。

老夫人笑，對徐嬤嬤道：「我沒看錯她，是個忠心不二的，知道遇事要過去跟我說，若是擱旁的小丫鬟，先告訴了九哥兒，那就只能看著他們倆都挨揍了。」

隨安略一思忖就明白了，老夫人的意思也是她剛才的顧慮。她縱然能找褚翌，褚翌就算不維護她，也會維護自己的名聲，到時肯定一頓大鬧少不了，哪裡比得上現在，對外不過是主子處置個奴才。不過她既然已經存了離開這裡的念頭，此刻就不能跟老夫人強嘴抬槓，更不能喊冤哭訴。

褚家這樣，雖待不出個好歹來，可換了別家，不一定就能比得上褚家，說來說去，還是人權跟自由最好。

「我沒有看錯妳，妳是個隨和通透的。」老夫人臉上露出欣慰的笑。「九老爺那裡，妳平日要多開解著些。好孩子，委屈妳些日子，等妳九老爺成了親，我自然要好好抬舉妳的……將來有了一男半女，消了奴籍，就是正經的姨太太。」

在徐嬤嬤看來，這幾乎是一種承諾了。

隨安垂下頭，沒有做聲。

老夫人攙著徐嬤嬤的手往外走，上了青帷小油車，突然輕笑了一聲。

「這份聰明勁兒……」話只說了半句，卻沒了下文。

褚翌卻是被蓮香匆匆攔下。

「她能給老夫人身邊的丫鬟們畫花樣，偏奴婢這裡還是您的事，她就百般推脫……便是如此，奴婢也不敢在林姑娘面前說她替您寫功課啊……」

蓮香泣不成聲地揪著褚翌的衣角，褚翌卻想著褚鈺臨走前說的那幾句話。

「爹爹打的勝仗越多，朝廷對他的防備就越大……」

所以就可以拿他的臉面說事，就可以不分青紅皂白地先把隨安打一頓是嗎？難道在軍中也是這樣治軍的？專門朝最親近的人捅刀子？

他心裡像放了一捆濕柴火，又沈又悶，怎麼點也點不著，只能悶悶地飄出嗆人的黑煙。

蓮香哭了一陣子，一直求不來褚翌一句話，抬頭往上看，只見褚翌滿臉陰沈，嚇得再不敢說了，捏著帕子嗚嗚啜泣起來。

褚翌的拳頭攥了攥，才算竭力遏制住把她扔到湖裡的念頭，冷哼一聲，轉頭就走。

蓮香咬唇，想再追上去卻不敢，怕真惹惱了他。她攥著帕子在原地轉了幾圈，而後提著裙子往家裡跑去。

「爹、娘，明兒你們就去求老夫人，就說——替我算了一卦，說我要早些嫁人才行！娘，您不是相中了回事處的那個李三？就他了。爹，您今天晚上就去他家，問他爹娘！」蓮香急急囑咐家人。

王嬤嬤被閨女這心急火燎的樣子弄得一頭霧水。「怎麼回事？妳犯了什麼事？妳給我說清楚！」

「說不清楚。今天白天的事你們都聽說了吧？就是跟那事有了牽扯。林姑娘非說是我說的，我是九老爺的丫鬟，說誰不是也不敢說九老爺的啊！」

「妳既然沒說，難不成還能屈打成招了妳？我跟妳去老夫人面前分辯就是！」王嬤嬤一皺眉頭。「這屎盆子可不能扣妳頭上！」

蓮香急得眼淚又出來。

「不是，你們聽我說，這事再不能提了，林家能將自己賣了炭誣賴到隨安身上，隨安都被打得半死不活的，這還是有人證、物證的！」

「隨安一個外頭進來的丫鬟，怎麼能跟妳比？」

蓮香跺腳。「你們不知道，我也是影影綽綽聽老夫人院裡的人說的，說那林太太的妹子被老太爺看中，老太爺正抬舉他們家呢！難道我的臉面還能大得過九老爺？我去跟林姑娘辯白，還不如一頭撞死！早知道就有多遠躲多遠！」說著想起她跟林頌鸞來往，還是因為隨安不畫那花樣，又恨恨地咒道：「那賤丫頭，最好挨頓打病死算了！」

隨安在房裡餓得半死不活，終究沒等到去拿雞腿的褚翌，索性不等了，只留下一根蠟燭，然後把頭歪向牆裡睡了過去。

褚翌在園子裡遊蕩到天明才想起隨安要的雞。

隨安睡得迷迷糊糊，感覺有人在摸自己額頭，瞬間嚇醒了，一看是褚翌，鬆了口氣，禁不住抱怨。「九老爺，大過年的，您也忒神出鬼沒。」

她知道他心情恐怕不好，本沒指望他說話，沒想到褚翌竟然開口。「看看妳有沒有發燒？」

隨安一愣。若是發燒，那麼豈不是要挪出府去？到時候悄悄叫她爹來把她運回家，塞翁失馬，焉知非福啊！焉知非福……

褚翌卻誤會她是在擔心身體。「妳不用怕，就算發燒我也能立即給妳請了大夫過來。」他垂下頭，剩下的話嚥了回去。若是連忠心自己的人都護不住，他自己都要唾棄自己了！

正相對無言，隨安肚子叫了一聲，褚翌這才手忙腳亂地拿雞湯出來。「快吃。」

隨安喝了一碗，覺得肚子有七、八分飽，也不管褚翌，抱著枕頭又睡了過去。

半夢半醒間，只聽到武英勸褚翌。「爺，求您了，您就是去隔壁書房睡一個時辰也行啊！」

隨安再醒過來，就見一個八、九歲大的小姑娘蹲在爐子旁烤火。

她一問，小姑娘就倒了個乾淨，說自己叫圓圓，是武英的妹子，原來粗使跟著打掃院子的，被九老爺打發過來照管隨安。

總算有人幫忙，隨安便安心趴在被窩裡。

第十三章

褚翌到了徵陽館時，父母親已經醒了。他上前拜了年，老夫人見他眉間沒有鬱氣，擔了一夜的心才放下。

大夫人吩咐人準備了果子跟點心放到馬車裡，以備眾人路上吃。大家說說笑笑地上車，氣氛比昨天好了不少。

馬蹄踢踏著過了端門，在午門停下。褚鈺扶下妻子，領著褚翌趕到老太爺身邊，已經有不少人到了，彼此打著招呼，拜賀新春。

褚家昨日發生的事沒瞞住外人，在場不少人都隱約地知道了一些，當然也有更多的人將目光落在褚翌身上。

王子瑜沒來，他的大兄亦是老夫人的親姪子王伯行含著微笑，大步走了過來，先給老太爺行禮，又問候眾人，然後攬著褚翌的肩膀。「宮裡賞了一筐福桔，祖母一個人給我們分了一個，剩了一半多說全都要留給你……」

王伯行已經是正四品的行太僕寺少卿，他說的笑話，捧場的人不少，褚鈺也跟著玩笑。「怎麼會全都留給老九，肯定是外祖母惦記外甥們多，所以才留得多了些！」

在一片笑聲中，運昌侯也緩步下了馬車，走到老太爺面前。「褚太尉，一別經年，您這身子骨兒一向可好？怎麼聽說一回家就打罵子孫，難不成在軍中打得還不過癮？」

運昌侯兼任東宮輔臣，是正二品的太子少保，論品級雖然比不上老太爺，可論起跟皇室的遠近，褚家那是遠遠不及的。

褚翌轉頭去看，褚鈺拉住他笑著低聲道：「運昌侯的表兄在軍中貽誤戰機，被父親打了兩百軍棍。」

褚翌心中若有所悟。父親不在京中，朝廷以戰事為要，自然沒人上趕著說父親壞話，可若是一朝得勝回朝，享受讚譽的同時，自然也要承擔詆毀。

他將目光轉開，褚鈺就衝著王伯行苦笑，小聲道：「孩子氣得很。」

眾臣在奉先殿朝賀完畢，皇帝跟眾位臣工入座，免不了說起朝事。

老太爺起了個頭。「東蕃人素來狡詐，不知信義，雖連番求和於朝廷，可這些年邊境騷擾時有發生——」

話沒說完就被太子笑著打斷了。「太尉雖不常在朝，卻能關心國事，真良臣猛將也，不過西北邊事有李玄印、劉傾真這兩位老將主持，倒也不必擔心。」

又有人道：「太子說得對，何況今日乃是春節，說戰事未免不吉利，倒不如商議一下何時請陛下開放夏霖苑，好讓百姓同樂！」

梁皇一直含笑聽著，並沒有表態。

老太爺的提議無人支持，連一向交好的宰相韓遠錚都苦笑搖頭。

這一場朝賀，把褚翌徹底從那一點小兒女的情緒中拉了出來，連同他半夜熬不住，做登徒子爬上隨安床的那點不自在，都拋在了腦後。

回到馬車上，女眷那邊還沒出來，褚翌便問褚鈺。「七哥，運昌侯的表兄被父親打了兩百軍棍，打死了嗎？」

褚鈺笑。「若是死了，直接說打死了就行，何必說打了兩百？」又道：「好了，你也看到父親在朝中孤立無援，不可多跟父親置氣，知道嗎？你是小兒子，該多擔待點的時候也得體諒父親。」

褚翌倚在車裡的迎枕上，拿起早先武英準備的包子就著溫水吃了一顆，然後才說話。「因為打的不是芳華。」

「哎喲！」褚鈺去抓他的嘴。「你這話教她聽見，我今晚又沒得睡了！」這個她自然是指德榮郡主，又悄聲反駁。「我跟芳華清白著呢，我們感情也沒你想得那麼深。」

褚翌拍開他的手。「你們摟抱還親嘴，我都看到了。」

褚鈺如同吃了個鹽團子，卡在喉嚨裡，吐也不是，嚥也不是，好半天才找回理智。「芳華又沒懷孕過！」

「那睡在一張床上也不算清白有失了？」

褚鈺白了他一眼。「只要沒被人抓住，就不算清白有失。」然後絞盡腦汁地教導弟弟。「譬如罵人，你在心裡或背地裡沒人聽見時罵，能跟大庭廣眾之下罵人一樣嗎？雖然大家都說君子不欺暗室，但能真正做到的有幾人？就是陛下，聽說皇后責罰貴妃，還偷偷罵皇后不賢呢！」

說完見褚翌一臉興味，連忙道：「我這也是聽郡王爺說的，當然不能亂傳，傳出去我也不承認自己說過的。」

褚翌胡亂點了點頭，心裡胡亂思忖半天，還是惦記隨安，催著馬車快走。

王伯行跟褚鈺目送他走了，返回車廂才笑著問道：「昨兒到底怎麼回事，快跟我說說。你外祖母知道外孫受了委屈，臉色那叫一個難看，今年過年的紅包都扣了一半多，我們這些親孫子是一年不如一年。」

褚鈺笑得胸腔震動。「你拉倒吧！都多大年紀了，還吃他小孩子的醋！別說外祖母，就是我們家郡王爺昨天夜裡也拉著我說，要我把老九請到家裡，他好好撫慰撫慰。」

「唉，同是天涯淪落人啊！」王伯行端起茶杯，兩個人輕輕碰了一下，才轉而說起旁的話。

這邊書房小院卻是前所未有的熱鬧。紫玉跟棋佩昨天就來過，不過因為老夫人在，且大家心情都不好，兩個人沒敢說話。今天過來，一則老夫人進了宮，二來則是為了慰勞「傷員」。

隨安雖然肉痛，看著這麼些人說說笑笑，心裡的鬱結也解開不少；加上她們拿了不少吃食過來，屋子裡有人吃花生、有人嗑瓜子，熱熱鬧鬧地說著新年的事。

紫玉跟棋佩等人一直待到老夫人快從宮裡回來了才離開。

圓圓去取飯，人才走，褚翌後腳就進了門，隨安詫異。「這麼快就回來了？還以為得到午後呢。」

褚翌只覺得她是受自己連累，所以心裡多了一份責任。「妳的藥換了沒有？誰來換的？」

「換了、換了。」

北風捲起樹上的雪花，撲簌簌地打在窗上，偶爾也發出簌簌聲，像有人在掃落葉一般，兩個人的心情都安靜下來。

隨安舒了口氣，輕聲問：「您還想去從軍嗎？」

褚翌嚥了口口水，目光看著虛空。朝廷、軍隊……從前他想過，但現在看來還是想得太少了，但他的夢想就是在戰場上。

「還想。」他揚了揚頭。「但我不想成為父親那樣的人。」

隨安笑了一下，又問：「那您打算什麼時候去？去什麼地方？大梁有幾千個衛所，您想過要去哪裡嗎？」

褚翌認真想了想回答。「父親今日在奉先殿說東蕃人不可盡信，害怕西北會再有戰事，如果讓我選，自然是去西北最好。」

他這樣一說，隨安也跟著認真起來。「東蕃人自稱是秦氏後代，秦祖以擅離間聞名，要說他們兵力多厲害是沒有的……」

褚翌來了興致。「妳怎麼知道東蕃的？還知他們擅長離間。」

「原來被您氣走的宋先生講列國的時候說過啊！」

她眼睛太亮，褚翌不理會她話裡的挑釁，挑高一側眉毛。「妳那時不是在打盹？」

兩個人互相傷害，然後噗哧相視一笑。

「孫子兵法裡有用間篇，很有道理。凡興師十萬，出征千里，百姓之費，公家之奉，日費千金。打仗固然是保衛國土之法，可花費如流水，國力若空虛，百姓自然無法富庶，這樣的戰爭就算勝了，土地荒蕪，百姓流離失所，對君主來說也失去意義。若是能用計策，或者用間，消弭災禍，除掉最厲害的敵人，這樣一來，可能用計的人得不到聲名顯赫的好處，但百姓跟國家的好處卻是實際的。

「人的名聲，跟做的事有關。對於那些受益者來說，這個人就是個好人，可若是對於那些受害者來說，這個人就是個壞人。」

褚翌點頭。「妳說得對，在父親眼裡，林家沒有壞人。哼，他得到美人，倒是偏袒得厲害！」

隨安苦笑。「老太爺這事，他老人家的心思如何，估計只有他自己知道。對於我來說，挨一頓打能挽回些名聲就值了，若是能從中再得一些好處，說不定還有人覺得我賺了呢！事情已經發生，只糾結在它對不對、應不應該這樣、那樣，都是浪費時間，是做無用功。亡羊補牢或大徹大悟、或痛改前非，就算對結局沒有絲毫的挽回或幫助，但對於更長遠的未來來說，說不定它還是一件好事。今日之失，未必不為後日之得。」

褚翌也跟著苦笑。「是啊，俗話說吃一塹，長一智，可這一塹吃到心裡才知道它有多難受。」

「是，可我還是要說。老太爺有許多兒女，您只有老太爺一個父親，父子關係，既親密又不對等……」說到這裡，她又起了鬱悶。「這事我最無辜，是最大的受害者！」

褚翌幾乎是帶著笑地看她。

他嘴角笑意增大，伸手揉了揉她的頭髮，直到將她順滑的頭髮揉搓得毛茸茸的才罷手，而後慢吞吞地說了一句。「妳要那麼多錢幹什麼？」

隨安好鬱卒。她承認褚翌聰明，但褚翌的聰明對著自己使勁的時候，這種感覺就不太好了。

這一番談話，把褚翌偷偷蹭床的那點尷尬消弭得乾乾淨淨，到了最後，褚翌乾脆拿了列國志跟輿圖來。本是想看看東蕃如果擾邊會從哪裡進行，沒想到發現輿圖十分粗糙，好些地方跟列國志不同。

兩個人面面相覷，最後他咬牙。「父親那裡應該還有輿圖，我去拿來。」

這個隨安贊同。知道大概位置，以後自己逃跑也好有數。

等褚翌走後，她乾脆趴在床上仔細看列國志跟輿圖到底有那些地方不同？沒有鉛筆，只好記在腦子裡慢慢琢磨。

這邊，褚翌到了徵陽館，正好聽見蓮香的母親王嬤嬤在奉承母親，話裡話外都是想讓蓮香嫁人。

老夫人雖對蓮香近來的行事很不滿，但是對自己的陪房還是有幾分恩典，便鬆了口。「行，此事我允了。你們跟李家說清楚了，到時候一起過來見我，這結親不是結仇，要雙方都樂意了才好。」到底刺了王嬤嬤一句。

王嬤嬤不知是歡喜地過頭還是糊塗，沒聽出來，反而笑著奉承道：「我們家都是您的陪房，蓮香只要樂意，那李家又不是鐘鼎高門，不看僧面看佛面，給他們十個膽子也不敢有一絲不滿啊！」

褚翌在門外正好聽到這一句，哼笑一聲，回身交代武英。「你去把那個什麼李三、李四的給我找來。」

這時，紫玉從屋裡出來，笑著幫忙打簾子。「九老爺來了怎麼不進來？老夫人還念叨您呢！」

屋裡的老夫人停止說話，見他就笑。「中午也沒顧上問你，晚上一塊兒好好吃飯才好。」

褚翌笑了笑。「兒子本是想找父親借一件東西，聽說父親不在這裡，過來給母親請安便要去前頭書房再找。」

老夫人盼著他們父子破冰，聞言忙道：「那你快去吧！」

褚翌拱手行禮，轉身出去，王嬤嬤看了有些納悶。蓮香眼高，心心念念想當褚翌的姨娘，這才過了多久就鬆口了？依照她的心願，還是嫁給旁人做正頭娘子得好。蓮香本就比褚翌年紀大，過一、兩年九夫人進門，屋裡哪裡還有蓮香站的地？

王嬤嬤既怕蓮香昧下什麼禍事，又覺得蓮香就在錦竹院裡，錦竹院也沒什麼大事傳出，便將這件事記在心裡不提。

可沒想到她才到家，還在琢磨去李家說合的人選，李家那邊的人倒先請了馬房管事家的，去老夫人面前說要兩家結親。

這事不到天黑便傳遍了褚府上下，蓮香丟人丟得連錦竹院都不願意待，鋪蓋都沒收拾就掩面躲回了家。

隨安也聽圓圓說了那麼幾句，一聽李家的事，她就覺得該是褚翌的手筆。

圓圓把她哥也賣了。「我哥說是九老爺找了那李三說話，然後李家才結了親……」

直到隨安看見門口的影子，趕忙「義正辭嚴」地替褚翌辯白。「九老爺肯定不會給蓮香姊姊拆親；再說，九老爺看誰不順眼，直接上前揍人，用得著使這種手段？這手段也太委婉了！」

褚翌咳嗽一聲，轉身走了。本來想著她受了傷，給她添幾道好菜，結果她呢？說他委婉！

吃飯的時候，褚鈺隔著八老爺褚琮悄聲問褚翌。「父親瞄你好幾眼了，你又幹什麼事了？」

褚琮也小聲道：「原來我是遭了池魚之殃，我還以為父親是在瞪我。」

褚翌鄙夷。「八哥你不會用成語就別亂用，什麼池魚之殃，我又沒惹父親生氣。」

褚琮道：「今日你不在，我聽父親說年後要重修族學，你我還有長齡他們幾個以後都得天天去上學，而且當日功課須當日完成，後頭補的都不算。」

褚翌皺眉。「八哥你都多大了還上學，趕緊成親，給我生幾個小姪子才要緊。」又道：「我要去從軍，父親不幫我，我就自己去邊關做一個小將。我今兒把父親的輿圖借了過來，八哥你說現在哪邊戰事最多？」

褚鈺知道母親肯定不允，連忙低聲喝斥。「大過年的你說這個，沒得惹母親傷心！」

褚翌這才不說了，心裡卻覺得褚鈺膽小怕事，成了親就一點作為都沒有了。

散了飯，老夫人又囑咐了明日都去走外祖家，依舊按慣例，大老爺帶著自己的兒女去自己外祖馬家，六老爺也帶了妻子去外祖李家。這兩家都算是平民，老太爺便道：「兩家都不可疏忽了禮數，中午還去王家吃飯。」

大老爺跟六老爺都起身，恭敬地應「是」後告退。褚鈺摸了摸鼻子攬著老八的肩膀道：「父親，那我們明兒等大哥跟六哥都回來，再一起去王家吧！」

褚翌便道：「父親、母親，兒子先告退了。」

老太爺囑咐了一句。「那輿圖可得保存好了，不能損毀啊！」

老夫人這才知道。「他毛手毛腳的，怎麼把這個給他？」又轉頭吩咐褚翌。「拿回來還給你父親。」

褚翌剛才聽父親那樣說，便知道有這麼一齣，也沒有生氣。「是，兒子一會兒就送回父親書房。」

他一走，老夫人也不看老太爺，徑直回內室去了。

老太爺這才打發褚鈺跟褚琮。「行了，你們也早點去歇著，不許起晚了。」

第十四章

褚翌氣沖沖地回到書房小院，先踹了院門，武英跟武傑嚇得不行，縮在一旁不敢說話。

隨安正被圓圓扶著挪步子，圓圓被嚇了一跳，一下子把隨安撂在了地上。

屋裡發出「哎呀」一聲，褚翌這才回神往屋裡走，一見隨安就罵。「不在床上躺著，妳幹什麼？」

隨安苦笑。「手腳都麻了，下來活動活動。」扶著圓圓的手就要站起來，褚翌背著手看她。

圓圓也才九歲，縱然使出吃奶的勁也不夠，再加上隨安有意讓自己的傷顯得嚴重，便喊褚翌。「九老爺幫幫忙，扶一把！」

褚翌這才上前，直接把隨安的頭往下一按，托著她把人送回床上。

隨安顧不上丟臉，連忙道：「武英說您從老太爺書房借回了輿圖，給奴婢看看吧？」又喊圓圓。「給九老爺泡茶，拿書房櫃子裡的碧螺春，妳哥哥知道地方。」把人打發走了，才對著褚翌諂媚一笑。「爺，讓奴婢臨摹一份吧？」

褚翌心裡堵了一口氣，哼道：「瞧妳那點出息，妳臨摹也不是不行，只是我已經答應老太爺過一會兒就給他送回去。」

「奴婢只把大州府畫一下就行，用不了多少時間。」

褚翌想著她說自己「委婉」，心裡還記恨，因此平靜地道：「給妳一炷香的時間。」到時他趁著她快完工之際，給她來個釜底抽薪——嗯，是直接撕碎呢，還是假裝不經意倒上一杯茶水呢？

可誰也沒想到那輿圖那麼大、那麼細緻。「別說一炷香了，就是十炷香……」褚翌猶豫道。

「事在人為。」隨安抬起頭朝他一笑，招手叫圓圓取了紙跟炭筆過來，覆上紙先從上京開始畫起。

褚翌見她說做就做，神情有片刻愣怔。

他有些想不起來，自己何時起覺得隨安還算順眼的，但或許跟她這說做就做的性格有關。他不喜歡廢話太多，偏偏內宅的女眷們，即便是粗使婆子，有時使喚她們去做件事情也要琢磨一二；丫鬟、小廝們更是推三阻四。這樣的人多不勝數，他又在軍中待過，軍中將領的說一不二，軍士們的唯命是從他是見識過的，兩下對比才令他煩躁不堪，恨不能早早從軍。

像隨安這樣，能做的就說能做，且立即去做，不能做的就說不能，除了她，他認識的還真沒幾個。

所以，就算面上總嫌她蠢，可心裡還是隱隱地有點珍惜。

褚翌看著燭光下的側顏，她烏黑的頭髮垂在一旁，劉海順滑微微遮住眼睛，她伸手撥到耳後，不一會兒又滑下來，後來乾脆不管了，任憑它們跟濃長的睫毛連成一片，分不出來。

圓圓端著泡好的茶送到他跟前。

「行了，你們先下去吧，這裡不用伺候了。」褚翌開口打發，接過茶水發現溫熱，乾脆一口飲乾了，連茶碗也還給圓圓。

隨安低著頭隨口道：「九老爺也去休息，明兒不是還要出門走親？」

褚翌沒有說話，圓圓看看褚翌，再看看隨安，不知所措，還是武英在門口悄悄衝她招手，才把她叫出來。

屋子裡只剩兩個人，門外也漸漸沒了聲音。

燭臺旁有剪刀，是用來剪燭芯的。褚翌的舌頭舔了舔，然後拿起剪刀，趁隨安不注意，一下捏住了她的下巴。她隨著他的手勢看向他，眼睛裡的光芒像星子一樣璀璨明亮。

褚翌被那星光迷惑，好半日才找到自己要說的話。「我幫妳剪剪劉海。」

隨安眨眨眼表示「快點」。

「妳別動啊！」

幾剪子下去，隨安的心越來越涼，伸出手悄悄一摸，劉海已經少了二分之一，再剪下去，離禿不遠了，只得擠出笑容。「這樣就行，不擋住視線了。」

褚翌還有點不滿意。「不算整齊，我再——」

「這樣就很好啦！」她一把攥住他拿剪刀的手。當人家奴婢就是這麼命苦，天天說違心的話，還要說得很真誠。

隨安又埋頭畫了起來。褚翌見她運筆如飛，也來了興致，跳上床擠在她旁邊道：「我幫妳畫，兩個人總比一個人快。」

可畫輿圖真是個累活，趴了一會兒就受不住，到了最後，他乾脆擱下炭筆，托著腮幫子，像個昏君一樣色迷迷地盯著隨安看了起來。

隨安滿心都是偉大的跑路計畫，也顧不上他了。

過了子時，終於描完了，褚翌擠過去看了起來，隨安再飛快地檢查一遍，沒發現太大的出入，就將老太爺的輿圖收起來，然後再一頁頁地描繪自己畫的那些。她沒有那麼大的紙，都是裁成A4紙那麼大的，褚翌幫她依次排開，見她露出一個放鬆的笑，也跟著笑了起來。

「妳累不累？我幫妳按按肩膀。」說著，不容拒絕地幫她捏了起來。

隨安怕癢，褚翌的手一到肩窩那裡她就受不了，揮手笑著去掰他。「我不要，不用您！哈哈……走開、走開！」

褚翌不理她。「妳趴得太久了，小心在床上趴一輩子！瞧妳這些症候，哪兒癢啊！」說著就抓了一下她的腰眼。

隨安笑得渾身無力，挨打的地方本因為長傷口就又痛又癢的，褚翌再一弄，她頓時如同散了架的瓜秧子，哈哈大笑停不下來。

耳房裡的笑聲驚天動地，值夜的武英打了個哈欠，卻在想明天早上吃什麼才好？

武傑起來值夜，揉了揉眼角，嘟囔了一句。「九老爺跟隨安姊可真恩愛啊！」

武英剛灌了一口濃茶，聞言頓時全數「噗」了出來，一邊咳嗽一邊指著武傑道：「你能不能別亂說！」就他所知，男人、女人在做那事的時候，還沒有哈哈大笑的呢！這笑說不定是九老爺在屋裡怎麼鬧隨安。

屋裡，隨安終於完全按住褚翌的兩隻手。

褚翌也不反抗，雙眼眸子烏黑，亮晶晶地看著她。

隨安剛才笑出了眼淚，正好有一顆滾到鼻尖上，褚翌剛要伸手去抹，就見她鼻子一皺要打噴嚏的樣子，連忙躲開，可床上的空間有限，他要跑已經來不及了。

「哈啾！」

屋裡的曖昧戛然而止。

良久，才響起褚翌的聲音。「妳到底是不是個女人！」語調是扼腕而嫌棄的。

「我想成為一個男人……」

褚翌被她這一句給炸得頭昏眼花，反應過來就敲她腦袋。「不知天高地厚的東西！」

隨安把畫好的紙壓到枕頭下。

褚翌看了就道：「我明天拿幾張大紙過來，妳替我好好地重新描一幅。」

隨安不敢催他走，故意問：「那我明天再用大紙這樣描一幅吧？」拿起放在一旁的輿圖匣子搖了搖。

褚翌皺眉。「不行，我今天就還回去了。」輿圖雖然不等同於布防圖，可像這樣珍貴的輿圖，京中能有的人家一隻手都數得過來。父親那裡，他不光把他當父親，以後還會把他當成將領。既然答應的事，多晚也要做到。

「行了，妳歇著吧！」聲音微微轉涼。

隨安忙指了指一旁的斗篷。「夜裡很冷，您多披一件衣裳。」

褚翌從鼻子裡哼了一聲，心情卻奇異地好了一點。

武英打著燈籠走在前頭，褚翌用胳膊挾著輿圖匣子，一邊走一邊想，隨安要是個男子會怎麼樣？

又矮又小的男子有什麼好？沒得惹人嫌棄，到時候娶不上媳婦，豈不是要整天躲在被窩裡哭鼻子？

她家的情況他事後也知道些。褚秋水已經夠無能的了，隨安幸虧是個女子，要是個男孩，要麼被人拉去當贅婿苟延殘喘，要麼被賣到小倌館生不如死。

說起褚秋水，反正大家都姓褚，說不定以後他能給他找個活幹，也好過年紀不大就靠隨安時常接濟。若是父親反對，他也可以反駁說自己這算有樣學樣，他爹都能包庇林先生到那種程度了；再說就是褚秋水跟隨安，十個加起來也比不過林家那一家的厚臉皮！

他這番「好意」可惜忘記告知隨安。

隨安正扶著腰，小心翼翼地下床。傷口雖然痛，可多活動活動，有助於血液循環，恢復得會更快。

有了輿圖，她心情極好，現在她不擔心自己，只擔心她爹啊！告訴他，怕他說漏嘴；不告訴他，怕他傷心難過。

她慢吞吞地走了百十來圈，累得有點出汗才挪回床上。翻身不行，便略側了側，漸漸睡了過去。

武英叫開二門，褚翌將輿圖親自送回老太爺書房，也懶得再回後院，主僕倆就在前院書房湊合了一晚上。

用早膳的時候，老太爺聽說褚翌已經把輿圖還了回去，訝異了一下，待褚翌過來，主動道：「原本是怕你年紀小，弄壞了，既然你拿去不是為了玩，再看幾日也沒關係。」

出門的時候，褚翌就道：「那我跟父親坐一輛車吧，正好有些輿圖上的事情想請教父親。」

老太爺瞥了一眼老夫人，然後輕輕咳嗽一聲，裝模作樣地站了起來。

褚鈺立即上前扶著他的手，笑著道：「我也跟父親一車，想聽聽九弟問什麼問題呢！」

褚琮被褚鈺搶先一步，也沒氣餒。反正大嫂安排的車輛都是夠的，大不了他自己坐一車唄，那輿圖就跟蜘蛛網似的，萬一爹爹有不知道的問他，他更說不上來，到時候不夠丟人嗎？

男人們先走一步，德榮郡主上前去扶老夫人，笑著道：「母親，咱們也走吧！」這一刻，她心裡很想有一位親弟媳幫著分擔分擔。

一路上不知褚翌跟老太爺說什麼，從王家出來後，父子間的隔閡已消弭得一乾二淨。之後，老太爺也不管過年，直接給褚翌找了兩個武師傅指點他學刀法。

到了傍晚，父子兩人就坐在徵陽館裡討論兵法。

老太爺這一輩子大戰、小戰無數，忽略小戰，不少大戰都有可借鑑之處，正所謂差之毫釐，繆以千里，一點不對便極可能造成完全相反的結果。他把這些例子說出來，褚翌不僅能跟上他的思緒，還能舉一反三，老太爺心裡暗讚他「真乃良器」。

老夫人見他父子兩人如此，嘴裡不說，心裡卻如釋重負。

因是過年，又加上近來事多，到了初七這日，褚府低調地過了褚翌的生辰。

放賞的時候，老夫人招來徐嬤嬤悄聲問：「隨安那丫頭養得怎麼樣了？」

徐嬤嬤一聽，臉色有點不好，悄聲回道：「白天淨是趴著睡，問她，她說不睡覺就好疼。大夫請了兩回，都說恐是骨頭裂了。論理傷筋動骨一百天，她又是個小丫頭，身子比不上那些小廝強也是有可能。」

老夫人嘆了口氣。「這幾日都把她給忘了。」

「現在是過年，您不是去東家就是去西家，還要張羅來家裡的賓客，說起來，她生了病沒把她挪出去，就是您的恩典了。」

老夫人點了點頭，遲疑道：「妳說會不會打壞了？」

徐嬤嬤不敢把話說滿，思忖著道：「那天打板子的都是老太爺那邊的人，下手沒個輕重也是有可能的。」

老夫人嘆氣，又問：「她就沒讓人給九哥兒遞信？」

徐嬤嬤搖了搖頭。「沒有。近來九老爺不是去演武場，就是在徵陽館跟著老太爺，您都是知道的；再說隨安那裡就只有一個小丫頭圓圓，看見九老爺大氣都不敢喘，怎敢亂說？」

「如此，妳說我是按兵不動呢，還是把她挪出去看她的造化？我是怕九哥兒知道她好不了會再起事；還有林家，消停了這大半個月，估計也坐不住了吧？」

「是，林太太過年時請了柳姨娘兩次，柳姨娘只去了一次，回來說她見了林太太的妹子小李氏，說長得狐媚。」又道：「本是不要緊的，只是恐怕老太爺會趁著元宵節讓您喝小李氏的茶，到時惹得九老爺想起來，才是一樁大麻煩。」

如果可以，老夫人甚至想把林家一家都給滅了。「這樣吧，悄悄地把隨安挪出去，挪到臨著北街的那排房子裡好了。跟她說大夫經常進內宅不大好，在那邊清靜，大夫過去也便宜，九哥兒要是問起來，也這麼說。」

徐嬤嬤點頭。「九老爺那裡，要不還是讓隨安跟他說，免得他想起來自己去了那邊房子……」臨北街的那一排房子陰冷潮濕不說，府裡有病的全都挪過去，就是病好了，再回來也得過個十天半月才行，免得帶了病氣回來。

「就這麼辦吧！讓她好生將養，開春……不著急，養上三、五個月，等她好了，這事過去再叫她回來吧！」老夫人吩咐道。

徐嬤嬤雖然替隨安惋惜，可也只一瞬，悄悄看了一眼外頭正跟老太爺說話的褚翌，行了個禮，無聲地退了出去。

書房小院安安靜靜，圓圓正蹲坐在爐子旁打盹，腦袋像啄米的小雞一樣。

徐嬤嬤吩咐了隨行來的婆子先待在屋外，低低咳一聲，推開耳房門，心裡覺得隨安沒有福氣。一般人挨了板子，半個月也好得差不多，偏隨安還沒好，雖然沒發熱生病，可一碰就說疼，連動都不能動，看來是傷到骨頭；若是能養好還好，養不好一瘸一瘸的，縱然九老爺再喜歡，老夫人也不可能讓她再伺候九老爺了。

隨安被圓圓推醒，看見徐嬤嬤先露出一個笑臉。她如今成了夜貓子，慢慢鍛鍊，其實已經好得差不多，可為了那個不能言說的目的，所以白天才裝得病弱也不再起身。

徐嬤嬤看著她，又暗道了一句可惜，這才緩緩將老夫人的意思說了。

隨安的眼睛隨著她的話越來越亮，幾乎要壓抑不住，趕緊連忙垂下頭，使勁攥了攥拳頭，暗暗告誡自己一定要忍住，勝利的曙光就在眼前，可不能功虧一簣。

對於徐嬤嬤傳達的決定，隨安儘量表現得順從認命。

徐嬤嬤仔細打量她的樣子，暗暗舒了一口氣，又問：「妳看是今兒搬好，還是明兒再搬？」

說完又補充了一句。「妳放心好了，一應待遇還跟在這裡一樣，就是在那裡養病，大夫能方便些。」

「老夫人能容我在府裡養了這些日子，已經很感激了，都怪我這破身子不中用，福分薄……」隨安說得氣喘吁吁，竭力壓抑快要咧開的嘴角。「也沒什麼好收拾的，就今兒搬吧，早搬早索利。」

這些都是小事，徐嬤嬤當即便道：「那就收拾一下，鋪蓋也帶了妳自己的過去吧！」說著出去叫了幾個粗使婆子進來。

第十五章

徐嬤嬤又對圓圓道：「妳跟著隨安，暫且先按三等丫鬟算，以後的月錢也一併去錦竹院領。」一喜得圓圓忙行禮感激。

隨安的東西是真不多，幾兩銀子、幾件衣裳加上鋪蓋，一點沒瞞著徐嬤嬤的鋪陳開來又兜了起來，圓圓幫忙拿著。

隨安摸摸捲在袖子裡、用布頭纏好的刻刀，這是她唯一藏起來沒給人看的東西。她尋思了很久，若是逃得遠了，不妨就做個專門刻章的活，或者代寫書信、抄書的活計，慢慢地有了積蓄再將褚秋水接出來，所以刻刀絕對不能丟，這可是她的飯碗。

身上的痂皮已經結了，她故意弄開一點，等人挪動她的時候也不用演，那痛足夠徐嬤嬤心灰，一個勁兒地叫那些粗使們。「小心點搬動，別傷上加傷。」事到如今，她也是懷疑隨安的傷恐怕好不了了。

隨安臨出門，想了想道：「九老爺雖然不愛看書，但兵法戰術之類的還是能讀下去，這個書房小院沒有，嬤嬤若是得空，不如替九老爺在老太爺書房找找，或者從外頭尋尋。」

徐嬤嬤眼前一亮。她不怕褚翌上戰場，一則現在沒有戰事，二則有老夫人看著，九老爺想上戰場不容易。而且有了兵書之類的書籍讓他慢慢讀著，說不定沒空想起隨安，等日子長了，隨安若是不好，老夫人也該帶著九老爺各家串門子給他相看媳婦了。九老爺縱然想著隨安，可也絕對不敢違逆了母親，做出什麼有違孝道的事情來。

「行，妳這丫頭，不怪老夫人那麼疼妳。」徐嬤嬤眉開眼笑。「請醫、問藥需要的錢財儘管打發圓圓來找我拿。」

隨安連忙擺手。「我這裡的體己，您也看見了，這些就夠使得，嬤嬤快去忙吧，不敢煩勞嬤嬤。」

徐嬤嬤在書房小院門口看著兩個粗使抬著隨安走遠了，長嘆一口氣，這一趟差事處處順遂。轉身鎖上院門，往前頭去找老夫人說給九老爺買書的事情了。

隨安更是求仁得仁。她做這種事沒經驗，這算是誤打誤撞，撞了個正著。

沒出正月，北街的屋子空落落的，幾個生病的也被家人接了回去，婆子們把她抬進去。圓圓道：「這屋子裡比外頭還冷！隨安姊，我去找徐嬤嬤說一聲吧，這兒根本沒法住人。」

那婆子們看她一個小丫頭折騰，皺著眉道：「小毛丫頭說話仔細著些，怎麼沒法住人？屋子蓋好就是給人住的，外頭多少人都沒地方住，縮在破廟裡呢！」

隨安悄悄摸了一下傷口，感覺血已經凝住了，可還是嘶嘶地疼，忍不住後悔自己剛才用的勁太大，感覺褲子上濕漉漉的，也不知流了多少血？回神的工夫，圓圓已經要跟那兩粗使婆子吵起來了。

隨安忙道：「嬸子們說得對，這事犯不著找徐嬤嬤，府裡的規矩是生了病就要往外挪，免得過了病氣給主子們，不獨我，就是主子們跟前得力的也一概如此的。」

圓圓還是氣呼呼的，卻小聲道：「這我們可怎麼睡啊？」

隨安先打發那兩個粗使婆子。「多謝兩位嬸子，嬸子們自去忙便是。」兩個婆子見她不給賞錢，氣得哼了一聲，摔了門走了。

等沒了人，隨安才對圓圓道：「我這裡好歹還有兩床被褥，我又整日窩在床上。妳跟我不一樣，被褥少，還不如拿了被褥回家去睡，白天再過來也是一樣。」

圓圓猶豫，想著那三等丫鬟的分例，到底沒再說旁的。

屋子都這樣了，吃飯就更不用提。菜是蘿蔔鹹菜，饅頭是摻雜了豆麵的窩窩頭。那鹹菜冰冷，吃到嘴裡都能嚼到冰渣子，唯一的好處就是有點熱水，隨安跟圓圓湊合著吃了一頓，到了下午，天還沒黑，圓圓也乾脆鑽到被窩裡頭。

隨安一心一意地在被窩裡想著如何逃跑的問題。

李松說過完年就走，不知道現在動身了沒有？若是走了也好，這樣沒人帶褚秋水上京，他不知道她的情況也免得難過。

想完了褚秋水，她才分神想自己。自己這事說好弄也好弄，她走不得路大家都知道，起碼圓圓深信。剛開始她還讓圓圓強扶著下床，後來下來一次痛好久，圓圓都不敢叫她下床了。

她再跟圓圓說幾回總有人在屋子外頭徘徊，讓她告訴……嗯，告訴徵陽館的粗使婆子就行，徐嬤嬤大忙人一個，圓圓也不一定能見上，就算能見上，徐嬤嬤一定也是煩躁，絕不會派人來察看。到時候尋個藉口讓圓圓回家去住，或者哪天下雪就打發她回家，夜裡趁著無人，她做出被人翻了屋子的樣子……

被人擄走雖然名聲不好聽，但跟主動逃跑比起來，當然是被抓走要好一些。

她看了一眼空曠挑高的屋頂。在這裡還要再待幾日，按理，她應該讓圓圓幫忙去買點炭，可想著自己走的時候說不定還要留幾兩銀子迷惑眾人，就有點捨不得。她能動的錢太少了。

就在隨安思索著逃跑路線，王子瑜進了褚府大門。

他本就相貌儒雅，穿了一件藏青色素面細葛布袍子，分明就是要外出的打扮。

褚翌這段日子不是練武就是看兵書、兵法，或者跟老太爺討論兵事，吃住都在前院，整個人更是跟年前大不一樣。

「我來向你辭行，再過三日就走了。」

褚翌這才想起他說要遊學的事，頓時笑了起來。「好小子，你可夠快的！」

王子瑜含著笑，溫和地道：「還以為你在書房小院，沒想到你乾脆就留在前院了，姑母也不管你。」

褚翌點頭。「我好長時間沒回後頭了，走，咱們去後頭說話。」

徐嬤嬤忙攔住。「九老爺、表少爺，後頭許久沒住人，屋子陰冷，你們要是說話，不如就在暖閣那邊。」

褚翌看了看王子瑜，點了點頭。

徐嬤嬤早早派人清理好暖閣，打發了小丫鬟伺候，見褚翌不再想著去書房小院才鬆一口氣。

褚翌便拉著王子瑜喝茶說話。王子瑜眼底的猶豫，還有中間幾次欲張嘴說話，都被褚翌看在眼裡，他嘴裡一邊說話，一邊在尋思王子瑜到底有什麼為難的事？直到了中午才想起他恐怕還惦記著他們年前的賭約。

想到這裡，他假裝恍然大悟。「哎喲，你不來我險些忘了我們的賭約。說吧，我這裡有的，你儘管拿過去。」

他這麼開口，王子瑜倒不好直說，本來就不大堅定，這會兒眼中的猶豫更是蔓延到臉上。

褚翌心裡咯噔一聲。若是個把東西，王子瑜犯不著這麼為難，想起自己說的那些玩笑話，心裡一緊，嘴上卻輕鬆地笑道：「這有什麼為難的，便是一件、兩件的東西，我這裡沒有的，打發人出去尋就是了；若是奴婢、丫鬟，嗯，有賣身契的，直接打發人領了給你。嗯……錦竹院的都沒問題，書房小院裡，你也知道，隨安因為我挨了頓揍，我已經答應她，把賣身契還給她了。」說到這裡特意去瞧王子瑜的臉色，見他臉色瞬間變化，心裡一下子明白過來。

王子瑜沒想到褚翌會騙自己，聞言一怔，而後道：「那也挺好的。」又道：「我實在想不出跟你要些什麼，不如先暫時放著，等我遊學回來再說。」

褚翌拊掌。「這樣也好，你可好好想想。但醜話先說前頭，你要是跟我要成千上萬的金銀，我是沒有的。」

說得王子瑜也笑了起來，卻又道：「隨安的傷不要緊吧？」其實年前他就聽說了，可過年那陣子人來人往，實在不好去問。

「我找了武英的妹子照料她，也好些天沒回去看看了。」褚翌隨口就道：「她能有什麼？吃了睡、睡了吃的，野草一樣，在哪裡都能活。」

王子瑜便不再問，同褚翌一道陪著老夫人跟老太爺一起吃了午飯便走了。

褚翌卻轉身打發了武英。「去看看隨安在幹什麼？」他不過去，她也不知道日常過來給自己請安，就是傷沒好俐落，不是還有個圓圓可以使喚？眼裡還有沒有他這個主子？

徐嬤嬤正好從外頭進來，連忙攔住武英。「九老爺不知道，隨安這丫頭養得嬌嫩了些，三天兩頭地要看大夫，可那大夫進內宅多了不方便，隨安又不是主子，難免有些閒言碎語，老夫人便做主將她挪到停善堂那邊去將養。那邊離北街近，大夫進出也方便，傷筋動骨一百天，怎麼也要讓她好好養上三、五個月才行。」

褚翌皺眉。「誰敢說三道四？她怎麼挨得打，大家不知道嗎？」

眼看著脾氣就要上來，徐嬤嬤忙道：「這也是隨安的意思。本來老夫人是開了恩，定了開春抬舉她進屋伺候您的，可這一拖延，總不能叫她帶著傷來照顧您吧？您就放心好了，圓圓也跟著去了，那邊我也交代，隨安就是過去養一段日子，過後依舊回來伺候，到時候老夫人再抬舉她不比現在這樣名分不定得強？」

褚翌的眉間透出不耐煩。「這跟名分不名分的有什麼關係？」大哥的院子裡，外院書房裡都有丫鬟伺候，就是父親跟他在外院，還有好幾個丫鬟伺候呢，也沒通房的名分。瞪了武英一眼。「你去一趟停善堂看看她。」

徐嬤嬤抿著唇，掩下心中不滿，覺得老夫人說得對，是該給九老爺正經地說親了。

褚翌沒去過停善堂，可武英去過，那兒是個什麼地方，他最清楚不過。

到了停善堂，看門的一聽是九老爺打發過來的，忙引他到隨安的屋前，圓圓正好出來倒水，看見武英就要咧嘴哭。

武英嚇了一跳，連忙拉住她低聲問：「妳這是怎麼了？想家了？」

圓圓紅了眼眶，道：「哥，這裡又冷又潮，我晚上睡覺跟被鬼壓床一樣，還不如去掃院子。」三等丫鬟的分例現在還沒到手，但這份苦楚她是吃夠了。

武英朝房裡一看，只見隨安趴在床上，形容狼狽，皺眉道：「怎麼這樣？徐嬤嬤明明說都安頓好了，這屋裡怎麼連炭都沒有？」

圓圓悄聲道：「我聽那大夫說隨安姊傷了脊柱還是什麼的，說都這麼久了還不能下床，說不定要落下什麼殘疾。」

武英大驚。「妳可別胡說，九老爺——」話沒說完突然住了嘴。九老爺是喜歡隨安的，他們都看得出來，可若是隨安姊沒這福分……難怪老夫人要打發她出來，停善堂總有那些病得重的，不小心染上什麼病，一病不起沒了的也不是沒有，要是以後癱瘓在床，那可真是生不如死了。

圓圓又抱怨。「哥，我手上都長凍瘡了，以後我若是生病才不來停善堂，叫娘把我接回家去！」

武英忙把腰上的一個荷包解下來給她。「妳用這裡頭的藥膏抹手，每天多擦幾遍就好了。」

這時，隨安聽見武英的聲音，喊了一聲。「圓圓，誰來了？怎不進屋？」

圓圓推開門，這會兒也不用避嫌，請了武英進去，屋裡光線不好，襯得隨安臉色也發黃，不過精神看著還不錯。武英拱手行禮道：「隨安姊，九老爺讓我過來看看。」

隨安笑著道：「我挺好的，多謝九老爺惦記。」一句抱怨的話也沒有。

武英同情她的遭遇。大家都是伺候人的，沒有高低貴賤之分。「這裡太簡陋了，妳看我要不要跟九老爺說說挪個地方？」

「不用，怎麼著也是府裡的規矩，沒有要九老爺為我們壞了規矩的道理。我還好，鋪蓋也都帶著，就是苦了圓圓。你妹妹是個好孩子，有責任心，我幾次三番地讓她回家去住，她偏要在這裡受寒。」

這是隨安的真心話。圓圓雖然抱怨幾句，可畢竟是個孩子，八、九歲的年紀若在現代也就是個小學生，上學都還要家長接送呢，圓圓這樣陪著她，她很不好意思。

圓圓驕傲地挺起胸，武英見她剛才還要哭鼻子抹眼淚，這會兒又傲嬌起來，心裡好受不少，想起褚翌對王子瑜說賣身契的事情，連忙道：「對了，隨安姊，九老爺今日跟王家表少爺說話，說妳是替他受的冤屈，要把賣身契還給妳呢！」

隨安聽了，一下子激動起來，差點就跳下床跑到武英跟前問他是不是真的。

她轉身從匣子裡拿了一塊足有五兩的銀子。「武英，託你件事，你幫我一把，不知九老爺當初是隨口說的，還是真是這個意思？若是真能還我賣身契，我先記你一個大人情，就麻煩你替我跑一趟去消了奴籍，然後再給我買份戶紙回來。」

她沒有房產，想落戶是不可能的，可買一份戶紙就像個流動戶口一樣，還是個暫住證，遇到差役不會把她當成流民抓起來。一份戶紙只要三兩銀子，那剩下的三兩就歸武英所有了。

武英沒想過她拿了戶紙會跑，她這樣的，還有圓圓這樣的，投托在大戶底下才能活得像個人樣，這都是他們一貫的想法；就算有了戶紙，將來也還是在府裡做工最好，況且若是好了，抬了姨娘也算良籍，於是武英就接了過來。

隨安又看向圓圓。「我沒法子說服你妹妹，你替我說說她吧！夜裡這堂子裡有人走動，不差她一個；況且我也沒別的事，就讓她回家住，白天給我送點飯跟水就行。」

武英不敢做主，連忙搖頭。「就讓她照顧姊姊，九老爺那裡也放心。」

隨安這才不說話了，圓圓噘著嘴送武英出門。武英找了停善堂的主事，借著褚翌的勢，讓她們給隨安那屋送一個炭盆。雖然那主事老大不樂意，可到底不敢太過得罪，還是應了下來。

圓圓聰明，一個勁兒地說：「哥，你可常來看我，還有隨安姊交代你的事也要盡快辦好啊！」她哥能狐假虎威，她也能。

武英回去，才看見徵陽館的院門就被徐嬤嬤攔住了。

武英被她攔得七上八下，徐嬤嬤笑著問他「隨安在那裡怎麼樣？一切都挺好吧？物品、飯食可有剋扣」之類的話。

武英道：「隨安姊看著還好，也說一切都好，就是養傷養得憔悴了些……」

徐嬤嬤笑著伸手替他理了理衣裳。「九老爺問起來，你也這樣回話知道嗎？若是說走了樣，可不行的。你老娘一直託人想進大廚房管事，我還想等過了正月就跟老夫人說說呢！你好好當差，老夫人知道你懂事，也能抬舉你老子娘。」

第十六章

武英點了點頭，心裡雖然覺得有些彆扭，可這事不是他一個人的事，若是他有了不好，連累了家人，到時候家可就不成家了。

不過他覺得老夫人一向挺看重隨安的，沒想到這次竟然如此薄情，又想起圓圓的話，難不成是因為隨安以後真要癱在床上？心裡略有些不忍，便把那賣身契的話瞞下了，沒對徐嬤嬤說。

褚翌聽了他傳的話，想了想，嘆氣道：「正月裡請不到好大夫，過了正月，我看看能不能託七哥給她找個御醫看看吧！」又問：「她真說那裡很好？」

武英只道：「隨安姊是這麼說的，還問了九老爺好。奴才就多嘴一句，說您答應給她賣身契，把她高興得不行。」

褚翌氣笑。「你可真夠多嘴的！罷了，是為了我，就還給她吧！你記得告訴她，得了賣身契也還是我的丫鬟，若是敢跑，抓回來小心她的狗腿。」

其實武英知道，褚翌發還賣身契說不定只是敷衍王子瑜的玩笑話，但見隨安的模樣，再想想老夫人的薄情，還有自己的勢力，便尋了個由頭想著彌補一二。

他實在覺得隨安的情況不容樂觀，可不敢多說一句。

褚翌便去了老夫人內室，翻出裝著錦竹院眾人身契的匣子，找出隨安的身契，交給武英。

衙門過了正月十六就開衙，武英讓武傑給自己站半天班，跑出去為隨安辦理消籍的事。

負責戶籍的就問：「何故消籍？」

武英笑嘻嘻地行禮道：「是我們九老爺心愛的一個丫鬟。」

大家都明瞭，爽快地蓋了章，把戶紙也填寫好，等墨跡乾了，就給武英。

隨安沒想到這麼順利，高興得流了好幾滴眼淚，又再三謝謝武英，連帶也謝了褚翌。

武英這半日得閒，便跟隨安說了一聲把圓圓帶出去。「去街上買點她喜歡的零碎東西。」

隨安忙讓他們自便，等他們走了，悄悄起身關上門，把戶紙用油紙包了，縫在貼身的布棉襖裡。

圓圓走在路上問武英。「哥，九老爺真的拿出身契來還給隨安姊啊？既然那麼重視隨安姊，怎麼不把她挪回府裡？停善堂真不是人待的地方。」

武英揉了揉她的頭髮。「隨安姊自己都說了這是府裡的規矩，不單咱們府裡如此，京中大多數人家，不都是這樣的？生病了就挪出來，有那在主子跟前得臉的，說不定能返還家中，而且妳當拿了身契就那麼好？沒有府裡庇護，在外討生活更為不易……好了，不要說這個了，正月十五沒帶妳出來，正好咱們趁著今兒多逛逛。」

所有認識隨安的人，包括褚秋水，沒有一個想到她有這膽量；也或許她這種想法在時人眼中簡直就是自不量力，大多數人也不了解她的心態。

隨安也知道這一點，所以平素的表現儘量往「安分」上靠攏，做一個時刻維護主子的利益，縱然為了主子犧牲也是自己榮幸的「好奴婢」。

她比一般人做得都好，可惜她得到的回報……不提也罷。

當然，褚翌肯還她賣身契，讓她對他有那麼一些感激，可這感激跟自由相比簡直可以被忽略不計。

「以後有機會再報答你吧！」她埋在被窩裡輕輕地嘆息。

不過現在有了這戶紙，她還不能立即走掉，否則消息報到褚翌那裡，他可是一向都愛用惡意揣摩她的，她跟他講道理講不通，耍賴更不行。

「嗯，過完正月吧！」離二月二也就十來日，她身上的痂皮估計能掉一些。

傍晚，圓圓回來，隨安見她精神大好，也跟著高興，與她說了自己的一個決定。「我鎮日這樣趴著，又不會女紅，就想看些書打發時間。妳可知街上的書肆在什麼地方？問問他們能不能往外租書？若是能，妳給我租幾本回來。」

圓圓也喜歡出去逛，立即答應下來，隔日果然租了兩本書，押了一兩銀子，看一天只須五文錢。

隨安看書是想搜集一些有用的消息，所以看到跟地理民俗有關的，或行兵打仗會有用處的，便記下來，也不用筆墨，只用那燒盡的炭筆，寫得雖不夠整齊，卻能認出是些什麼字。

圓圓在一旁見她寫字，羨慕得不行，隨安便教了她一些字，讓她學著寫熟練。「熟能生巧，妳寫得多、寫順了，心裡先知道這個字，見了就覺得它親切無比；就算一時忘記，後頭也能想起來。」

圓圓捂著嘴笑。「姊姊說得真好玩。」

圓圓跑了那書肆五、六回後，書肆老闆終於對她多了幾分信任，漸漸地一兩銀子也可多拿一本、兩本的書了。隨安來者不拒，白天看書，晚上活動，兩、三日裡趕著讓圓圓回家住一晚上；圓圓因為哥哥武英說若是真想家可以回去住，就高高興興地答應了。

隨安就趁著她回家時，多活動些，慢慢沾濕了帕子把痂皮捂軟，揭掉一些早已乾了的。因為看不到，有時候會揭過頭，結果就是疼得自己淚眼汪汪。不過好在恢復得不算慢，她有時摸著比較平整的肌膚忍不住暗自慶幸，這要是落下疤痕可難看了。

可她的慶幸只持續了兩日，京中就有了變故。

東蕃派了使者透過肅州節度使李玄印請和，李玄印不敢擅專，將東蕃使者送到了上京。

老太爺在朝上不僅反對請和，還道：「肅州臨近邊界，素來兵禍頗多，東蕃此心不良，若是假意求和迷惑聖目，而以重兵繞道肅州進攻栗州、華州，則上京危矣！」

宰相韓遠錚此時卻支持老太爺的意見。「陛下，東蕃人狡詐不可輕信，臣聽說去歲冬東蕃北邊牧場遭遇大雪，牛馬、活人凍死無數——」

太子笑著打斷了宰相的話。「若是以太尉跟宰相大人之意，東蕃在連遭不幸時求和不可信，在糧草豐盛、秋高馬肥時求和才可相信是吧？俗語道，日久見人心，既然東蕃有求和之意，不如且稍待看他行事。」

太子一說完，朝堂上不少人都竊笑起來。

運昌侯就道：「陛下，不管怎麼說，求和總比請戰好，況且每逢大戰，糧草、馬匹、兵械俱都開支極大，更毋論國庫空虛，兵士傷亡，即便我大軍戰勝，這些開支也不會少一分一毫。臣以為太子所言甚是，眼下以靜制動，對我梁國有利，若有不利，恐怕也是因無戰事而使得某些人不能撈取功勞。」

此言一出，太子一黨紛紛出言支持。

韓遠錚見梁皇端坐在龍椅上，面上表情晦澀不明，在心裡嘆了一口氣，不再言語。這次朝會終究以太子一黨獲勝告終。

可巧東蕃遞了請和書，一連數日並不動作，有人就開始笑褚太尉想掙軍功想瘋了，天天盼著打仗。

京中流言越演越烈，老太爺乾脆告病，躲在家中不出。

圓圓從外頭聽了流言，回來就問隨安。

隨安雖然被老太爺無理取鬧地打了一頓，但覺得他分析得沒錯。東蕃人如果真離間梁國各州，必定先離間各州節度使。他們請和於李玄印，若再出兵栗州、華州，到時候栗州節度使必定要彈劾李玄印勾結東蕃。

有些計策看上去很容易被人識破，但屢試不爽，因為人心自私。

不過太子說得也有道理，總不能天天布兵於邊界，等著跟東蕃開戰。

「可外頭的人說得太過分了，說老太爺是為了獲取功勞才故意在東蕃請和上生事！」圓圓抱怨道。

隨安心裡暗想，這恐怕也是梁皇跟太子的意思。自古以來，武將就不如文官升遷平順，奪取政權或許會用到武力，可治理國家還是要用文臣，何況史書上殺良民冒充賊匪以獲得軍功的例子多不勝數。

先前的平定嶺王叛亂，根本就是梁國自己人打自己人，若有看不慣老太爺行事的敵對之人，或許就要藉此機會參奏褚太尉縱容手下冒功，而且從老太爺的行事上來看，他也並非那種步步謹慎之人。

隨安的擔心很快就應驗了。不過兩日工夫，果真有人彈劾老太爺在平定嶺王之亂時奪取他人功績，人證、物證俱在，摺子遞上去，梁皇雖然留中不發，卻一連召見了幾個老太爺的直系下屬。

因為東蕃求和，也就意味著近日沒有戰事，上京漸漸又熱鬧起來，不少人家開始商量如何過二月二的春耕節跟三月三的上巳節？

跟外頭的熱鬧相反，褚府上下似乎籠罩著一層陰雲。

圓圓透過武英陸續知道了許多消息，譬如褚翌搬回了錦竹院、蓮香親事不成，也被王嬤嬤攆回去重新伺候褚翌；褚氏族學重新開課，林先生跟另外一個致仕的老翰林一起教導褚氏一族年輕子弟。

這種情況之下，老太爺卻高調宣布要正式納小李氏為妾，據說要連擺三天酒。

隨安既慶幸自己躲病出來，又隱隱有點擔心褚翌。她作為一個旁人都有點扛不住，更何況褚翌這親兒子。

但是再替褚翌擔憂，隨安還是默默祈禱他可千萬別想起自己！這種蒙主寵召的感覺堅決不能要。

現在上京的白天暖和了些，可一到晚上就寒風刺骨，炭盆又被收走了，晚上凍得人骨頭痛，隨安有了藉口將圓圓正大光明地趕回家。「妳若是受了風寒，我們倆可就真是難姊難妹了，到時候相對無言唯有淚四行……」

這話把圓圓逗得笑不停，終於還是回家睡熱炕頭去，結果她還是感冒了，反倒隨安這個睡冷屋子的一點事也沒有——當然沒有啦，她為了增強體格，最近夜裡都活動兩個時辰，手腳都熱呼呼的，可比睡炕頭忽冷忽熱的好多了。

「那炕晚上睡的時候燙得你躺不住，到了半夜就冷了，早上的時候冰涼涼的，反倒是我要去捂它。」圓圓拿著帕子擦拭源源不斷的鼻水。

隨安的月錢是武英從錦竹院要的，乾脆就給了圓圓。「妳去抓些藥，再跟管事的要個爐子，就在屋裡煎著喝了。」

圓圓人實誠，跟隨安混得熟了，知道她不是個愛說虛話的，也不跟她客氣就接過錢，隨安笑著看她又出了門。

圓圓回來時又給她帶了一個消息。「老太爺也病了，只是不知道什麼病，府裡來了好幾個大夫，我聽門房的大爺說有太醫呢！」

隨安算了算日子。「明天不是老太爺納妾的日子？」

「可不是嗎，可老太爺病得好像不輕；不過納妾又不是娶妻，一頂轎子抬進門就是了，何況咱們家這位新姨奶奶本就住在府裡。」

可隨安覺得，依照老太爺對林先生的重視，或者那重視根本就是看林太太妹子小李氏的面子，怎麼想這個傳說中的「小李氏」都得是個貴妾，即便名義上不是，至少是個良妾。林頌鸞的野心都可見端倪，這個小李氏來上京這麼久，會心甘情願嫁給一個病老頭嗎？

褚翌跟著幾個兄弟在上房侍疾。夜裡是他伺候的，想著父親的病來勢洶洶，自己本以為是被朝堂上的事氣得，等太醫說了才知道，父親常年征戰，傷病無數，病根早已落到了骨頭裡。

梁皇也聽到了消息，笑著對太子道：「太醫院的人慣會誇大，朕看他這病，三分是舊傷，有七分倒是面子傷。」

太子笑。「也難怪了，征戰這麼多年，從來是大權在握，現在賦閒，總要不適應一陣子。」

梁皇便道：「朕去瞧一瞧。」

太子也要陪同前去，梁皇揮手制止了。「朕微服即可。」

太子便送到宮門，看著遠去的車駕，目光深沈。

褚翌知道皇上要來，目光轉向林家方向。回了內室見父親猶自沈睡，便又悄悄退出來喊武英。「你找個人去叫林先生過來一趟，就說父親找他。」

林先生聽了傳話一愣，想到了明日的納妾酒，以為老太爺跟他商量此事，便讓那小廝走了，自己連忙回家找了林太太去見小李氏。「若是老太爺跟我商量明日的擺酒之事，可怎麼回？」

小李氏自然也聽說老太爺病了，只是她現在沒有名分，探不了病。「姊夫可先瞧瞧老太爺的氣色，若是氣色還好，那就聽老太爺的吩咐；若是氣色不好，那就推遲了婚期，等老太爺痊癒再說。」

林先生猶豫。「怕褚家存了讓妳沖喜的念頭。」

小李氏笑。「這樣我就更不能嫁了。萬一沖喜不成，我豈不是要跟那些老太婆們一起熬著？」

林太太欲言又止。褚家已經是大富貴，就是當個姨奶奶，那也很富貴。

林先生點頭。「好，我還要趕緊過去。」

小李氏不理姊姊，起身送。「姊夫看看情況如何，盡快回來跟我說一聲。」

武英回來衝著褚翌點了點頭。

褚翌面無表情，又轉身進了內室。

父親這幾日蒼老得厲害，昏睡之前還笑著跟他說東蕃賊心不死，又道自己果然老了，讓他跟林家好好相處，別再憋著一股勁。

林家是一窩什麼樣的東西，他今日就好好瞧瞧清楚，看林家配不配得上父親這份心？

林先生來得步履匆匆，聽到通報，褚翌出來，朝他行了一禮。「先生怎麼過來了？」

林先生覺得褚翌在詰問自己，有點生氣。「是老太爺打發人叫我過來的。」

褚翌方做出一副了然的樣子，而後遲疑道：「剛才我出去了，並不知此事，不過父親現下用了藥又睡了過去。」

「那我進去看望一下他老人家吧！」林先生想要打探老太爺病情，抬步上了臺階。剛才他站在底下，褚翌站在上頭，總有一種矮人一頭的感覺。

第十七章

內室窗簾緊閉，老太爺臉色蠟黃，看上去老了十歲不止。林先生心裡咯噔一下，剛要問太醫怎麼說，就聽通報說路總管到了。

幾個兄弟都到外頭為迎接陛下做準備，路總管過來，見屋裡只有褚翌也沒吃驚，只是拱手行禮道：「九老爺，林先生。」

褚翌問他什麼事？路總管說道來問關於明日擺酒的事。

林先生心裡已經灰了泰半，連忙擺手。「老太爺這樣，擺酒吵吵鬧鬧的，沒得擾了老太爺休息，不如等老太爺病癒之後再做計較。」

路總管不說話，只看著褚翌。

褚翌道：「等父親醒來再說。你還有什麼事？」後頭一句是問路總管。

「無事了，只是陛下說不定什麼時候就到了，九老爺還是過去吧！」

褚翌剛要點頭，就聽林先生一聲驚叫。「陛下要來？看望老太爺？」

褚翌道：「陛下是微服前來，所以不要全府去接，先生只做不知即可。」

林先生見他目光平靜，身形沈穩，突然覺得自己對這個半路學生很不了解，可此時也顧不上想太多，能見到皇上的消息對他的衝擊實在太大了。出了徵陽館，他無心回去繼續教書，想起自己這位妻妹從來甚有主張，連忙回了院子。

他走得匆匆，沒注意一直有人跟著自己。

小李氏一聽老太爺的病況，面色陰沈。

「姊夫可問過太醫怎麼說？」

林先生搖頭。「沒來得及問，路總管來了，正好問明日擺酒的事，被我推脫了，褚翌倒是說要等老太爺醒了再說，然後就聽說皇帝要微服過來，因是微服。所以不必都去迎接，叫我們假裝不知。」

小李氏聽見「皇帝」兩字，一下子咬唇站了起來。

林太太看看林先生，再看看妹子，此時方插嘴一句。「要是老太爺願意擺酒，我看就按日子擺也挺——」被小李氏惡狠狠地瞪了一眼，那個「好」字就不敢說出口了。

「姊夫，你快去打聽，陛下來了會去哪裡？是了，是來探病的，肯定要去徵陽館。然後呢？我……」小李氏急急在屋裡轉著圈。

她一向自詡溫雅，看不起那些急躁慌忙的，現在如熱鍋上的螞蟻一般模樣，惹得林太太悄悄撇了撇嘴。

林先生先是詫異，揚眉問：「妳要見陛下？見陛下做什麼？」說完立即恍然，丟下一句。「我這就去。」轉身就往外跑。

林太太拉著小李氏的手。「妳這是要做什麼？妳看看妳現在哪裡有一點閨秀的樣子。」

小李氏眉眼裡透著歡快明亮，站在林太太跟前。「姊姊，妳想不想有自己的宅子，不是這種寄人籬下的？是很寬闊，前頭幾進、後頭幾進，假山、湖水、花園樣樣俱全的宅子？」

「這、這得多少錢？」林太太咋舌。

小李氏格格笑了。「傻姊姊，有些好宅子可不是錢能買到的，妳先說妳想不想要吧！」

「想啊，當然想要。」

「那就跟我過來，幫我挑衣裳。」小李氏轉著身子，如乳燕投林般飛入內室。

徵陽館裡，梁皇先親自看了躺在病床上的老太爺。

褚家兄弟們到齊了陪站在一旁，老大俯低身子輕聲喊。「父親，陛下來看望您了。」叫了幾聲，老太爺依舊酣睡不止，褚翌連忙跪下請罪。「陛下恕罪，因為傷在骨裡，天氣一變疼痛難忍，太醫說睡著比醒了要好受些，開了些助眠的藥物讓父親服用了，父親現在一天裡有八、九個時辰都在睡覺。」

梁皇嘆了口氣，擺手示意一旁的太監扶起褚翌，又問了一句。「最近是你在侍疾？」

「幾位兄長身上都有差事，白日裡臣在這邊待得多，晚上大家都在。」

梁皇從年紀最大的褚家老大看到最小的褚翌，再看站在外頭的褚家孫輩，剛要說一聲褚家人丁興旺，又想起褚家老二、老三都是在戰中亡故，也算是不幸，就點了點頭。「你們都是孝順孩子，叫太尉好好休養。」一率先走到徵陽館正廳。

褚家兄弟也出來站著陪梁皇說話；褚鈺因為是平郡王的女婿，因此得了梁皇多說幾句，諸如「你丈人跟你爹都盼著早日抱孫」之類的話。

褚鈺汗流浹背地回答完，眼角餘光就發現褚翌的小動作不斷。

好不容易梁皇重新跟老大說上話，褚鈺立即慢慢退後，小聲問褚翌。「你在做什麼？可不許搗亂。」

褚翌面無表情，一點也不理他。褚鈺氣得半死，偏又不能發作。這個弟弟，他已經打不過了，都說長兄如父，可他排行老七，跟九哥兒這兔崽子只能算七十步跟九十步的差距。

不過一盅茶的工夫，梁皇身邊的太監就小聲提醒了兩回，褚家老大便帶頭恭請皇上回宮。

梁皇剛到院門，不遠的小徑上便緩緩走來一位麗人。

褚翌抬頭看了一眼遠處躲躲閃閃的林先生，心裡冷冷嗤笑。

小李氏上身是月白色繡粉芙蓉雲稠褙子，下著官綠色八寶奔兔雙喜臨門暗地織金襴裙，外罩五彩緙絲石青銀鼠披風，頭上只戴了一支白色珍珠髮簪，手裡拿著一柄雪白色的兔毛團扇，見了眾人先遮住臉。

可那飛天髮髻下嫵媚多情的眉眼、賽過初雪的玉色臉頰，還有豔若桃蕊的紅唇，婀娜的身姿，都重重落入了眾人眼底。

全府的女眷都等在徵陽館西廂房，褚家眾男除了褚六、褚八還有褚翌隱隱猜到這緩步而來的女子是誰，其他人都一頭霧水。

在這種情況下，作為主人，褚家大老爺沈聲問道：「妳是誰？怎地走到這邊？」

小李氏的眸子飛快地瞄了一眼被眾人簇擁在中間，穿著不俗、華貴天生的男人，心裡先滿意了七分。比老太爺年輕，而且看著身強力壯，長相也好看。

原本想著若是皇帝不行，她就說過來給老太爺侍疾的，現在既然生了高飛的心，這對答上就不能出紕漏，抿了下唇，盈盈下拜。「妾李氏二娘，過來……給老夫人請安。」

冷眼旁觀的褚翌在心裡鄙夷。林家的厚臉皮果然一脈相傳，小李氏倒是比林頌鸞更多幾分腦子；不過她既然存了往上飛的心思，他怎麼也要幫一把，畢竟飛得越高，摔下來就越好看。

褚大老爺瞬間反應過來這是誰了，更明瞭她的心思，心裡頓時湧上一陣反感，不留情面的呵斥道：「退下！」

梁皇眼中雖然閃過驚豔，卻沒有做聲。

小李氏似是被褚大老爺的呵斥嚇住了，低頭垂眸，泫然欲泣，腰肢盈盈，彷彿不堪支撐。

褚大老爺說完便躬身背對她，也擋住一部分人的視線。梁皇微微頓首，方又抬步往前走去。

送完梁皇再回來，褚大老爺眉頭能皺得夾死蚊子，看見褚翌，立即把他叫住。

「我前頭就見你不住地支使人，你想幹什麼？」褚大老爺低聲問。

他聲音雖低，褚翌卻不敢等閒聽之，連忙道：「沒，弟弟就是怕內院女眷、丫鬟們亂闖衝撞了陛下，叫人跟各處守門的人都通報了一聲。」不過是召集到一起通知的，小李氏就是趁著這個空檔才闖過了兩道門。

褚大老爺很想相信褚翌真是這麼幹的，可他冷哼一聲。「今日父親醒來，就叫小李氏過來敬茶沖喜。」

褚翌心裡不滿，剛要反駁，就聽褚大老爺慢吞吞地繼續道：「若是父親病癒，也就這樣，百年之後，允她繼續去地下服侍。」若是父親不好，自然一根繩子勒死。

褚翌的眼睛瞬間亮了，上前攬住褚大老爺的肩膀。「哥，你真是我親哥。」

皇帝一走，小李氏就轉身飛快地跑回了小院。她知道褚家現在極其不待見自己，但又如何？她雖然感激老太爺將她從嶺王那邊救出來，可若是她沒有如花的美貌，老太爺會救她？這一點感激跟愧疚真的只是一點，很快就被她塞到旮旯裡，剩下的心思則全部都被一飛沖天的念頭給占據了。

至於徵陽館裡，老夫人一臉陰沈。有時候，她是痛恨老太爺，可夫妻一體，傷了老太爺的體面就是傷了她的體面。

褚大老爺把自己的想法說了，老夫人沈吟道：「此事等你父親醒了再說。」林家畢竟是老太爺帶回來的，他沒有個交代，被人擅自動了不好，雖然是給他納妾。

老夫人說完就讓眾人都回去歇著。「你們先回去各自梳洗歇息一會兒，太醫說你們父親傍晚就會醒。」說著她使勁瞪了褚翌一眼。徐嬤嬤早就問出來了，褚翌命人將那藥熬了三遍，熬成一碗，藥效倒是好極了。

褚翌唇角含笑，完全不在意，一副「我什麼也沒幹」的模樣，可他這樣都騙不過褚大老爺，就更騙不過老夫人。

沒等老夫人收拾褚翌，路總管進來報告一個壞消息——梁皇走後，他身邊的大太監不一會兒回轉，詢問有關小李氏的事情。

老夫人嘆息，心裡深恨小李氏這個不守婦道的禍害，皺眉道：「行了，都散了吧！」

老太爺申初才醒過來，醒了就道：「睡了個好覺！」

老夫人看了一眼留在徵陽館沒走的小兒子，到底沒有火上澆油，命人去告訴各位老爺，又叫人喊了路總管過來，而後就坐在老太爺床邊，命路總管說：「從知道陛下要進府探病開始，一五一十地說清楚。」

路總管不敢說，怕把老太爺給氣死，到時候這罪名豈不是要落到自己頭上？但又不能不說，只好慢吞吞、七扯八扯的，但說得再慢，也還是把話講完了，而且中間省略了褚翌吩咐他做的那些事。

老太爺就苦笑。「人老了，難免受人欺負。」

褚翌坐在外頭，聽了內室這話，微微垂頭。他做了這事並不後悔，反倒是覺得留這個小李氏在褚家噁心親娘，才是不孝。

紫玉匆匆撩開簾子進來，在內室門口稟報。「老太爺、老夫人，坤寧宮的樓公公過來了，現在在外院書房。」皇后住坤寧宮，樓公公是皇后身邊的得力太監。

老太爺的眉間多了一抹煩躁，打發了路總管。「你去看看，若要問起我，就說我醒了，問他有什麼事？」

樓公公是來要人的，不是別人，正是小李氏。

老太爺嗤笑。「皇后這兩年賢慧得太過了。」

老夫人沒說話。她固然看不上皇后的作風，但也沒覺得老太爺是個什麼好東西。

果然等樓公公到了，說皇后宮裡想要個伶俐的宮女。老太爺笑道：「陛下乃君父，富有四海，皇后娘娘母儀天下，萬民景仰，我等是臣民也是子民，兒女供奉父母乃是盡孝，何況區區一女子。」要什麼給什麼，十分爽快。

樓公公能做到坤寧宮大總管，那世面也是見了不少，可皇上暗示皇后，皇后縱然氣惱也還是要把人要到，否則失了皇上寵信不說，還要連累太子。不過這種事說到底也不用皇后親自出面，出面的是他這個首當其衝的坤寧宮總管，樓公公有些不好意思。

實在沒想到老太爺竟然如此大方，能把愛妾相贈。

老太爺又支起身子道：「說起來能進宮侍奉陛下跟皇后娘娘，也是她的福分，從來也沒有當臣子的把這福分往外推的道理。」

樓公公這下佩服了。「太尉大人的忠心，奴才一定如實轉告給皇后娘娘。」

褚翌親自端了藥過來，樓公公見狀，連忙告辭。

褚翌見父親心情不好，母親也冷著一張臉，笑道：「父親既然不捨得，隨便找個女子送進去不就好了，反正皇后娘娘也沒指名要誰。」再說，就憑皇上那一眼，能立即深刻地記住小李氏？恐怕記住的也只是她那身華貴的衣裳而已。

老太爺笑笑。「也沒什麼捨不得，就像你在山野之地看見一叢好看的花，想著把它挖回家；回家之後呢，發現它豔俗得很，恰有人想要，順手就給了也不心疼。」

見小兒子還有些懵懂不明，他笑笑，也不解釋。「去叫太醫過來再給我針灸。」

林先生一聽樓公公是來接小李氏進宮的，臉上的喜色一下子顯露出來，樓公公不免鄙夷。「還請姑娘換上衣裳，隨咱家進宮，皇后娘娘還等著呢！」一揮拂塵，身後的小太監送上一套衣裳。

林太太忙接了過來，送到東廂，不一會兒就傳出小李氏的驚叫。「怎麼是進皇后宮中?!我不要做宮女！」

陪著來的褚大老爺心裡輕蔑地笑了笑，樓公公臉色卻不好。這還沒進宮呢，就先不把皇后娘娘放在眼中了。

也不知是被林太太勸住，還是小李氏想明白了，出來的時候臉上雖然仍舊帶著不忿，卻是將衣裳換了，低垂著頭，梳了宮髻。

樓公公看了她一眼，鄙夷道：「那就走吧！」

小李氏一驚，抬頭道：「我的箱籠還沒收拾。」

「住嘴！」樓公公呵斥道：「以後在宮中要自稱奴婢，妳見哪個宮女進宮還能帶行李的？」

小李氏坐上轎子才開始後悔。她對於宮中規矩完全不懂，換了衣裳，連個傍身的銀子都沒帶；還有她那些哄著老太爺給她置辦的衣裳、首飾……攥緊了手中的帕子，她咬了咬唇。早知道進宮這麼容易……

樓公公這一趟被小李氏這麼一折騰，心裡存了一股惱火，覺得太尉是武將出身，連選美人也沒選個規矩好的，這種無禮的東西進宮，豈不是給娘娘添堵？

褚翌聽了武英回報，笑了一場，之後眉頭又皺緊。「隨安還在停善堂？」

武傑道了「是」。

褚翌垂下眼簾，一撩袍子就往北走，最後走到一堵牆前。武傑抬頭看了一眼高聳的院牆，有點拿不准九老爺這是想幹啥？

褚翌深吸了好幾口氣，才冷著聲道：「既然走到這裡了，就去停善堂看一看吧！你在前頭帶路。」

武傑呆呆地「哦」，一邊走一邊思考。停善堂離這邊好遠，九爺剛才來這邊做什麼呢？只為了看一看那堵牆？那院牆有什麼好看的？難道是為了參禪？

主僕倆又走了一刻鐘，才遠遠看見停善堂的大門。

停善堂裡冷冷清清，沒什麼煙火氣，褚翌皺著眉看了一圈，對這個地方不滿到極點。這兒能住人？

主事的不見人影，他站在走廊，不知隨安住在哪一間。「隨安！」

隨安正坐在床邊用帕子沾水擦身，為了躲風，她是背著門坐在床邊的，又把棉被從頭披下，突然聽見褚翌的聲音，嚇得她一哆嗦，身子往後仰，頓時摔下床。

褚翌聽見最東邊的屋子傳來一聲「哎呀」，立即往東大步走了過去，踢開門一看，隨安正躺在地上，身下一床棉被，衣衫半露。褚翌邁進屋立即關上門；武傑本來跟在後頭，剛要跟著進去，結果就被關在了外面。

隨安剛才摔得頭昏眼花，地上還有一灘水，別提多麼狼狽，一看果然是褚翌，想死的心都有了。

褚翌顧不上打量屋子，皺著眉走到她跟前，可看她躺在一堆綠被子裡，身上穿了月白裡衣，想可憐她，但實在沒忍住笑。「妳這樣真像一隻四腳朝天的蝦蟆。」

笑了一陣子才捏起被角將她抱起來提到床上。

第十八章

隨安被他那句四腳朝天的蝦蟆給氣得差點一命嗚呼。幸好還記得在人前不能露出傷好的樣子，一路「哎喲、哎喲」、「輕點、輕點」的，咋咋呼呼。

褚翌嫌惡地避開地上的水漬。「妳這在做什麼？衣衫不整的樣子像什麼話？圓圓呢？」

隨安氣悶地道：「奴婢已經一個多月沒洗澡了，身上都餿了，剛才弄了點水想擦擦，結果您一叫，嚇了一跳，就把水打翻了。」

褚翌剛才還坐在床邊，聞言立即捏著鼻子站了起來，可仔細一想就明白自己上了當。其實也不是上當，隨安在這裡肯定沒法好好沐浴，但就像今天這樣用水擦拭還是可以的，所以身上根本不會餿；再說就算餿，也是餿她，難受的人是她，他就不信她能為了噁心他，自己先忍著餿那麼多天。

隨安悶了好久沒發現動靜，抬頭一看，褚翌竟然又坐回她身邊。

她一抬頭，正好挨了他一個栗暴。「竟敢拿話哄我。」

隨安嘿嘿一笑。她可不想在這裡跟他討論洗不洗澡的話題，連忙道：「您怎麼過來了？這地方可不是什麼好地方，您還是快回去吧！」

褚翌偏不，將她往裡推。「妳往裡面點，我要躺躺。」

「我腰疼，動不了。」

褚翌才不慣她，雙手從她身下一抄，抄起來抱到裡面，等空出的位置差不多了，便拽下斗篷翻身躺下，體貼地將斗篷蓋在兩個人身上。「對妳好吧，我知道妳肖想我的斗篷好久了。」

隨安好一會兒才順過氣來，有氣無力地問：「您過來幹什麼啊？這裡住著的都是病人。」

褚翌將雙手放到腦後，不理她的話。「今兒高興，過來看看妳。」

隨安只好順著他的話問：「什麼事教您這麼高興？」

褚翌但笑不語。隨安知道他的性子，這時候若是不好聲好氣地哄著問出來，他一定在別的地方找彆扭，只好看著他笑問：「您跟我說說唄。」

褚翌見兩個人許久沒見，隨安都沒跟他見外，心裡彷彿被蜜水打濕了，更加堅定不說，一直等到隨安伸手推了他兩下，他才看著她的手道：「沒大沒小，竟敢推爺。」目光落到她臉上，一箭穿心。「這才幾日的工夫，妳就能把自己瘦得尖嘴猴腮的。」

隨安默默接下他這一箭。舒坦日子過久了，都忘記他的毒舌了。

「您過來就是專門為了嘲笑我一頓啊？」

「行了。」他伸手把她的腦袋重新按回枕頭上，然後悠悠說道：「小李氏，就是林太太的妹子，進宮當宮女去了。」

隨安一愣。

褚翌侍疾，睡了好幾天地板，這會兒躺在床上，褥子、被子都在身下，就開始打盹，隨安忙推他。「您在這兒睡，夜裡好冷的，小心著涼。」
褚翌側臉看著她，眸子像含了一層霧氣，嘟囔著問：「妳好了沒有，還疼不疼？」說著突然把手臂搭到她腰身上。
隨安毛骨悚然，就要把他的胳膊拿開。這姿勢太曖昧了。
褚翌剛要皺眉，卻發現隨安不敢看自己，而是垂下眼簾，長長的睫毛雖然遮住她眼中情緒，然而她的耳朵卻漸漸變紅，繼而越來越紅，最後燒上臉頰。
褚翌的手動了動，心裡很想再攬她一下子，卻又不知為何不大敢了。
他乾脆又仰頭躺下，轉著頭看這屋裡的布置，空盪盪的，有的地方牆皮剝落，虧得這是冬天，要是夏天，還不得招蟲子？這樣的屋子，他還是頭一次見，就是跟著父親在軍中，住的營帳也比這個強。
明兒得打發人來把她挪回去，可是挪到哪裡呢？小李氏進宮，林家的腰板肯定要直一陣子；書房小院雖然好，卻緊挨著林家院子，又許久沒有住人，不如乾脆挪到錦竹院好了。正好今天晚上回去叫人給她收拾一間屋子出來，或者乾脆就住在自己屋裡。
一想到這裡，褚翌的心就滾燙滾燙。
這地方實在不是人住的，還是接回去得好。縱然隨安肯吃苦，那也得問過他這個主子願不願意她吃苦呢。
隨安這邊剛把心驚跟羞臊壓下去，就看見褚翌紅得臉頰似火燒。
她心裡默默吐了一口血，深覺這樣下去不行。今年倒春寒這麼厲害，看褚翌的樣子卻有點想要發春啊！萬一自己被他啃了，對他來說也就是蚊子咬人一口，可對她，那是整個前途都再無轉圜了。

想到這裡，她連忙揉了揉臉，一本正經地咳一聲，故意拖長音小心翼翼地問：「爺，您說——我們倆這樣，像不像兩隻蝦蟆？」

什麼情思，什麼旖旎，也被這「兩隻蝦蟆」給沖得無影無蹤。

惱羞成怒的後果，就是褚翌伸手朝著她後腦勺直接來了一下，罵道：「才出來幾日就俗成這樣，連蝦蟆也說得出口！」卻把自己剛才說的忘記了。

隨安被他打到枕頭裡，哎喲道：「只許州官放火，不許百姓點燈！」

褚翌氣得無話可說，目光落在她的腮上，只覺白皙得如同煮熟、剛剝開的雞蛋，不，比雞蛋看著更透亮，若是染上紅潤，則如初綻的芙蓉。可惜他從前只愛武裝，不愛紅妝，也沒能用更好的比喻用在此地，不免生出些「書到用時方恨少」的扼腕。

隨安乾脆使勁推了他一下。「您快說啊，小李氏進宮，您應該沒這麼高興，還有什麼事？」

褚翌不答反問：「妳覺得林頌鸞此人怎樣？」

「不怎麼樣。」隨安飛快道。

褚翌悠哉地蹺起腿。「可不就是這個不怎麼樣。妳說林先生知道陛下要過來，沒告訴自己的親閨女，卻告訴了自己的小姨子，林頌鸞要是知道了……」

隨安猛地抬頭看褚翌，褚翌被她看得渾身不自在，悻悻地放下腿，沒什麼底氣地問道：

「幹麼？」

隨安正經八百地表揚他。「攻人攻心，您真厲害！」

褚翌問心無愧地笑納了她這句「讚譽」，然後皺著眉頭道：「閃一邊去，妳身上的味道都熏著我了。」

出來混，隨安早就把自尊心塞到了床底下。對於褚翌這樣的人，她寧可跟他做兄弟，也不想做他的女人。

這時代男人三妻四妾，就如後世一夫一妻一樣，都是社會發展而形成的必然。她要是跟褚翌說「來，咱倆相親相愛，一生一世一雙人啊」，這就是「反社會」言論。男人不納妾可以，只要一個老婆也可以，但女人不能這麼說。不是一個女人不准說，是整個社會的女性群體對男性來說都是附屬關係，女人依附於男人，否則無法存活。

她試圖脫離這群體而不是冰清玉潔地拒絕，從一定程度上來說，是順應著這個社會形態來保全自己，可這樣一來，難免就要跟褚翌接觸、親近還要哄他。

若是兩個人在現代，褚翌敢心裡肖想她這個未成年，她早就暴起先打他一頓了；可這是在古代，她的行徑只得迂迴著來。

想想還有許多「前輩」也是如此，雖後來居上，也曾「臥薪嚐膽」，勾踐、韓信、劉備、武則天、甄嬛……當然，跟這些響噹噹的人物相比，她這點道行完全不夠。

察覺自己在「卑鄙」這方面還有進步空間，隨安立即伸手將斗篷往自己身上扯了扯，最後乾脆把自己包了起來。褚翌乍冷，一下子徹底清醒，坐起來看她，笑道：「妳這會兒像隻老鼠精。」

隨安不理他，反而一個勁兒地催促他回去。「聽說風寒快好的時候反而最容易過人，您伺候老太爺也小心些自己，快回去吧，現在夜裡冷得跟進了冰窖似的。」

褚翌覺得她話中對父親有點不敬，但想著她挨揍也挨得很冤枉，就沒有教訓她，反而摸了一把她的頭髮，道：「本想明天一早叫人過來接妳，也好嚇妳一跳，還是直接跟妳說了吧！以後妳就住錦竹院，我今天晚上回去幫妳選屋子。」頓了頓，看她的神情呆愣，臉上更是布滿驚訝，不免有點不滿，惡狠狠地問：「還是妳想直接住我屋裡？」

隨安的確是嚇住了。她計畫了這麼久，趴在床上裝了這麼久病號，連賣身契老天都幫她送到自己身邊，結果若仍舊成了褚翌的女人，這算是怎麼回事？

褚翌伸手拉了下她的耳朵，額頭低下來，馬上就要貼上她的，呼吸都噴到她臉上。「怎麼，妳不願意？」

隨安打了個寒顫，是真抖，也是真害怕。

褚翌的臉越來越黑，眼神越來越利。

隨安往後靠了靠，喘了口氣，而後儘量用十分奇怪的語氣道：「九老爺，您對奴婢真好，可奴婢一個月沒洗澡了啊！」

褚翌深吸一口氣，直起身，冷冷地道：「看來妳是不見棺材不掉——」

隨安沒等他說完那個「淚」就忙點頭。「住哪兒都行，聽您的，只有當主子的嫌棄奴婢的，哪裡有奴婢挑三揀四的道理。只是奴婢這身子，恐怕還不能替您端茶倒水。」

褚翌哼一聲。「不用妳端茶倒水。洗刷乾淨，給我暖床就行。」他在這方面還是首次，因此說完略微臉紅。

不過就算這樣，隨安仍舊聽得一臉血。

「您不是說要去從軍嗎？西北這幾年這麼不太平，老太爺跟老夫人會同意您去嗎？」還是說點正經事吧，她拚命回想腦袋裡記得的東西。「聽說東蕃那邊這個冬天冷死人，牛馬都凍死了，今年邊界想必太平不了吧？」

褚翌輕笑道：「妳管這麼多呢，東蕃不是已經請和？」

隨安的眼睛瞪大起來，連敬稱都忘了。「你相信他們請和？」

「妳不信？」褚翌的神色帶了一點掙扎。他自然是不信，但外頭的人都信啊，而且家裡的女眷們也是盼著能不打仗。

「當然不信啊，兩國之間只有利益，難不成會講信義跟承諾嗎？」就是現代社會，合同滿天飛，約定遍地走，可照樣該爭的時候誰也不會手軟。「而且東蕃屢次求和，難道不是為了迷惑我們？」

見褚翌歪著頭看著自己，她被他看得莫名其妙，只好道：「譬如兩家人，一家窮得揭不開鍋，恨不能頓頓舔鍋底；另一家不說富得流油，可也算溫飽。這窮的一家主動向富的一家示好，說咱們兩家以後永遠相親相愛、不打架、不罵人，您覺得會是什麼原因？東蕃那邊的人本就靠著畜牧過日子，天氣寒冷，壯年的馬牛都抵抗不了，更何況那些幼小的？明年還怎麼放牧、怎麼生存？東蕃人狡詐，可他們偏把牲畜看得重，牲畜都凍死了，這時候還能想著跟大梁求和，除非他們的蕃王是個二愣子，要是我——」

褚翌卻突然打斷了她的話。「東蕃人為何把牲畜看得重？」

隨安就道：「看得重是真的，但為何這樣，大概跟他們的生活習慣有關吧？他們的地域廣闊，人員分散，沒有聚居在一起，人跟人之前的感情就沒有那麼深厚，每日與牲畜為伍，自然覺得牠們忠誠不會背叛，而牲畜之間的爭鬥搶奪，卻被他們視為勇猛。」

褚翌又接著問：「要是妳會如何？」

隨安話被打斷，思緒沒斷，繼續道：「要是我是蕃王，眼瞅著族人就要沒了活路，那肯定去搶啊！」命都沒了，就要活不下去，內部自相殘殺也沒用，殺了兄弟照舊沒吃的，還不如去搶別的國家。

褚翌仰頭朝天，過了一會兒才道：「可惜陛下跟太子不信，臣民們更不信，反倒說父親是為了掙軍功。」

隨安這會兒就不厚道了，心裡暗想：不會老太爺因此氣病的吧？

褚翌低頭看她一眼，見她雙手握拳擱在下巴之下，看不出神情，便又繼續道：「就連我，雖然不信，卻也不希望邊關震盪、血流成河。」

他有建功立業的心，抵禦外敵自然會毫不留情；可外敵入侵，百姓遭殃，他心裡也難受。

隨安見他情緒低迷，笑道：「不說這個了，還沒過完正月呢！天也不早了，您快回去吧，斗篷也穿上。」

「斗篷留妳這，反正明天妳就回去了。」褚翌不甚在意地說著，起身下床。

隨安連忙拉住他。「天太冷了，還是披著教人放心。」

褚翌走到門口，邁過門檻後卻又轉身，看隨安正趴在床上看著自己，目光中竟隱約帶出不捨，心中霎時一蕩，疾步轉回，語氣是前所未有的溫軟。「妳委屈一夜，明日一早我就打發人來接妳。」

隨安沒料到褚翌竟然去而復返，心中感動，更多的卻是歉疚，唯恐他看出來，連忙埋在枕頭裡嘟囔。「您快回去吧……」

可是誰也不曾料到，這一別想再見，卻是不由他，也不由她。

第十九章

就是這沒過完正月的最後一夜，東蕃人竟然繞過肅州，大舉進犯栗州、華州。栗州本在肅州東南，原以為離東蕃遠又有肅州做屏障，可以高枕無憂，誰料東蕃這才請和數日就撕下面具；不僅如此，東蕃中最精銳的一支騎兵竟然避開各州關卡要道，好似卡著時間埋伏在上京，只等進犯的這日在上京縱火搶掠。其中褚家因一直支持開戰，竟成了東蕃伏擊的首要目標。

隨安等褚翌走了就開始布置現場，等到半夜，突然聽到街面喧譁，天空似有光，沒等細想就見從外頭院牆射入一根帶火油的箭。這是有人縱火！這麼明晃晃的便不是宵小，而是大舉進犯了！

隨安連忙跑去取下掛在牆上的一面破鑼，使勁敲了起來。

她這一驚動，射入的箭又多了好幾支，而且外頭聽聲音似乎是外族口音。「這是褚家？」

停善堂的人不多，隨安見有人出來，連忙放下鑼，跑回屋子把屋門打開、掀開床上的被子，做出屋裡的人倉促出門的假象，然後自己躲在早就偽裝過的床底。

現在外頭明顯是敵非友，出去就是自投羅網。

也多虧她那鑼聲提醒，停善堂的主事雖打著哈欠出來，一看那火箭就清醒了，一面喊人，一面飛快地往裡報信去了。

事實證明，隨安的空城計不是杞人憂天，不過一刻鐘，外頭的人就進來了，看了一眼房裡，嘰哩呱啦說了一長串，然後就往別處去。

停善堂的屋舍開始燒起來，噼哩啪啦的聲音很清晰，隨安聞著煙味，連忙從床底下爬出來。

她將衣裳都穿在身上，手裡的小包袱只有幾塊點心跟一只小水袋，戶紙跟一點碎銀兩都貼身放好了，趁著無人，悄悄跑到停善堂通往後街的門。門本就是兩扇薄木板，早已被人破開，她伸出頭看了看街上，有好些宅子都著了火，反倒是街上略暗，不過也不時有人聲傳出，嚷著「走水」或者「快救火」。

隨安回頭看了一眼褚府，壓下心中歉意，朝她早就瞄好的土地公廟跑去。

上京的土地公廟因為占了地段便利，平日能收容一些因販售貨物或者其他原因滯留在京城的外鄉人，且離宣武門不遠，想要出城，在土地公廟躲避一陣最好不過。

也是由於近日五城兵馬司巡防排查不嚴，請和書壓在皇上的龍案上尚且不滿十日，上京人本又心寬，今日事發之突然，竟教五城兵馬司指揮慌了一陣子手腳，才連發幾道命令。當先令一副指揮進宮稟報，而後傳令精銳去抓捕放火之人，又命剩下人等趕緊救火。火從東北起，賊人八成是早就從北門或東門入城埋伏好了。

宣武門在城南，反受影響最小。隨安沒到過宣武門，但到過土地公廟所在的柳樹斜街。她小心翼翼地避開人，安全第一，走得不快，偶爾能聽到遠處傳來的聲音，總能嚇得她心臟怦怦跳。

戶紙在手，那為奴時縮小的膽子又漸漸脹大，遠遠看見柳樹斜街，連忙瞅了瞅左右，而後飛快地跑了進去。

土地廟門口有個功德箱，隨安將用紅紙包著的十文錢放進去，默默求土地公一定要收留她這一晚，千萬別被人抓回去。

廟裡的人很多，或坐或臥都在睡覺，有點像現代的火車站大廳。隨安並不怎麼怕這些人，先找到茅房，忍著臭味整理了一遍自己，而後進了正殿，在門口的蒲團上拜了拜，找了個角落窩下，很快就閉上眼睛。

本以為自己肯定睡不著，沒想到一覺到天亮不說，還被人推醒了。

她睡得迷糊，被人一推，雖然那人很快放手，還是嚇了她一跳。睜開眼一看，推她的那人竟是個捕快，連忙站了起來。

「出了這麼大的事，你們竟然睡得這麼好！起來挨個兒走到前頭去！」

有人問：「差爺，出了什麼事？夜裡沒聽見動靜啊？」

隨安也忙豎起耳朵聽。那差役估計知道的不多，只說有賊人在上京多處放火。

民眾們七嘴八舌地問：「在哪裡放的火？」

「這也太壞了，燒了宅子可怎麼住人！」

「火大不大，撲滅了嗎？」

有人慶幸。「咱們這裡沒遭難，多虧土地公保佑。」

差役們例行問話，隨安跟在一對出城的母子身後，問到她的時候，她說出想了許久的藉口。「去下裡縣投奔姑姑，她在一戶人家做先生，說我識幾個字，可以去給那戶人家做伴讀。」

那差役上下打量她一眼，問道：「既要出門，怎麼宿在土地公廟？」

隨安垂下腦袋偽裝羞愧。「本想早早出城，熬了半夜，支撐不住睡過頭了。」

那差役悶笑一聲，隨安乘機裝作好奇地問：「差爺大哥，那放火的壞蛋抓住了嗎？上京沒事吧？」

「抓住了幾個，聽說有幾個跑了。」或許是見隨安不像壞人，差役隨口說了兩句，然後指著一旁。「行了，站那邊等著。」

隨安連忙站了過去。

當朝差役的地位比販夫走卒略高，但平常就常跟這類人打交道，所以並不難接觸，隨安在旁邊，故意離得近，聽了不少消息。

可那差役不知道是真不知放火的是東蕃人，還是被上頭下了禁令，只滿口都是放火的賊人被抓了一半多，還有零星幾個竟然逃出外城了，所幸救火及時，總算傷亡不大云云。

隨安提著的心剛要放下，就聽外頭又衝進一個差役，皺著眉頭。「問完沒有？趕緊走！」

那先前的差役本還輕鬆，看他的樣子，連忙走過去道：「問完了，都沒問題。這是有什麼急事？」

後來的差役匆匆道了一句。「朝廷接了急報，栗州被攻下了，賊人正往華州，頭兒叫我們幫著從南往西挨家挨戶地排查。」

雖然心裡設想過，可突然聽到栗州真的被攻下，隨安還是嚇了一跳，面色跟著蒼白。不獨她，旁人也是如此，有幾個消息靈通地道：「不是說東蕃主動請和嗎？」

換來的不過是眾人的沈默。

現在說這些還有什麼意義？戰爭本身就是殘酷冷血的，敵人都占領了一州，再提請和，不亞於反手摑自身。

隨安沈默地跟著眾人往宣武門走。留在上京能聽到許多消息，可現在對她來說，安定下來才是第一。

現在若要做出被東蕃人擄走的假象，那麼就該繞路往北走才行，畢竟東蕃人的老巢在北邊，這樣她在落跑的路途中，即便以後被人發現，也說得過去。

當然，若是褚府不在意她一個奴婢的去留，那就最好了。

宣武門還沒開，隨安看了看天。按照往常，天不亮就該開門，又等了一會兒，才聽到隊伍裡有人道：「前頭開了一扇小門，一個一個往外走。」

路旁被圈出一些人，抱怨聲更大，隨安聽了一陣子才知道，他們是早起準備出城的，沒想到現在放其他人走，卻不放他們走，尤其是他們的隊伍裡還有兩輛同樣要早早出門的污水車，味道實在酸爽。

隨安卻毫無阻礙地出了城。她將頭髮束成了男孩樣，又穿上厚厚的土黃色粗布棉衣、棉褲，臉上也用了黃米粉，放開步伐，看著就像個普通的鄉下男孩。

下裡縣離上京不遠，走十來里路就到了。站在縣城大街上，她茫然片刻，很快就清醒過來，在包子鋪買了兩顆包子後，藉機跟老闆打聽附近有沒有能代人寫信的人？

她出了褚府就像轉了運，果然尋到一家書肆，老闆也好說話，聽說隨安要去投親，但盤纏不夠就收留她。「正好我這裡前頭一個抄書的先生回了鄉，說是要再試試看能不能考上秀才？這裡就我一個會寫字的，實在忙不過來，你既然能寫，那就留下試試。」

隨安高興得不行，連連謝過，又在他的指點下花了五十文錢租了一間小房子。

書肆老闆姓楊，一家都挺和氣，看見隨安也問了一番來歷。隨安拿出戶紙給他看了，楊老闆便道：「你這姓好，跟咱們當朝太尉一個姓。」

隨安但笑不語，將自己寫的字遞給他看，楊老闆大加讚賞。「這字寫信浪費了。這樣吧，以後寫信我來，你呢，就專心抄書。」他看出隨安是個女子，但做男子打扮，也就把她當成男孩子使喚，這正中隨安心意。

楊老闆的獨子楊綜才八歲，雖然開蒙了，可明顯對學習沒什麼興趣。隨安在書肆的隔間裡寫字，楊綜過來玩耍，他見隨安運筆如飛，漸漸被吸引。

「為何你寫的字沒有暈濕紙？」

隨安手下不停，一心二用地回答道：「首先是紙，紙要好；其次是墨汁的濃度，既不能太濃，太濃黏滯，下筆拖累，又不能太稀，太稀就容易暈開。最後是書寫的速度，速度要跟墨汁的濃度結合，筆尖在紙上停留得短，紙吸收的水少，自然不會暈濕。」

楊綜一臉佩服。「你寫了多少字才練出來的？」

隨安笑了。「要是都落在紙上，這三年寫了足有半屋子吧！不過我不是為了科舉，所以寫得多，跟先生唸的書少。」

如同隨安預料的，褚府這邊目前真顧不上找她，多虧了她那幾聲鑼，雖然擾人，也確實把褚府驚動了。

竄進褚府的東蕃人都被抓住了，褚翌多年的武藝總算沒有白練，然後就是檢查各處傷亡。路總管吊著受傷包紮的胳膊過來彙報，火是先從停善堂那邊燒起來的，也是那邊的人先發現了賊人，然後敲鑼示警的云云。

褚翌原本挺得意，聽到路總管說停善堂一時沒反應過來，又轉了半圈，一下子想起隨安不還留在停善堂？頓時焦心不已，拉起袍子就往那邊跑去。

可到底是晚了，停善堂的房子燒了一半，管事因為示警遭了毒手，隨安不見蹤跡，院子裡亂成一團。

褚翌的腦子裡都是前一天分別時，她的眼神，目光幽幽，像一泓湖水，本是平靜無波，卻總覺得帶了些欲語還休的什麼。

生平第一次，他深切體會到失去的痛苦，而且後悔。

他要是不聽武英的，頭回聽說隨安挪到停善堂之後就過來看一眼，也不會這麼晚才想著將她挪回去；他要是昨天晚上不想那麼多，直接將她帶回去，也不會有今日一別……

隨安的屋子東西亂糟糟地散著，圓圓一邊哭一邊對武英說：「這是昨天才租回來的書……這些是隨安姊自己寫的一些東西……」

武英接在手裡翻了一下，連忙遞給褚翌。「九老爺您看。」

上頭密密麻麻地記著一些東西，有寫大梁內各州的一些民俗地理，也有寫東蕃的，上頭記著日子，像是讀書筆記一樣。

褚翌閉了閉眼，吩咐道：「把這些東西都收拾好，送到書房小院。」一出聲才發現自己嗓子沙啞，像馬上要哭出來似的。

武英跟圓圓連忙打包。

外頭下起了雪，有人道：「這破天氣，正月都過完了還下雪，晦氣！」

屋外漸漸風起，寒風捲著幾片雪花颳開門，武英連忙加快了速度。

褚翌的目光落在那床被子上，那是他那次宿在隨安的床上留下的被子……對了，她的被子被他糟蹋了。

「圓圓以後就在書房小院，管著灑掃屋子。若是有人問起隨安，你們就說她回家養傷去了，其他的不要亂說。」

圓圓應下，武英則望著他欲言又止，褚翌問：「有什麼事？」

「不派人出去打聽打聽嗎？」丟了人總要找找吧？

「不找了。」褚翌說著就往外走。她要是自己走了也就罷了，若是真被人擄走了，大張旗鼓地去找就是壞了她的名聲，說到底，其實是他還沒有足夠的能力保護她。

現實沒有給他太多難受的時間。朝廷已經收到華州八百里告急，栗州昨夜被攻破，老太爺一大早就被梁皇派人接進了宮，大老爺不放心也沒法子，只好讓六老爺將褚府抓住的人送到皇城司。

家裡人心惶惶，褚翌乾脆留在徵陽館，卻想著，國家窮了，要想辦法讓小民富起來，否則小民就鬧亂子。東蕃那邊是直接帶著人去搶別的國家；而富裕國家，要想辦法保住這繁華安定，就要布兵四方，震懾周邊，免得引人來搶。也就是說不管窮富，兵士、武將都是少不了的。

梁皇喜好安逸，但還算有見識，可這個太子，他經過這幾次算是看出來了，膽子沒多大，心倒是放得很寬，要是華州不保，說不定太子會直接提跟東蕃議和的話了。

褚翌從榻上悄悄坐了起來。這次不管誰去華州，他都要跟著去。

老太爺至晚方歸，也帶回了宮中的最新消息。栗州、華州的節度使劉傾真參奏肅州節度使李玄印勾結東蕃叛亂。

宰相韓遠錚立陳「若是李玄印真的叛了朝廷，則上京危矣」，希望梁皇不要把李玄印真的逼急了。朝堂上爭了兩個多時辰，梁皇才下旨，一面讓李玄印調兵支援華州，一面讓他上摺子自辯。

梁皇本想讓褚太尉掛帥，可他這一病，老態盡顯，自己也推辭年紀大了，病痛長存，最後直接暗示萬一死在路上就不吉利了。

梁皇只好退而求其次，給褚家幾個上過戰場的兒子都安排了差事，連大老爺也進了戶部，負責糧草；平郡王幫腔，七老爺褚鈺也得了個差事。

旨意下來的第二日，褚翌便陪母親去大成寺。

大成寺的正殿寶相莊嚴，萬籟無聲。老夫人進香之後，就轉到後頭聽經為家人祈福，褚翌卻緩步走到佛像跟前。

這幾日，他的心時而如岩漿翻滾，時而空空、毫無著落，卻難得有此刻的安靜。

知客僧見他的目光落在佛祖腳下，連忙道：「這些都是近來進香的施主求的平安符。」

褚翌這才看清自己面前的紅綢托盤裡放的是什麼，問道：「既然是求的平安符，怎麼沒帶走？」

知客僧笑道：「施主有所不知，平安符有的要供足七七四十九日，有的要供足九日，求告不同，用處也不盡相同。」

褚翌垂下眼簾，過了一會兒才問：「我想求三個平安符，要怎麼做？」

「施主想為誰求？」

「父母，並一個……知己。」隨安，她算他的一個知己吧！

知客僧想是見慣了形形色色人等，並不以為意，只引領著褚翌安置好三個護身符，一併放到供桌的托盤裡。

大成寺一行之後幾日，大軍出發，褚府女眷回來果然不見了褚翌，褚家上下眾人都心知肚明，只是不敢拿出來說，唯恐老夫人生氣。

大成寺的住持派僧人上門送了三個平安符。「是貴家陪老夫人進香的九公子所求，因要在佛前供奉九日，故託了本寺送來。」

這三個護身符有兩個自然是給父母的，那餘下的一個，老夫人即便不是十分確定，可心中隱隱覺得應該是為停善堂那丫鬟所求。

隨安失蹤的事，老夫人早就知道了，還曉得前一天晚上褚翌布置了錦竹院的一間廂房。隨安失蹤後，又打發了人悄悄去褚家打聽，看隨安是否回家等等。

「給他的時候，他還不要，沒想到後頭自己卻又上了心。」老夫人苦笑著對徐嬤嬤道。徐嬤嬤端了參茶過來，送到老夫人跟前道：「哥兒到了年紀，彷彿是開了竅。」

老夫人就笑。「可不是妳說的這話。沒給他的時候覺得他就是一個孩子，等看著他知道疼人了，這心裡還怪不是滋味的。」

「教我說啊，您這是吃味了！」徐嬤嬤打趣。

因主僕倆確實親厚，這話說出來，老夫人也不禁一笑。

卻又想起不見的隨安，道了一句。「可惜了的。」也並不十分在意。

第二十章

被老夫人說可惜的隨安，如今卻過得如魚得水。

實在是穿過來的這幾年，在下裡縣的日子竟是最為舒心開懷。她不是奴婢，靠雙手賺錢，租她房子的房東王大娘得知她認字，竟是說免了她的房租，只要她幫著教小孫子識幾個字。

隨安連連推辭，說房租已經給出去了，沒有收回的道理；再說教幾個字，也不必給錢，王大娘因此感激不盡，有了好吃的，都想著給隨安一份。

不知不覺就過去月餘。一場春雨一場暖，幾場春雨之後，大家都脫去寒衣，隨安用布條束胸，漸漸覺出不舒服，便惦記著去上京北邊的雅州落腳，打算在雅州找個營生，也好接褚父一同生活。

她平日省吃儉用，加上從褚府帶出來的，數了數銀錢竟有三十多兩，高興得不行，抽空將其中的二十兩都換成銀票，包上油紙貼身藏了，跟楊老闆告辭。

辭別楊老闆，又辭別房東王大娘，送了王大娘的小孫子一本千字文，隨安直接去了車行。

隨安仍做男子打扮。她這幾個月大多數時候都在屋裡抄書，臉比在褚府還要白，因此只好多用黃米粉，又把眉畫得黑粗，狠了狠心將又長又鬈的睫毛剪了，粗粗一看倒是不怎麼起眼。

因為嗓音的關係，她一路上都儘量少喝水、不開口，隨著人流一路艱難地到了雅州。

雅州是個大州，州府也熱鬧，要論安全，自然是在州府更好；可她一個小女子，要想討生活，卻殊不易。隨安想了想，仍舊坐了車，這次是去雅州下方的富春縣。

富春縣雖然偏了些，可那兒有個有名的夫子廟。夫子廟兩旁東西延伸，全是賣字畫、文房四寶的鋪子；此外，專門篆刻的、裝裱的鋪子也有不少。這樣的熱鬧，不說雅州，就是整個大梁都少有。

在馬車上顛簸了三個時辰，終於到了富春縣。縣城頗大，竟比下裡縣還要繁華三分，隨安決定就在這邊落腳。「這輩子坐夠馬車了。」

問了路，先去夫子廟拜碼頭，路上買了個素包子，一邊啃一邊循著人指的方向去找，終於在一個街口的楊樹上，看見一塊刻著「無尤」兩字的木牌隨風飄蕩，上頭刷的朱漆在夕陽下似乎鍍了一層金光。

隨安把最後一口包子嚥了下去，伸手在厚棉衣上擦了擦，不理會路人看自己的鄙夷眼神，抬步進了這「無尤街」。

屋簷低矮，門臉狹窄，那黑底朱字的匾額突兀，像一個人眼小臉瘦卻露出寬大的額頭一般。門口也有牌子寫著「招工」，卻不知招的是什麼人？

隨安走了一遭，心裡暗道，不管招的什麼人，來了這條街，自信先削掉了三分之一，若沒幾分膽量，還真不敢進去應招。

這一磨蹭，天色已經發暗。她已經決定不住客棧，就在行腳店湊合一晚，可這活計還是先定下來才好。

這麼想著，便進了夫子廟，很是捨得花了錢買了九炷高香。

正殿內高懸孔夫子畫像，殿內陳設符合春秋時期祭禮樣式，莊嚴無比，偶有樂聲傳來，卻似小錘敲打心房，令人一震。

出了夫子廟，她一時茫然，不知往西往東？忽然想到男左女右，就從右手邊尋起，進了一家招工的書肆。那書肆老闆正在算帳，見她進來，看了一眼復又低下頭。「外地人？」

「是。」隨安一出口卻發現嗓子有點啞，不過這樣也好，正好掩飾。

「你從哪裡過來？」

隨安一愣。問來歷，卻是最難回答，能說從幾千年後過來？

她這一愣，書肆老闆已經又抬頭，皺著眉看她，那眼神彷彿在問「你怎麼還沒走」？

隨安被他鄙夷，連忙垂下頭，快速地在心裡默唸了一句「孔夫子您老人家一定要保佑我」，拱手作揖。「回先生的話，學生剛從夫子廟出來。」

老闆其實剛才是問她來歷，這樣說也沒錯，可心裡就像被一團棉花塞住，十分不爽。

「街口的字看到了？出自哪裡？」

隨安不敢馬虎，謹慎地道：「若先生問的是無尤，想來應是出自老子，『居善地，心善淵，與善仁，言善信，政善治，事善能，動善時。夫唯不爭，故無尤。』」

「行了，會些什麼？」

隨安心裡一喜。自己竟然連過兩關，果然孔夫子仁善，連忙道：「會抄書。」

於是，她在夫子廟前的街上安頓了下來。

說起來簡直神奇，這東家招人，原是因為他鄉下的媳婦生產在即，他顧了這頭，顧不了那頭，又不敢將祖上傳下的書肆關門，這才要招個夥計。然而工錢低，活計還不輕省，那些略識幾個字的男子不是去鐘鼎高門當管事，就是一門心思想中舉，陰差陽錯的，竟然教隨安撿了這個便宜。

等東家走了，隨安在傍晚學著別家關上店門，躺在窄房的木床上的時候，心裡歡喜得恨不能跳個舞。

入夜之後還有些冷，她便將棉衣從包袱裡扒拉出來蓋在身上，腦子裡算計著明日要買的東西。旁的不說，鋪蓋是目前急需的，衣裳也要備下兩套可以替換的，這些東西買成品自然要費一筆錢，不如買了針線棉布自己做。可棉被她能勉強縫了，衣裳就有些為難，看來要逛逛成衣鋪子或當鋪了。

想完了這些，不免又想到褚秋水；想到褚秋水，不免要想到他的眼淚。結果越想越睡不著，乾脆起來點了蠟燭，給褚秋水寫信，卻不是以自己的口氣寫，而是以褚秋水表姨兄的身分寫的，說自己在雅州落腳，在一家書肆抄書為生，一年能賺十兩、八兩的，想著外甥女也到了許嫁的年紀，如果褚秋水不怕吃苦，也過來這樣好生賺上幾年，能給外甥女賺副嫁妝云云。

這封信一氣呵成，行雲流水，字裡行間完全為褚秋水父女考慮。

寫到最後，隨安自己都信了。「要是真有個表叔就好了。」

當然，以褚秋水的記性，他肯定不記得自己有什麼表姨兄，這也是她敢亂掰的原因之一。

褚秋水沒有好記性，性格也偏弱，屬於硬安給他，他就接受的那種類型。

寫完信，她雙手合十在空中拜了拜。「菩薩一定要保佑讓我把我爹哄來。」

第二日買早點的時候順便問了路，她把信給寄了出去。

書肆的生意算不上很好，但每天也能賣出點什麼，隨安算了算，覺得東家維持生計還真沒啥問題，畢竟書不是其他時鮮貨物，沒有保鮮期，只要能一直幹下去，就沒有虧本的問題。

當然，隨安也沒想著搞什麼創新，她有限的空閒都拿來抄話本了，除去筆墨跟紙張錢，這個賣了得到的就是她的純收入。

話本當然是撿暢銷的抄，她的字小且清晰，三、五天的工夫竟然有了個回頭客。

「嗯，上次看你們這裡的書挺全的，你看看這本有嗎？」小青年臉兒紅紅的，作賊似地拿出一本書。

隨安剛瞄了一眼書名，他就立刻收回去，還垂下頭，臉更紅了，鬧得隨安覺得自己跟個流氓似的，她還什麼也沒幹呢！

不過看那書名，應該是本……嗯，有點香豔的話本吧?!

「實在不好意思，本店沒有。」她這話是實話。確實沒有，但凡香豔得過頭的，那都是禁書，不能在世面上流通。當然，私下裡誰愛怎麼看就怎麼看。

「那……那……」那了半天也沒那出什麼來，隨安卻懂他的意思。

這本書八成是這孩子借的，看入迷後就想收藏，但他平日看都偷偷摸摸，更別提抄一本了，來這裡應該是想讓書肆的人幫著抄一本。

隨安皺著眉打量他。個頭沒有她高，可見年紀肯定大不了太多，說十二、三歲也就頂天了——智商有限，都沒發現隨安是個女的。

不能說他看了這樣的書就變成了流氓或壞人，但朝廷不允許這樣的書流通還是有一定道理的。

果然就聽那人支支吾吾的。「銀子好說，最好能快點抄完。」

隨安客客氣氣地拒絕。「實在不好意思，要不您問問其他店家？」

那人一呆，遲疑片刻才點頭走了。

這本是一個小插曲，結果沒過幾日，這條街上一家書店被查了，原因就是買賣禁書。

隨安聽了，嚇出一身冷汗，十分懷疑之前那事是有人引她犯法。幸虧她當日守住底線，若是什麼事都敢做，相信她的膽子會越來越大，就算不倒在禁書上，也要犯個旁的什麼事。

如此過了一個月，隨安得空出去逛逛，倒是把這一帶都熟悉了。褚秋水的信沒收到，書肆東家的信先來了，說媳婦坐完了月子，要帶孩子來縣裡住，讓隨安把後頭的兩間正房收拾出來；又約了初六的日子，讓她去縣城東門接他們。

到了初六這日，隨安便不開門，只掛了一塊小木牌在門上，寫著「歇業一日」，然後穿戴整齊早早出門。

富春縣城的主街熱鬧非凡，隨安買了串糖葫蘆，一邊笑嘻嘻地問賣糖葫蘆的。「大叔，這街上怎麼這麼熱鬧？」

「你竟不知？說是打了個勝仗，把蕃子趕出了華州，聽說今日有些將軍要進京，路過咱們富春呢！」大叔說得一臉興奮。

隨安咬了一口糖葫蘆，點了點頭又問：「那栗州呢？」

旁邊有人回答。「咱們大梁兵士驍勇又何懼東蕃，栗州不日定能收復！」

他說得斬釘截鐵，周圍不少人附和。隨安跟著點了點頭，三口、兩口地把糖葫蘆啃完，前面有人興奮地說道：「來了、來了！」

人群推擠著往街口去，隨安一面心想幸虧東家要過午才到，否則非得被堵在路上不可，一面打了個哈欠抬頭往前看。

一眼望去，差點嚇尿。

那一群深衣騎士中間的紅衣小將不是褚翌又是哪個?!

身體先大腦一步，她往下一蹲，旁邊有人扶她，還好心地問：「你怎麼了，沒事吧？」

可她現在就想縮成一團，只好伸手擋著額頭，低聲道：「無事。」

這幾秒的時間，褚翌已經過去，顯然沒看到她。隨安長舒一口氣，臉上的肉剛放鬆下來，忽然覺得有人看著自己，一側臉，又嚇得差點摔倒。

就聽褚翌不耐煩的聲音。「子瑜，你在後頭磨蹭什麼？」大街上明明什麼聲音都有，可偏偏他的聲音就那樣冰冰涼涼地鑽進她耳朵，想假裝聽不見都不行。

王子瑜沒有說話，他跟褚翌隔了七、八匹馬的距離，隨安正好在他兩人中間。要不是剛才隨安縮身的動作實在明顯，他不一定能發現她。

眼看著褚翌調轉馬頭，隨安乾脆背對著他，哭喪著臉，雙手在胸前小幅搖擺。

在極短的時間裡，她的心情從平靜到吃驚，從茫然到慌張，就在即將絕望的前一刻，聽到王子瑜的聲音。「沒什麼。」

然而這句「沒什麼」也不能安撫她受驚的心。隨安的腦子已經糊成一團，本能地擠開人流往遠處退去。

褚翌看過來的時候，王子瑜目光已經抽離，狹長的眼角笑意縱橫。

褚翌見他無事，重新將馬頭拉回，一行人繼續往前。

故事到這裡，要是完結那該多好。每個人都有每個人的人生，隨安自覺虧欠了褚翌一點，但人與人之間本就無法算得太清，也不想去想那些扯平扯不平的問題。你過你的，我過我的人生，這樣多好？

可隨安偏有一種好日子到頭了的感覺。

她渾渾噩噩地走，路過果子鋪，熱呼呼、香氣四溢的糖炒栗子沒教她停一停腳步；又路過了點心鋪，濃濃的糕點香味纏纏繞繞地傳上來，她也如唐三藏面對老鼠精一樣心不在焉，直到一陣臭氣撲面而來，褚隨安神魂歸位。

原來到了一戶主家的菜園前頭，菜園裡剛剛灑了糞水，臭氣熏天。那菜園主人正提著一只溺桶，滿面驚愕地看著這個傻乎乎、即將一腳踩到糞水上的年輕人。

隨安回神的頭一件事就是捏著鼻子退步，不料身後有人，一下子撞入那人懷裡。

「走路怎麼這麼不當心？」王子瑜輕笑著扶住她。

他身上帶著風塵僕僕的汗味，在這春末夏初的日子裡並不難聞，只是隨安的心還是往下沈了沈。

「表少爺。」她垂下頭，穿著男裝，卻行了個福禮。

王子瑜臉上笑意沒變，伸手拉她。「妳穿這樣再行這個禮，看著怪。走，咱們別處說話。」

隨安抬頭往他身後望去，只見一個隨從牽了兩匹馬，不見其他人。

「九表兄急著回上京覆命，不似我本就是閒人一個。」他輕笑儼然，一邊低低解釋，一邊握拳低咳。「他鄉遇故知，人生一喜。說來話語菜苗圃，本是美事，只是……」側頭看了一眼旁邊的菜田。

隨安也不得不跟上他了。

隨安好歹也在富春縣待了月餘，然而王子瑜走在街頭，竟比她還對富春熟三分。

茶樓的小二將寬巾搭在肩頭，笑著上來迎客。「少爺，雅間已經備好了。」

王子瑜點點頭，拉著隨安徑直往樓上走去。

到了門口，他推開門卻不進去，而是對隨安道：「裡頭備了衣裳，妳換好了咱們再說話。」一聲音溫和，然而話中的意思卻不由得令人多想。

隨安有戶紙在手，心裡也不怕王子瑜，可王子瑜後面的褚翌她卻是怕得要死，因此聽了王子瑜的話，也只低頭道：「是。」

王子瑜將她推進門，而後細心地從外頭關上了門。

隨安站在門口聽見他吩咐從人。「我這裡暫時無事，你們去下頭喝杯茶歇歇吧！」

她吸了一口氣抬步往裡走，繡了細碎小花的嫩黃色錦緞抹胸，跟一條緋紅色繡白梅花的長裙工工整整地擱在床上。

隨安只覺得刺眼，轉身就往窗邊疾走，然而開窗之後，卻又悻悻。窗外就是大街，她並非飛簷走壁的俠女高手，若是跳樓，即便僥倖沒摔斷腿，也要在大庭廣眾之下丟個醜。

兵來將擋，水來土掩。心裡雖然很不愉快，卻仍舊換了衣衫，並思忖一會兒要對王子瑜說的話。

第二十一章

「隨安。」王子瑜在門外輕喚。

「在。」她回道。

「盆裡有水。」他唇角微翹，說完又將耳朵往門上靠了靠。

屋裡沒聲，過了一會兒，才傳來她略帶頹唐的回答。

聽到她像貓叫一樣的嘀咕聲，王子瑜的唇角終究完全翹起，臉上露出一個笑。因這，便是多等一刻鐘也不覺得難熬了。

不一會兒，她打開門，王子瑜一手背後，仔細打量她。

兩鬢的頭髮往後梳起，底下的頭髮卻沒盤上去，而是披散在肩頭；一張臉素白，不是先前的蠟黃，眉毛變細了，被修剪得略平直，卻不難看，反而讓人覺得多了幾分嬌媚。

裙子是讓人在成衣坊買的，他只指定了顏色跟高矮，肥瘦則無法滿足，然而看她寬寬地穿來，竟也覺得分外好看。

其實他也清楚，是自己先喜歡了她這個人，所以才愛屋及烏。

進屋，聽見她關門的聲音，他面頰微紅，不過仍舊安穩地落坐。

隨安則走到他面前三步的距離，錦緞冰涼地貼著她的肌膚，令人無端多了些涼意。

她雙手微握，再邁一步就要跪下，孰料王子瑜竟然先她一步將她扶住。「出門在外，不講究這些虛禮，妳也坐下說話。」
隨安便虛虛坐在圓凳上，只是這樣一來，卻離王子瑜遠了一步。她不肯開口，王子瑜也不強迫，反倒說起自己知道的事情來。「九表兄先說妳在家養傷，後又說妳在莊子上養傷，妳好了嗎？」
「不敢勞動表少爺垂問，奴……奴婢已經好了。」
王子瑜聽她喊自己表少爺，眼角一跳，笑也收斂起來。
隨安似無所覺，雙手握拳放在膝蓋上，一動不動，過了一會兒才又問：「您不是要去遊學嗎，怎麼……」跟褚翌湊在了一塊兒？
「國家有難，匹夫有責，我雖然力弱，也想為國為民盡一份心。」他輕聲道。
隨安訝然抬頭，王子瑜大笑。「我這樣說妳也信？」
她點了下頭。「自然是信的。」
王子瑜的眼睛重新含著笑看著她。「說說妳吧，到底怎麼回事？今日我看妳的樣子，彷彿不想讓九表兄知曉妳。」
隨安早就想到他會有此一問，可她這不是不敢說實話嘛。
「奴婢——」剛開了頭，就被打斷了。
「九表兄說妳脫了奴籍，武英也跟我說妳已經有了戶紙，就不要自稱奴婢了。」他話語溫婉，全不似一個十三、四歲的少年。
隨安便照先前編造的說了出來。「那賊人把我抓了，逼問我皇宮的位置，我也不知，就胡亂指了，可他們非要帶我去……我指錯了地方，後頭官兵也追了過來，他們便將我打暈帶出城。之後再醒來，就到了富春，在一家書肆落腳，扮作夥計，替那老闆招呼客人……」

說完就閉上嘴，中途說到被打暈的時候，本應該擠出幾滴眼淚，渲染一下悲痛的感情，可心裡求爺爺、告奶奶地就是哭不出來。

王子瑜遞了杯水放到她跟前，輕聲道：「不用怕，我們會把東蕃人趕出大梁。」

說實在的，隨安沒怎麼怕，她要是這點膽子都沒有，也不敢隻身一個人上路了，可這會兒也只能順著王子瑜的話。「嗯。」

王子瑜又問她在書肆的情況，這個不用扯謊，隨安便一五一十地答了。

「這麼說來，妳今日出來，是為了接妳東家跟他的家眷？」

「是。」

「隨安。」他喚了她一聲，見她抬頭看著自己，笑了笑道：「若妳是個男孩子，在書肆做活、靠勞力賺錢，我還要高看妳一眼，可妳別忘了妳是個女子。」

王子瑜見她不說話，可面上淡淡，顯然是心裡不服，輕輕一笑。「妳在褚府也待了幾年，褚府在上京世家裡算是好的了，可哪年不填些人命進去？這些人裡固然有自己找死，也保不齊是旁人陷害，但死都死了，活著的不是還照常活著？大家族裡還是有規矩拘著，小門小戶裡沒有規矩，東家說妳偷了東西，妳能找著幫妳說話的人？再者男女有別，妳就篤定妳的裝扮沒人認出來？」

隨安被他說得臉上火辣辣的。若是沒人認出來，王子瑜也不會坐在這裡了。

她出了褚府以後，就覺得自己運氣爆棚，沒想到這才混了幾個月就混不下去了。不過遇見王子瑜要比直接面對褚翌好，再想想前些日子那拿著禁書過來想讓她抄的，那次要是貪圖錢財，被抓的可能就是她了，到時候不知哪個衙門一關，命丟了也沒人知道。

這樣一想，臉上的表情就慢慢地軟了。

王子瑜見狀就道：「還有一事妳恐怕不知，九表兄安排妳父親進了褚府。」

這話猶如天雷，炸得隨安頭暈眼花，要不是坐著，說不定這會兒都能倒了。

「我也是才知道沒幾日，確切的情況不清楚，但九表兄對妳被擄一事頗為內疚，因此留下妳父親照顧也不是不可能。」

難怪寫了那封信卻沒動靜。隨安的心涼了半截，根本沒聽見王子瑜說褚翌內疚的話，只想著萬一褚秋水發現自己不在褚府，說不定要哭成淚人兒，天天以淚洗面，偏偏李松不在，連給他拿主意的人都沒有。

欠著褚翌跟王子瑜的，還能說是愧疚，可到了褚秋水這裡，隨安就有點悔恨了。自己固然不樂意給褚翌當通房姨娘，逃跑之前也應該跟褚秋水透個底，褚秋水就是再不可靠，父女逃命的時候總該上心吧！偏她腦子發熱，膽氣沖天……

見她落了淚，王子瑜心裡一鬆。他是不想逼迫她，但見她的樣子，似是覺得不靠旁人就能過得很好，也不想想這個世道，女子討生活哪裡有那麼容易。

隨安正自悔愧，眼前突然遞過一方帕子，她連忙側身，拿了自己的出來擦眼淚。「多謝表少爺告訴我這些。」

王子瑜聽著表少爺還是覺得有些刺心，不過既然這是他跟隨安的緣分，也就不再執著多想，反正來日方長，因此徐徐勸慰道：「妳也不用太擔心，既然知道了妳父親的消息，妳又脫了籍，總有團聚的一日；只是那書肆妳最好還是辭了，若是擔心生活沒有著落，我母親在富春有一個莊子，臨著官道，不算偏僻，妳先去莊子上，等妳父親到了再做打算不遲。

「坐吃山空的道理不用我說妳也懂的。再說那莊子，妳也不過是去住其中一間，若是不好意思，不如就替我做點東西吧！我父親那裡有些孤本，既為孤本也是珍品，年歲長了，紙張脆得像枯葉，我本想抄一份，卻一直沒得時間。妳是女孩子，又一向心細，來做這件事最好。」

連臺階都搭好了，隨安幾乎無其他路可走，便站了起來，微微屈膝，斂衽行禮道：「是。」

王子瑜笑著起身相扶。「這才對。」

兩個人重新坐下，他便問：「九表兄那裡，妳是怎麼想的？」他心裡隱隱地並不想告訴褚翌。

「還請表少爺幫我隱瞞一二……」她抿唇低眉，咬了咬牙，臉上的羞愧無法遮掩。「還有我父親那裡，希望表少爺能夠、能夠幫我們父女早日團聚。」

王子瑜心願得償，含笑看了她一眼。「此事並不難辦，妳放心。」說著站了起來，低聲道：「我還要趕回上京，便將我的一個侍從小順留給妳，妳將書肆那邊的事情都了結了，再好好回莊子上。」

小順一點也不小，像座山一樣。

有他在旁，隨安接了東家一家之後便介紹小順是自己哥哥，要接她去一起過活，因故請辭。

書肆的東家倒沒有挽留，只說：「那你若得空十天半月地來一趟，有抄書的活我還找你。」

隨安謝了又謝，拿著東家結算的錢跟著小順走了。

王子瑜說富春有自家的莊子還真不是騙她，且莊子並不算偏僻，就在富春縣城北邊，靠著官道，占地極廣。

路上，隨安便向小順打聽。「你們這一趟回來，還會再去華州嗎？」

「這個要看上頭的意思。」小順謹慎答道，看了一眼前方道：「好了，到地方了。」說著停下馬車，又把自己的馬給解下來。

這車是隨安自己花了三兩銀子買的，其實王子瑜已經留了錢，但她實在做不到心安理得，堅持付錢，小順也就應下。

守門的人很快就把莊頭叫來，小順把王子瑜的話傳達了，莊頭連忙應下，然後上下打量隨安。

隨安見莊頭態度不算遲疑，可見並不敢敷衍王子瑜，心裡跟著鬆一口氣，含笑衝他點頭道：「以後有勞您了。」

「不敢、不敢。」莊頭笑著擺手。

小順便道：「我還要回京拿書，明日給妳送過來。」這話同時是說給莊頭聽的。莊頭也聽了出來。「順爺儘管去，這位姑娘我會讓家裡人好生照料的。」

小順大概覺得少爺很重視隨安，說了之前那句之後又多問了一句。「妳有沒有什麼需要的，我一併給妳帶一些過來。」

隨安想了想，道：「我要幫王少爺抄書，麻煩您帶些紙還有筆墨過來吧！」她以後就在莊子上，買東西也得託人買，還不如直接從王家拿出來得好，免得耽擱工夫。

小順點了點頭。「我省得，這就走了。」拉過一旁啃草的馬，一踩馬鐙翻身上去，拱了拱手，一夾馬腹疾行而去。

王子瑜帶著自己的另一個侍從小舟進京，在城門口被前來接人的王家管家攔住。「少爺，您怎麼才回來，可把老安人跟夫人擔心得不行……」

王子瑜下了馬，上了馬車，管家還在嘮叨。「怎麼在半路上耽擱了？多虧褚家九老爺打發人來說一聲。」

王子瑜笑問：「九表兄說什麼了？」

「只說您晚半日工夫回來，老安人急得不行，非要當面去問，虧得夫人攔住了，說這定是您自己的主意。剛才我已經打發人送信回府了。少爺您說您去遊學，老安人就擔心得不行，這悶不吭聲跑到了戰場上，哪裡是好玩的？老安人跟夫人自打知道了就沒睡踏實過，天天唸經，盼著您好好地回來！」

王子瑜從車廂裡拿出茶壺、茶杯，倒了兩杯，推給管家一杯，問家裡可有什麼大事？

兩個人說著話，很快就到了家門口。

一下車就看到了武英，武英也看到王子瑜，忙上前行禮。「九老爺打發小的過來看看，說只要表少爺回來就好。」

王子瑜聽他也喊自己表少爺，原本的好心情頓時遭堵，不過仍舊拿了銀子賞他，又道：「你明日再過來一趟，我有些事想問你。」

武英答了，又往褚府傳話，王子瑜這才回家，自有家人一番教訓。

相比王家一齣哭哭笑笑的喜相逢，褚家就淡定許多。

老夫人親自給了褚翌三板子，第四板子剛抬起來，就被德榮郡主給抱住了。

大夫人也上來勸和，老夫人這才丟開板子，一迭連聲道：「晚飯不許給他，先去跪祠堂。」

褚翌瞅了父親一眼，老太爺上前說話。「兒子好歹也是官身了，給他幾分面子，以後還得領兵呢！」說著就把褚翌扶了起來，上上下下打量一番，欣慰道：「出去摔打摔打就是不一樣，才兩個月工夫就見長！行了，咱們一起去書房，跟父親好好說說這場仗怎麼打的。」

老夫人面色不豫，褚鈺悄悄給妻子使了個眼色，德榮郡主就道：「父親，讓九弟在這裡說吧，我們也跟著長長見識。」

老太爺心裡覺得女眷們不懂戰事，還特別能嘰嘰喳喳，但德榮郡主不是一般的兒媳，她的面子不好駁了，便只得點了點頭，聽褚翌說這兩個月的經歷。

直說到武英回來說表少爺也回了家。

褚翌眉頭一挑，放下手裡的茶，這才跟眾人解釋。「子瑜在富春耽擱了一會兒，他不讓我等他，他那兩個侍從都是百裡挑一的好手，我也急著回來覆命，便先回來了。」

「幸虧富春離上京不算遠，他莫不是半路鬧了肚子？」褚鈺哈哈笑著道。

褚翌勾唇一笑。王子瑜正是用了這個理由，還不要他等他。

一家人用過晚飯，褚翌帶了武英往錦竹院走，路上慢悠悠地問：「你把見到表少爺的事都說了。」

武英撓了撓頭。「表少爺是坐馬車回家的，看著很高興，還賞了奴才一兩銀子。」

「他沒帶什麼人回來？」

「沒有啊！哦，他們家總管也坐在車裡來著。」

褚翌白了他一眼，面無表情抬腳要踹，武英連忙告饒。「奴才還真發現了一件事。表少爺的侍衛小舟跟在馬車後頭，小順不知道幹什麼去了，人跟馬都不在；還有，表少爺說明日讓奴才去一趟，說有些事要問。」

褚翌神色不變。「那你就去一趟，看看他要問什麼，順便悄悄打聽一下小順去做什麼了？」不能怪他懷疑，實在是昨日子瑜的態度太奇怪，有種說不上來的怪異，像是很高興，卻防著他知道一樣。褚翌的性子是越不教他知道，他越想知道；可惜那時跟在他身邊的都是軍中的人，他不好單獨指派一個去查自家表弟。

出去一趟才知道，要想找到真正忠心自己的人不容易。武英、武傑年紀小，武英機靈有了，可也只機靈在皮毛上，舉一反三的本事是丁點兒沒有。

又機靈、又能做事，且做得能十分合他心意的人……

「對了，隨安她父親不是在府裡？你把他安頓到哪裡了？帶我去看看他。」

又問了是什麼日子來上京的，他得分辨令褚秋水上京這件事是天意，還是人為？

「是三月初十。」武英答道：「褚先生接到他表兄的信，想去雅州做事，想著來跟隨安姊說一聲……」領了褚翌去跨院兒見褚秋水。

一進門，褚翌就覺出不對來了。這個跨院原來住著一些老太爺養的清客，晚上尤其熱鬧，喝酒的、閒話的、串門子、下棋的，可現在統統都沒有了，只有東廂的一間屋子亮著燈。

「其他人呢？這裡怎麼這麼冷清？」

「都走光了，褚先生一天能哭十個時辰，原來跟他同屋的孫先生說他睡夢中還會哭。」孟姜女哭倒長城的威力沒見過，但褚先生這哭功他算是徹底跪服了。

越走越近，哭泣聲越來越清晰。

褚翌抬頭望了望天。這樣的男人，怪不得逼得十歲的女兒賣身出來。

第二十二章

褚翌等了一刻鐘，褚秋水的哭聲從大到小，開始抽泣。

「他什麼時候能不哭了？」

「爺您要見他就現在進去吧，要不一會兒，褚先生緩過來又要大哭了。」武英的臉色發白。聽見哭聲，他也想哭了。

褚翌雖沒料到是這麼一種情形，可也不會因為褚秋水哭泣就折身回去。「去敲門通報一聲。」還是給褚秋水留足了面子。

武英只好捏著鼻子上前。「褚先生，我們九老爺來看您了。」

緊接著，主僕兩人就聽見屋裡一陣碰撞聲，褚翌面色微變，推開武英推門進去。

炕桌翻在地上，褚秋水的眼睛已經哭腫了，摸索著找鞋子。

看著這張跟隨安有七分相像的容顏，褚翌的心一下子軟了，上前扶他。「褚先生。」

「隨安……」褚秋水張口喊了一句，眼淚又流了出來，其餘的話哽咽著堵在胸口。

褚翌覺得自己不敢看他的臉。到底是因為自己，才致使他們父女分離。當初隨安一開始念念不忘想贖身回去，也是為了照顧褚秋水，要不是父親命人打了她，母親又讓人將她抬到停善堂，她也不會沒了蹤影。

隨安若是父親的心腹，父親會不辨是非就打她嗎？

隨安若是母親的陪房，母親會這麼冷漠地將她送到停善堂嗎？說來說去，還是因為他們覺得隨安無足輕重，她的生死不值得大驚小怪而已。是他在家族之中的分量不夠重，護不住她。

褚翌想到這裡，胸口的血氣翻湧，心裡難受得說不出來，恨自己無能，恨自己不夠心細。

他整理了一遍心緒，輕聲安慰道：「明天還是請個大夫來幫您看看眼睛，您以後不要再哭了，否則隨安回來您卻看不見了，到時候她該多麼傷心。」

褚秋水喃喃道：「是我對不起孩子……」

武英見狀勸道：「褚先生，隨安姊一定吉人自有天相，您就放心吧！她人機靈又識字，在外頭也吃不了暗虧，拿不准啊，這會兒就託人給您捎信哪！」

他這句話誤打誤撞，誰知說的卻是事實，只不過褚秋水不夠機靈，而褚翌實在沒想到隨安竟然能硬掰出一個不存在的表親。

褚秋水又要流淚，哽咽道：「本想出去賺幾年銀錢，給她攢些嫁妝，誰知她竟然被人害了！」

「褚先生出來的時間也不短，旁的我不敢說，隨安這孝順我們還是看在眼裡的，她若是平安了，一定會捎信給家裡。」

被褚翌一鼓勵，褚秋水對隨安捎信回家的信心一下子大了起來，抓住褚翌的手。「九老爺說得對，您不愧是帶兵打仗的，就是比我們這些凡夫俗子強。我出來這麼久，說不定她會回去找我，要是發現我不在，還不知道擔心成什麼樣子。不行，我要回家！」說著就要收拾東西。

褚翌哭笑不得。「就是要回去，也別現在走，總得等明天。您放心吧，我這裡要是有了隨安的消息，一定打發人去通知您。」

褚秋水有了精神寄託，連連點頭，這次是喜極而泣。「還是九老爺洞燭入微，不像我們霧裡看花，只知道慌了手腳……」

褚翌被他誇得赧顏。終於安撫好了褚秋水，讓他重新歇下，這才帶著武英跟圓圓落荒而逃。

「明日你找路總管，就跟他說是我說的，讓他派輛車送褚先生回鄉，再拿五十兩銀子的盤纏……算了，你從外頭雇一輛車，讓武傑送他回家，把我的月例銀子從錦竹院拿出來，以後這錢就歸你管，從裡頭拿五十兩給褚先生，讓他安心在家等著隨安。」

馬車跟銀兩透過管家固然省事，可這樣一來，隨安失蹤的事也瞞不住了，還不如現在掩耳盜鈴，能隱瞞一時是一時。

「信裡說得不清不楚的，就是褚先生過來找隨安，跟他說一聲隨安去莊子上也就算了，怎麼讓他知道實情？」褚翌胸中別提多憋悶了，實在忍不住，還是踹了武英一腳。「這點小事都辦不好！」

武英一肚子委屈。「褚先生來的那天正好碰見林姑娘，他又是個拎不清的，林姑娘說隨安替您寫功課挨了揍，都幾個月了還不能下地；還說賊人入府的時候就是從停善堂進的門，說不定隨安已經凶多吉少了。」

褚翌一聽裡頭又有林頌鸞的事，更加煩悶。

「那個小李氏剛進宮，東蕃就占了栗州，宮裡都在說小李氏不吉利，皇后娘娘一直拘著她學規矩，並沒有到陛下身邊伺候，林家也就賴在咱們府裡不肯走了。」

「父親什麼態度？」

「小李氏進宮後，林先生彷彿在族學裡很不受待見，求見了老太爺幾次，老太爺都沒見他。現在林家人還住在那個小院子裡，等閒不出來走動。」武英自然知道褚翌不待見林家人，因此就毫無遮攔地道：「頭先林姑娘知道小李氏進了宮，跟林太太、林先生鬧了一場，之後見小李氏進宮後就沒了動靜，這才消停下來。不過她在族學裡到處跟人說，是陛下偶遇小李氏，驚為天人，所以才命人抬了小李氏進宮。」

小李氏的「不幸」沒有讓褚翌痛快更多，主要是林家不走，賴在褚府裡，才教人討厭。

褚翌懶得去錦竹院，乾脆去了母親的徵陽館。「兒子後日就走了，這兩天就在您碧紗櫥裡睡。」

「胡說。」老太爺先生氣。「你眼看著就要成親的人了，還跟著父母睡，傳到外頭不怕人笑話，回你自己院子去。」

老夫人瞪他一眼。「我今日跟你父親要商量些事，你聽你父親的話，回去住去。」

褚翌點頭。「行，在哪裡住無所謂，只是有一事，兒子想跟父母說清楚。八哥比我大都沒成親呢，我也不想這兩年成親；還有，兒子的媳婦得兒子看過、相中了才行，太蠢、太呆的都不要——」

老太爺氣得抬手。「你小子還挑剔起來，你有什麼資格挑媳婦！」

「他沒有，你有！」老夫人大怒，衝著老太爺就吼一嗓子，幸虧徐嬤嬤早把屋裡伺候的都帶了下去。

老太爺一臉委屈，褚翌不敢笑，行了個禮道：「兒子也知道自己本事不足，科舉無望，靠父親庇蔭能庇佑一時，不能保護一世，不如就讓兒子去從軍，立些功勞，將來也好說親。」

「什麼立些功勞，撈些功勞還差不多！」老太爺又扯後腿。

「你這麼多年不在家，才回來幾個月就待不住了是不是？」老夫人高聲叫道：「戰場上刀槍無眼，他已經是個橫的了，你還在這裡擠撮他，那功勞那麼好撈，你怎麼不給我撈幾個看看！以後下雨、陰天，不許喊痛！」

褚翌心裡得意，但面上還得做出惶恐來，低聲勸。「母親息怒，兒子自會倍加當心，不會叫母親傷心。」

他自去洗漱，沐浴過後，便上床躺下。半夜裡，猛見東蕃人拿著刀向隨安砍去，褚秋水站在一旁卻只知道哭，而他離得太遠挽救不及。冷汗淋淋，一下子從床上坐了起來。

醒了再也睡不著，便將被子踢到一旁，把自己天明要做的事都尋思了一遍之後，覺得再無遺漏，就開始想打仗的事。

這次跟著出去一趟，說是行軍打仗，其實就是去長見識的，有一些軍中的東西，單靠人說根本無法跟現實聯繫起來，還是親自去看了、體會了，才知道最真實的情況。

譬如上京人人怕蕃人，可蕃人也是人，不是老虎、獅子，縱然身子強壯、勇猛些，也並非堅不可摧。

可笑他這一路上來回，聽得都是蕃人多麼狡詐勇猛狠毒，泱泱大梁，處處可見長他人志氣、滅自己威風的無知之人。

他受夠了這種無知，下定決心一定要將蕃人打出大梁，還要把他們徹底打趴下，世世代代地龜縮起來！

出征的時候，他是沾了家裡的光從小校開始做起，又帶頭搞了兩次突襲，一次是僥倖，第二次則是拚了全力，總算沒有丟褚家的臉，也算不負自己的職位。

軍功的升遷可以一步一步來，但軍功背後的事也不能忽視，糧草、兵餉、醫藥、兵器，這些都要跟朝廷要，正應了那句「朝中有人好說話」。

所以他才想請父親帶著自己拜訪宰相，還有兵部、戶部的一些人，有了引薦，彼此熟悉，以後也好說話。

天色微微發白，東側間傳來細細碎碎的聲音。

「誰在那裡？」褚翌皺眉，不假思索地問道。

「爺已經醒了？是奴婢。」荷香從外頭進來，手裡拿著一套衣裳。「您出去一趟，衣裳都磨得起了邊，昨兒奴婢粗粗一看，爺個頭長了，該做新的了，這一套裡衣是奴婢推測著您的身量趕工做的，您試試。」

「不用試了，只要不比原來的小就行。」褚翌想都沒想便道。

荷香臉皮再厚也禁不住他連番的不待見。自己熬了一夜做好衣裳，貼心的話沒有，卻得來這麼一句，已經走到床邊的腳步一頓，眼淚瞬間在眼眶裡打轉。

褚翌視而不見，繼續趕人。「行了，把衣裳留下，我要穿衣裳了。」

以前他跟七哥要好，因為是同母的兄弟，再加上褚鈺也活得細膩，可這次出去，他才徹底明白自己想過什麼樣的日子！

還有八哥褚琮，平日在家裡見他是個鋸嘴葫蘆，可一出京就變了個人似的，行軍布陣更是果敢冷靜，戰場上拚殺渾然不要性命，帥氣逼人。

他跟八哥也不過才差了兩歲，可是閱歷卻不是他緊追兩年就能追上的；言語間的神采更不是世家紈袴那種飛揚浮躁，而是由內而外的，歷經戰火洗禮而成就的頑強與自信。

錦竹院不負盛名，就是個錦繡堆，可這錦繡堆是父輩跟兄弟們真刀實槍拚出來的，有人喜歡不勞而獲，但他褚翌不喜歡，更不願意在這錦繡堆上高臥。

都說真名士自風流，可他覺得上陣殺敵的八哥才是真風流。不同於那些騷人墨客的假模假樣，而是強敵當前，無畏無懼的傲然血氣是危急關頭展現的機智、魄力及臨危不懼！

可惜的是，他這些想法在錦竹院中無人可訴，唯一可說的一個現在下落不明，生死不知。

他嘆了口氣，摩挲了一下那枚鷹擊長空的小印，終是將它收到荷包裡，而後起身穿衣，依照在軍中的習慣，先練武，後洗漱吃飯。

老太爺知道他先練了功，連忙大大誇了他一通，褚翌就假作愕然地問：「六哥、八哥還有長齡他們不都是如此嗎？怎麼到了兒子這裡，父親就這般誇？」

把老太爺堵了個啞口無言，老夫人倒彎了彎嘴角，衝老太爺諷刺地笑。

老太爺真心覺得人生不太好了。

好在褚翌也就那麼一說，吃了飯，就將昨日跟老太爺商量的事又拿出來說。

老太爺嘆氣。「你啊，討債的小冤家啊！」到底換上外出的衣裳。

褚翌扶著老太爺上了馬車，自己也坐了進去。拜訪人的時候還能正襟危坐，可一出來回到馬車上，就不停支使老太爺的小廝，鬧得他皺眉。「你自己的小廝呢？」

褚翌不在意地道：「昨天子瑜說有事問他，一大早就走了。」

老太爺哼了一聲。「戰場上刀槍無眼，你這次回來也好，跟我去莊子上選幾個人手。」

褚翌一聽來了精神，一下子坐直了身體，討好地對父親道：「您怎麼不早給我啊？」

老太爺斜睨著他。「是誰悶不吭聲地跑了？又是誰整天對著老人家鼻子不是鼻子、眼不是眼的？誇你一句還誇出毛病來了？」

「兒子知道父親、母親心疼我，可我是真的覺得大哥他們能吃的苦頭我也能吃。父親一視同仁地教導，兒子才真的歡喜……」見老太爺的神色漸漸嚴肅，忙道：「我說的是真心話。」就差舉手向天發誓了。

褚翌知道自己的想法還有些不成熟，但已經決定自己要走的路，這時候就不再猶豫。

「爹，七哥那樣的日子不是不好，但不是我喜歡的，我想過自己喜歡過的日子，做喜歡做的事。」

老太爺發現小兒子有事相求，或者想跟自己親近的時候，就會喊自己爹，而一旦父子倆翻臉，他就會喊父親，想到這裡，他不由一笑。「你是大人了，將來的路怎麼走自然是你自己選，老七的路也是他自己選的。」

褚翌聽到這句，臉上的驚喜一閃而過。他害怕父親懾於母親的威勢，不同意自己的想法，連忙道：「您只給我一些人手就行，其他的軍功我會自己掙，不會給您臉上抹黑的，更不會掃了您的威名！」

老太爺嘿嘿笑了起來。「這可是你說的，你要記得你的話，別前腳說了，後腳就忘得一乾二淨。」

到了莊子上，老太爺看著褚翌道：「既然是給你的人，這人怎麼選，你自己拿主意。」

褚翌點頭，轉身上臺階，他個頭本就高，現在站的位置更是能把眾人的表情都看在眼裡，過了一會兒，等到眾人都安靜下來才開口。「想要跟著我上戰場，掙一份軍功的站出來！」

此話一出，底下的人瞬間都抬頭看向褚翌。

褚翌不懼人看，他身材高大，相貌集合了父母的優點，自有一番獨特的神采，又兼肩寬腿長，看上去就是一個性格開朗、胸有成竹的人。

正所謂有志不在年高，成事不在年少，不過幾息的工夫，就有三十多個人站出來。「願效忠九老爺！」

其他人還想觀望，熱切地盼著褚翌再說點什麼，不料褚翌一揮手。「行，你們留下，其他的人都散了吧！」

老太爺暗暗點頭。

這些觀望猶豫的人之中未必沒有好手，但是這些人一旦思慮得多，上了戰場，褚翌也不能如臂指使。

選擇效忠之人，不是行軍布陣用計策，需要斟酌又斟酌，而是要當斷則斷，如此到了危機時刻方有背水一戰的勇氣；也是一個眼緣，一眼相中，剩下的盡可不用。

留下的一些人，褚翌讓大家團坐起來，不用老太爺指點，開始問一些諸如「你家裡有幾口人？有幾個兄弟？兄弟們在做什麼？姊妹們多大了」等等，話開了家常。老太爺間或搭腔幾句，完全淪為陪襯。

第二十三章

武英來見王子瑜。

坐下後，王子瑜看了一眼武英就吩咐人。「拿些點心跟茶水過來。」

武英忙道：「小的能在表少爺跟前有個座就是天大的恩典了，哪裡還敢吃茶。」

「沒事，你是九表兄跟前得力的；再說這是過來替我辦事，先墊墊肚子再說話不遲。」

不一會兒，茶跟點心都送了過來，武英側著身子塞了幾口點心，又灌了一碗茶，總算肚裡有底心不慌了，問：「表少爺喚小的過來有什麼事？」

「也不是什麼大事。年前表兄送了我一些詩箋，我這次出去，行李散落了，詩箋也找不到，想問問表兄那裡還有沒有？若沒有，再幫我製一些可還使得？」

武英一聽就知道詩箋是隨安製的那些，可隨安不在，他也不知道怎麼製。他躊躇道：「詩箋是九老爺的丫鬟隨安姊製的，若在平日只是小事，可現在隨安姊受了傷被安排到莊子上養病，一時半刻的恐怕不能夠給表少爺製作詩箋了。」

王子瑜見他說得猶豫，心中一跳，笑道：「在華州的時候，我聽表兄說隨安的爹進了褚家，他呢？會不會製？」

武英哪裡想到他心中的那些彎彎繞繞。「應是不會吧，再說就是會製，他也回家了啊！」

王子瑜臉上露出笑容。「不是大事，等隨安好了回來再說吧！」

這話一說出來，武英的臉色就淡下來。他也不知隨安能不能回來了。

王子瑜見狀道：「算了，今兒這話當我沒說，你回去也別跟表兄說，免得他煩心。」心裡已經認定當日隨安不管是自己跑了，還是被人擄走，她不願意回褚府都是真的。

這樣想著，臉上的笑容越發地大，喊了自己的小廝小廣送武英出門。

小廣跟武英也算相熟，武英笑著問他。「怎麼不見表少爺的侍衛順大爺？」

小廣不疑有他。「今兒一大早就送東西到富春的莊子上了。」

「我就白問一句，就是昨兒沒見他跟表少爺一起回來，還當他……嘿嘿，在戰場上受傷了呢！」

「哪裡能夠？」小廣對小順很是推崇，舉起大拇指道：「順大爺的功夫也是頂呱呱的，就是十來個賊人也不是他的對手，他昨兒就回來了，不過回來得晚。」

武英回去把小廣的話跟褚翌說了，褚翌也沒覺出哪裡不對，皺著眉問：「他叫你去做什麼？」

武英知道這會兒提隨安的事會惹他心煩，但不敢隱瞞，一五一十地說了。

褚翌皺著眉頭在屋裡走了幾圈，突然停住腳步。「你說他還問了隨安的父親？他還真是……不對，你跟我說過，褚先生接了誰的信，要去投靠誰來著？去哪裡？」

武英道：「是他的一位姨表兄，說是在富春……」說到這裡，他一下子頓住。「小廣說小順也是去了富春……」

褚翌的臉色漸漸凝重，雖然不是很確定，但心裡已經有三分懷疑。

褚鈺推門進來。「你們倆關著門做什麼呢？母親打發人叫我們一起去徵陽館吃飯。」

褚翌看了武英一眼。「七哥先去吧，我換身衣裳再過去。」他身上還穿著外出的衣裳。

褚鈺點頭，不放心地囑咐道：「那你可快點，我先去接你七嫂。」

等他走了，褚翌才對武英道：「這事你不要漏了風聲。」他今日才收了三十五個侍衛，本想明日就帶著人回華州，可父親卻說入軍籍的事，要告訴兵部一聲，這樣明日還要耽擱一日。

武英應下，找出他的衣裳來幫著換了。

褚翌一頓飯吃得心不在焉，老太爺還樂呵呵地對老夫人道：「別管他，他這是高興呢，這小子天生的將領。」

老夫人看了下首坐著的大老爺一眼，勉強忍住才沒有喝斥老太爺，只是那眼神實在是不善，似乎在說「你也不怕把牛皮吹破了」。

褚翌聽了老太爺的誇獎，臉上仍舊沒什麼表情，吃完飯就跟著大老爺一起告退。

「大哥，父親給我的人手不少，在莊子上也有些基礎，不過我今天看了，他們單打獨鬥還算有些本事，可若是在軍中，恐怕那點本事不夠人笑話的。我想請你教我如何訓練護衛，八哥說他的護衛當初也是你幫著訓練的。」

大老爺性子隨親娘，憨厚居多，他一向對褚翌有求必應，且因是兄弟，又多了一些對兒孫沒有的尊重，聽了褚翌的話笑道：「可以，難得你有事找我。走，咱們去外書房說話。」

兩兄弟一說就說到半夜，褚翌灌了幾杯濃茶，精神極好，打算趁著跟東蕃一戰，將自己的人手訓練出來。

告辭出來，他乾脆就住在自己外書房的榻上，卻是怎麼都睡不著了。白日裡，武英說的話又鑽到了腦子裡。

不想還好，越想越覺得子瑜肯定有事，且這事彷彿還跟隨安有關。

外間傳來武傑熟睡的呼吸聲，他卻一點睏意都沒有，對著空氣長呼一口氣，重新理順自己的思路。

隨安一直有想贖身的念頭，他是知道的，但看在她還算忠心且做事認真的分上，他也就睜一隻眼、閉一隻眼。

母親流露出讓她當通房的意思之前，他本沒想著收攏她，那是什麼時候，她走進他的心呢？是她對著外人說他能吃苦，有恆心的時候，還是她刻了小印送給他的時候？還是她在大庭廣眾之下，挨了板子之後，慷慨陳詞地維護他的名聲的時候？

他明明嫌棄得要命，為何一直放不下她？或許因為他覺得她勉強算得上自己的知己。且直到她不見了，他才漸漸地覺出她在自己心裡的重量。

所以他願意維護她的名聲，願意照顧褚秋水，可這一切都是建立在她不是主動離開褚府的基礎上。

若她是故意逃走的呢？

彷彿有人在用銼刀銼著自己的臉皮，他胸口起伏一下子大了起來。

幾個深呼吸之後，他才平靜下來。隨安不見之後，除了戶紙，其餘的東西幾乎都還在，這些年得的賞賜、首飾、月例銀子、衣裳……若是逃走，沒道理不帶這些東西走。

他一方面覺得隨安逃不逃都是小事，他就是再重視她，將東蕃趕出大梁，也算是給她報了仇；可另一方面，身為男人的尊嚴還有胸中莫名的情緒，都令他無法平平靜靜地看待這件事。若她果真被人擄走，他能原諒她，可若是她是自己逃跑的呢？以她的聰明，留下那些財物說不定正好能迷惑眾人……

越想越睡不著，也不睡了，乾脆起身。本想在院子裡打拳，可想著這是外院，若是自己真這樣，難免有人覺得自己剛得了護衛就沈不住氣，還不如出去跑馬，這時候城門應該也開了。

他一起身，武傑也迷迷糊糊地站了起來。

褚翌吩咐道：「你不用跟著，我出去一趟。」

武傑以為他要如廁，揉了揉眼睛，繼續睡了過去。

褚翌這一縱馬，等黎明來臨時，他已經跑到了上京城外百餘里遠的靈隱山寺外。渾厚的鐘聲帶著一點悠揚破開長夜，聞鐘聲，煩惱輕，褚翌輕舒一口氣，下了馬，把韁繩拿在手裡，一步一步來到山門，一人一馬順著青石鋪成的山路蜿蜒向上。

人間四月芳菲盡，山寺桃花始盛開。此時四月尚未過半，不過近日氣溫驟升，桃樹被催發，花已經開了不少，更有花苞無數，爭相待放。

一夜未眠，褚翌的精神卻極好。藉著純厚綿長、圓潤洪亮的鐘聲，他將馬拴在路旁的一棵柳樹上，自己放棄大道，循著小徑往桃林深處疾步走去。

此時天氣微涼，他卻出了一身汗，微風吹來帶了幾片粉色花瓣，落在他的肩頭。銀灰色的常服在桃樹下並不起眼，他便將衣袍撩起來紮到腰間，露出下頭的褲子，而後沿著小徑往山上疾行。這是昨晚大哥說的訓練體能的法子，人往上跑比在平地跑更累，也就是花同樣的時間更能讓身體得到鍛鍊。

跑著跑著，他漸漸遠離了主峰，所幸山中小路夯實，並不難走，很快就到了山上。山頂上有一塊巨大石峰，直上直下地屹立著，一眼竟望不到頂。這石峰倚靠著旁邊的山體，褚翌左右看看，竟沒發現有上去的路，此時的他精力充沛，心氣也提了上來，仰頭看著巨石，胸中油然升起一種攀登而上的衝動。

說做就做！

將常服後頭的衣襬也塞進腰裡，圍著巨石的三面尋找那些凹凸不平、有助於攀爬的地方，在碧色的晨光中深吸一口氣，往上攀去。

攀爬過程十分艱難，還要仔細尋找那些結實的凹陷或凸起之地，免得一腳踏空了摔下。若是尋常人，這時早就後悔了，可褚翌年輕氣盛，認準的事，九頭牛也拉不回來，只是他也不敢大意，免得摔死在深山無人知。

時間開始過得緩慢，他慢慢往上攀爬著，遠遠望去，跟巨石形成一色，幾乎沒法分辨。

不知過了半個時辰還是過了一個時辰，褚翌終於爬到山石上唯一一塊較為平坦的突出石塊上，再往上爬個三、兩公尺就能到上頭了。

他伸出袖子擦了擦額頭的汗水，只覺得太陽照在身上，暖洋洋的。站起身剛要繼續，就聽山頭突然傳來人聲。

「……回去後請節度使放心，陛下喜愛安逸，太子好高騖遠，不足懼也，他日節度使黃袍加身，定能成就一代英豪！某在這裡，先遙祝李大人心想事成！」

褚翌的手才貼到山石上，就聽到這麼勁爆的消息，大為愕然。

緊接著，另外一個渾厚的聲音道：「現在說這些為時過早，再說東蕃人也不是好相與的，我們大人送了他們五千石糧草，害得現在肅州的軍糧都不足了。」

頭先發話的人道：「這事你大可放心，我今日回去就向太子進言，皇上要調肅州軍去救栗州跟華州，自然也要把肅州軍的糧草先給補足了。」

渾厚的聲音道：「嗯，這是其一。其二若是肅州軍收復栗州，希望先生能替大人斡旋，讓李大人成了栗州、華州、肅州三州節度使。」

褚翌至此才敢確認，這兩人對話中的李大人該是現任肅州節度使李玄印，想不到他竟然生了二心，要背叛朝廷，且聽話裡的意思，竟是跟東蕃有勾結！

他如今手無寸鐵，而聽那渾厚的聲音，很明顯是身負內家硬功夫的練家子，這兩人肯定不會像他這樣費勁攀爬上來就為說幾句話，那就是從巨石傍山的另一側過來的，而且選擇這裡，八成是因為此處無人偷聽……

可惜天不從人願，他的一個突發奇想，竟然聽到這樣的秘聞。當務之急是趕緊回去跟父親商量，李玄印一面對朝廷生不臣之心，一面還跟朝廷索要好處，其行徑令人髮指。

上首的兩人顯然很有自信，他們繼續說話，有時候還帶出幾句對大梁武將的蔑視。

褚翌則屏氣斂息，小心地尋找下去的路。當然最好的法子是等這兩人談完滾蛋，他從上頭離開，可那人是高手，他所在之處又毫無遮蔽，不敢保證自己能夠不被人發現，還不如現在原路返回來得安全。

他這次心裡存了事情，而且這種攀爬下去並不比上去容易，反倒因為要避免發出動靜，不得不更加小心翼翼。

好不容易距離地面還有十來公尺，心裡一鬆，雙手用力攀住岩石，剛伸出腳要踩左邊的凸出石塊，突然聽到上頭一聲厲喝。「什麼人！」

巨峰頂上，一個魁梧的男人已經看到了他。

褚翌心中一慌，瞬間湧上心頭的竟然是委屈——他明明沒發出什麼聲音！

卻見那人反手拿箭，挽弓就向他射來。箭頭劃破空氣向著褚翌疾馳，他再抓著山石不放，活靶子馬上就變成死靶子了！

幸好距離地面不算太遠，他乾脆一咬牙，鬆開手往下頭跌去，只覺得頭頂帶風呼嘯著往下。這一空檔，那人又拔出一支箭，毫不猶豫地繼續向他射來，分明是要取他性命。

褚翌也顧不上委屈，眼睜睜看著那箭射過來，把即將掉落在地上的恐懼都忘了。

箭比他的速度還要快，箭頭也射進他的肩胛骨裡，砰的一聲，他仰面朝天，重重地跌在地上，疼痛瞬間從心口向四肢蔓延，遠遠看去就像他被人用箭釘在地上一樣。

他還沒有死，但死亡的陰影已經迫近——他聽到上頭傳來尖銳的哨音。

劇痛令他恨不能昏過去，可理智告訴他，這時候昏過去，要麼死，要麼生不如死。

肩頭那裡已經痛得麻了，他強忍著疼痛起身，本想拔出箭頭，可一動就椎心刺骨地疼。他怕痛暈在這裡被人抓住，只得撫著肩頭，往桃林深處來時的路上跑去。

其實跌下來的時候摔到了頭，此時他的視線已經有點模糊，只能儘量選擇平整的地方落腳，可仍舊是深一腳、淺一腳、用著幾乎要絆倒的架勢。

終於磕磕絆絆地到了主道上，看見自己的馬正在低頭吃草，褚翌早已大汗淋漓，強撐著一口氣跑過去，抖著手解開韁繩。

可惜他右肩受了傷，怎麼上馬都上不去，腦子也越來越暈。褚翌使勁咬了一下舌頭，牽著馬找了一塊大石頭，踩著石頭上馬，一夾馬腹往山下衝去。

馬背上的顛簸使得他疼痛加劇，只覺五臟六腑都要裂開，鮮血爭先恐後地往外湧；汗水流下來，流進眼睛裡，他顧不上眨眼，只模模糊糊地看著前方的路，同時儘量伏低身子。

終於到了山腳下，他嘴裡已經滿是鐵鏽味，大腦卻出奇地冷靜——因為根本轉不動了，只憑著本能，讓馬沿著官道往前跑。

第二十四章

富春的官道上，隨安正在學著駕馬車。

她仍舊做小子打扮，束胸用久了也有點習慣，莊子上生活很平靜，這日抄了半天書，只覺得全身關節都僵硬了，出來活動，正好看見莊頭家的老爺子趕馬車，她便厚著臉皮上前喊了一聲「爺爺」，支支吾吾地說也想學駕車。

老爺子性格樸實憨厚。「妳一個女娃娃，會識字、寫字就已經很了不起，怎麼還要學趕馬車？妳不怕馬？」

他說著話，馬在旁邊大大地噴了一口氣，似乎在嘲笑隨安不自量力。

「爺爺，您教教我，等我會趕車，我就能自己趕車回鄉把我爹接過來了。」

褚翌這會兒應該已奔赴邊關，王子瑜說過要幫她，只要她爹回到鄉下，那她現在悄悄回去一趟也沒什麼吧？父女倆在一塊兒，到時候對外交際由父親出面，他們總能夠生活下去的，不管是替人抄書也好，還是自己攢點錢，支應個小攤子賣早點也好。平平順順、沒有生命危險的日子才是她在這個世上要過的理想生活。

當然，那句話是怎麼說的？理想就像內褲，要有，但不要逢人就告訴說你有。

她好不容易磨著老爺子答應了，連忙回屋換了一身衣裳，又將頭髮紮了起來。

莊子上有五、六匹馬，因小順的交代，莊頭沒有猶豫就借了一匹溫順的母馬給隨安。

隨安便學著套車。

老爺子見她果然不怕馬，笑著指點她，本有心看她難為，沒想到隨安很有耐心，也不怕髒，該動手的地方只要他說，自己就上前做了，老爺子點點頭。「不錯，妳要是托生成男孩子，在莊子上不愁找不到媳婦。」古往今來男人沒本事，到哪裡都找不到老婆，莊子上更不例外。

隨安哈哈大笑，扶著車轅跳到馬車上，在空中輕輕甩了一下鞭子，得意地看了一下老爺子，而後雙手抱拳。「師傅，咱們走吧？」

老爺子在莊子外頭的官道旁選了塊空地讓隨安練習。「……趕車就是這樣，妳心裡先穩住，聲音也就跟著穩了，馬通人性，自然也就能跟著穩下來。其他的也沒什麼技巧，快駕、慢籲、轉彎，然後用手拉韁繩帶動馬頭，給牠左右向指示……行，不錯，就是這樣……」

隨安嘿嘿笑著，衝他擺手。「您忙去吧，我自己練練。」

老爺子見她像模像樣，便放了一半心，卻又殷切地囑咐道：「不要跑遠了，有事喊一聲。」

「欸！」隨安高聲應下，伸手摸了摸馬毛，輕輕地撫著，聽馬兒踢踏踢踏地在場地上走了起來。

練了半個時辰，眼看著金烏升到半空，她便跳下馬車，打算牽著馬回莊子。

穿過官道的時候，突然看見從南邊跑過來一匹棗紅馬。

定睛一看，才發現並非馬上無人，而是那人趴在馬背上，雙腳已經脫離了腳蹬，眼看著就要摔下馬來。

待看清馬上那人，她幾乎以為是自己的錯覺。

對褚翌的恐懼令她下意識躲在馬後，直到他從馬上滑下來，她才醒悟過來，連忙飛快地上前。

「九老爺！」隨安不假思索地喊道。

褚翌早已累得脫力，聽到隨安的聲音，嘴角翹了翹，勉強翹出一個類似微笑的弧度，最後的力氣頃刻洩盡，強撐著的那口氣一下子放鬆下來，手打在地上，眼看著那奔過來的人影似乎在說「咱們倆竟然在黃泉路上又相見了」。

在以往的歲月裡，他們兩人一個把對方當成喜怒無常、暴戾恣睢的主子，一個把對方當成奸猾狡詐、離心背德的奴才。

可是在最危急、最為關鍵的時刻，在他以為自己終於一死的那一刻，他給了她一個淺笑，她則跑過去，全然不顧地將他抱在懷裡。

隨安的後背一下子被冷汗打濕了，咬著牙想將他扶起來，可怎麼也搬不動。

看一眼旁邊不足五十公尺遠的莊子，她喘一口氣。「九老爺，我去叫人！」

剛要站起來，發現他拽著自己的衣裳，用勁力氣道：「不要……喊人，後頭有……」

隨安這才看到他肩上的箭頭，衣裳已經被鮮血浸濕，跟泥土混在一起，頭髮更是摻雜著血跟土，整個人簡直要撐起一部恐怖片。

隨安往身後看了看，沒發現追來的人，可既然褚翌都這樣說了，她也不敢大意，架著褚翌那隻完好的手臂先站了起來。

褚翌咬了下舌尖，強迫自己重新提起力氣，搖搖晃晃地扶住她的肩頭，試了幾次終於爬起來。

馬車離他們有十來步，可剛走了兩步，褚翌就挪不動了，重量幾乎全壓在隨安身上。

隨安一咬牙，蹲下身。

褚翌的手臂沒了著落，又見她一下子矮下身下，然後見她雙手圈住他的大腿，試圖抱他起來。

結果自然是抱不動。褚翌雖然瘦，可他個頭高䠷，肌肉不少。

隨安抱了三次，吃奶的勁使出來也沒抱動，卻聽見頭頂上方傳來一聲幾不可聞的嗤笑。

她仰起頭，卻見他瞇著眼，一副搖搖欲墜的樣子。

雖然嗓子裡全是血腥味，可褚翌還是忍不住罵了一句。「不自量力。」

只不過這罵聲極低，就像在嘴裡呢喃一般，也幸虧隨安沒聽見，要是聽見，非得把他就地扔了不可。

褚翌吃力地轉了轉頭，然後吩咐。「把馬車，拉過來。」

隨安「哦」了一聲，把他的馬牽過來，讓他拿著轡繩靠在馬腹上，然後擦了一把汗，小跑著把自己的馬車拉過來。

還沒到跟前，褚翌的馬就顛顛地跑過來了，一個勁兒地往馬車上的母馬身上湊。

褚翌覺得自己又要吐血了。

隨安一時沒反應過來，等明白之後，頓時無語。現在最怕的反而不是別的，而是這兩匹馬拋下他們私奔而去。好在母馬比較矜持，雖有些扭捏，但好歹讓她拉著走到褚翌身旁。

褚翌的公馬也跟了過來。是的，隨安很確定這是一匹公馬，且是一匹進入了發情期的公馬。

公馬噴了噴氣，又討好地低下頭，看樣子想吻母馬，母馬則害羞地偏了偏頭。

隨安的嘴抖了兩下。要不是時機不對，她真想問問褚翌眼睛疼不？反正她是立即垂下頭，努力保持不抖，將褚翌扶上了馬車。

褚翌躺在馬車上，眼睛一抬就能看見兩條甩來甩去，甩得歡快幸福的馬尾巴，乾脆閉上眼，來了個眼不見為淨。

隨安牽著馬車往莊子裡走，視線離開褚翌，才想起自己的情況不容樂觀。

這莊子可是王家的莊子，王家又是褚翌的外家，一個弄不好她就兩面不是人。

想到這裡，她頓時眼含羨慕地看了一眼褚翌的坐騎。

主子都蒙受危難了，還歡歡喜喜地勾搭異性，也沒讓主子暴跳如雷，這才是主子們的真愛吧！她這種雞肋，活兒不少做，稍微幹點壞事就遭主子惦記不忘……真是人比馬，氣死人。

正值中午，家家戶戶炊煙升起，虧得沒人在外頭走動，隨安這才順利將人拉回自己暫住的小院子裡。

隨安停住馬車，先將車轅擱在石桌上，然後解開套在馬身上的繩索，把兩匹馬綁到一棵樹上。

年輕無極限，在褚翌身上充分證明了這一句話。隨安把馬籠頭解下來的時候，他已經扶著馬車旁邊的橫木坐了起來。

隨安扶著他進屋。

褚翌打量了一下，明暗三間屋，中間南窗下擺了一張榻，另有幾件家具，看上去古樸整齊。

隨安扶著他往東邊走，東屋裡有一張小巧的拔步床。

讓他坐在床邊，她任勞任怨地幫他脫下鞋子。上衣已經沒法穿了，上頭還帶著箭。

「先給您請大夫還是送您回上京？」

她這樣問，就是想提醒褚翌，後頭有追兵，就不要質問她那些有的沒的了，抓緊時間辦正事要緊。

可惜不知褚翌壓根兒沒聽出來，還是聽出來了也不想回答，反而問道：「這是哪裡？」

隨安臉上閃過掙扎，轉身給他倒了一杯溫水。「這是我暫時落腳的一個莊子，剛才進來的時候沒發現官道上有人，這裡還算安全。」

褚翌垂眉，就著她的手默不作聲地喝了一杯水，濃長的睫毛蓋住幽深雙眸。

他已經聽出她話裡迴避的內容，可他現在就是那落難的鳳凰，若是強自追究起來，萬一隨安鬧得動靜大了，他雖然自忖能制住她，可讓他這樣一人再返回上京卻是不能了。馬跑出靈隱寺一個時辰後，他才發現跑到了相反的方向上，本應該往南跑進上京，現在一路往北，也不知道到什麼地方？若是當時返回，無異於自投羅網，所以他才縱馬繼續前行。

吞嚥的動作微微牽扯到肌肉，額頭的汗珠重新冒了出來，隨安口氣急了起來。「不行，您這樣就算回上京，也得先把箭頭拔出來。」她一激動，口氣就強硬起來。

褚翌反倒放了心。「我馬背上的褡連裡應該有傷藥，妳把東西拿過來，我自己取出來。」

箭頭上有倒鈎，不能硬拔，要把箭頭挖出來。

隨安又跑到外頭，公馬的樣子簡直不忍直視，她端了一盆水放在樹下，讓兩匹馬都喝點水，然後飛快地將馬背上的油布袋子取下，一溜煙地跑回屋裡。

幸虧這院子是她一個人住，當初特意跟莊頭要的，為的是抄書的時候沒人打擾，沒想到此時倒是便宜了她。

把褡連放下後，她看了看，從外頭搬了一張桌子過來，又將屋外頭的紅泥小爐抱進來，重新燒上熱水。

褚翌閉了閉眼，吩咐。「幫我把衣裳脫了。」他要集聚力氣以備待會兒挖出箭頭。

但那支箭頭穿透了衣裳。「直接剪開，扔掉。」

隨安猶豫了。「我這裡沒有您能穿的衣裳，還是我一會兒出去借一身？」

褚翌看她一眼。「外衣不能要了，那群人看見我的衣裳，說不定能認出我來。」

隨安不再心疼衣料，拿起剪子直接把箭頭那裡的衣裳剪開。「那我去燒掉吧？」這種泥血混合的衣裳，洗也不好洗。

褚翌點頭，她忙拿起來放到一邊，然後又在他裡衣肩頭那裡剪出一個大圓，把裡衣也脫了下來。

一邊忙活，一邊琢磨自己早先從上京帶出來的棉襖倒是極為寬大，就是不知道褚翌嫌不嫌？又覺得自己這是鹹吃蘿蔔淡操心，這都什麼時候了，還管嫌不嫌的問題。

隨安將馬褡連裡的東西都倒了出來，發現裡頭不僅有傷藥，還有一卷用油紙包著的桑皮線。

「妳知道這個？」褚翌見她看著桑皮線不錯眼，問道。

「嗯，聽說過，不過這還是頭一回見。」

桑皮線是不用拆線的，也就是說裡頭的肌肉也可以縫合。

想不到在這個異時空竟然也有桑皮線，可惜她不是專精醫科的學生，知道這個也不過是讚嘆一下古人思維之精妙。

爐子上的水咕嚕咕嚕燒開了，她連忙回神，拿了一只小銅盆過來，先仔細用開水燙了一遍，而後取了食鹽過來，把褚翌指出來要用的刀放在盆裡燙了好幾遍，然後又把自己僅有的兩塊布巾也燙過，放到乾淨的地方備用。

「您等等，我去借點燒酒。」用酒清理傷口能夠消毒殺菌，避免感染。

「回來！」褚翌沈聲喝道，見她停下腳步，方才閉了閉眼，左手持刀往右肩那裡劃下去。

隨安沒敢看，聽見悶哼一聲才睜開眼，見血又開始流出來了，心裡一慌。「這樣不行，要不我來？」

褚翌看她一眼，沒有說話，卻將手裡的刀扔進銅盆裡。

隨安嚥了一口口水，扶著他往床上躺好，而後一邊用開水快速地洗了手，一邊嘮叨。「用點燒酒更安全，這莊子上又沒有壞人……」

褚翌權當她的聲音是痲沸散，也不說話，睜著眼不知道在想什麼，直到她拿了一截木棍放到他嘴邊，示意他咬著。

「我不用。」

隨安雖然膽大，可這動刀子割活人還是新媳婦上花轎頭一回，不免緊張，聽到他接二連三的拒絕，心裡煩躁得不行，聲音裡帶了暴躁。「你咬著，免得發出聲影響我！」

褚翌冷冷地看她一眼，可惜他現在受傷嚴重，狼狽得像個病美人，是以隨安沒被他的冷意凍傷，只是拿著木棍，用最後的耐心道：「我已經洗乾淨了，不髒。」

心裡覺得他要是再不配合，乾脆就一棍子把他打暈再說。

褚翌沒聽見她的心聲，到底張開嘴咬住了棍子，只是神情更冷了。

隨安沒再看他的表情，而是專注看著他的傷口。歷經顛沛流離，她骨子裡的「渾不吝」露出頭，她深深吸了口氣，拿重新燙過的刀子沿著他剛才劃開的切口深入進去，她屏住呼吸，眼睛不敢眨一下，嘴唇更是緊緊抿著。

萬幸箭頭刺得不深，她撥開層層肉皮，終於看清楚那張開的八根倒鈎，倒抽一口氣，再不復之前的氣平手穩。

之前還在想他怎麼沒像電視上演的那些中箭之人一樣，帥氣俐落地把箭拔出來，原來這箭頭有倒鈎，要是硬拔，非得拔出一大片肉來不可。

中了這種箭，刺穿過去倒比現在這樣好，不過要是刺穿不成卻射進骨頭裡，那樣可就慘了，不死也得半殘。

他們不知道的是，那射箭的人本是百發百中、直射心臟，因為褚翌當時從高處往下墜落，中途有了偏差，這才救了自己的小命。

她瞇著眼、皺著眉，一邊剝肉取鈎，一邊胡思亂想，落在褚翌眼中，卻覺得她冷靜幹練，神情莊重。

終於，八根倒鈎都取了下來，最後的箭頭卻觸及骨頭，她眼中閃過不忍，開口道：「最後可能有點痛，你忍著點。」

箭頭像一支大號的鋼釘，釘在肩胛骨的邊緣，這不是刀子可以挖出來的，要用手拔。

再吸一口氣，她雙手握住箭身，垂直往上用力。

褚翌突然定在那裡，像斷了呼吸一樣，頃刻間力氣盡數散去，良久才軟了下來。

第二十五章

隨安鬆了口氣看了他一眼，重新洗手，給他上了止痛、止血的藥，然後拿起桑皮線，開始一針一線地縫合傷口。

縫完最後一針，她直接坐在了地上。

褚翌更是頭昏眼花。他受了重傷又兩日一夜未睡，一粒米也沒進，只喝了隨安倒的一杯水，這時強撐著才用舌頭把木棍頂出牙關，然後吐了出來。

隨安聽見動靜，喘著粗氣道歉。「忘了幫你拿出來了，你還好吧？」

褚翌看她一眼，沙啞著嗓子開口。「外頭有人叫門。」

隨安一下子從床上跳起來，像無頭蒼蠅一樣。「不是吧，我怎麼沒——」「聽見」兩字被她吞進肚子裡，她聽見了，確實有拍門的聲音。

她顧不得別的，連忙將手臉擦了擦，把外頭的衣裳脫了，房裡的東西一股腦兒地都收到床底下，又把帳子放下來，這才高聲叫著。「來了、來了，這就來了！」

薄薄的床帳自成一個空間，褚翌疲憊至極，耳朵卻清晰地傳來隨安說話的聲音。

「……是啊，剛睡著……對不住、對不住，是我忘了。哦，這馬？哈哈，這是我的馬啊，帥吧？我託小順幫我買的。想來想去，還是有匹馬好，對吧？不是有句話說讀萬卷書不如行萬里路，我打算這兩天就啟程，把我爹爹接過來。嗯嗯，到時候看看，他若是能教得了，就讓你們跟他識字……我？我可不行，先生可是個偉大的職業，我這樣的做不到誨人不倦，倒是能毀人不倦。哈哈，聽不懂沒關係，好了、好了，你也快回去吧，把馬牽好了。再來玩啊……」

隨安擦著冷汗關上院門回到屋裡，沒聽見任何動靜，心裡一緊，連忙奔過去，見褚翌睜著眼才重重地舒一口氣，擦了擦額頭又冒出的冷汗，解釋道：「是莊頭的小兒子過來。沒事，我已經打發走他了，那匹馬是我借來練習駕車的，忘了還回去，已經被他牽走了。」

說著就想起牽母馬的時候，公馬那黯然銷魂、泫然欲泣的表情，頓時覺得自己跟雷峰塔下，拉開白素貞手腕的法海和尚有得一拚。都是壞人姻緣的劊子手啊劊子手……

隨安說完，見褚翌仍舊不說話，連忙道：「這裡缺醫少藥的，雖然給您的傷口上了傷藥，但最好還是找專門的大夫看看吧，免得留下後遺症……」

褚翌看著她嘮嘮叨叨，幾乎要滔滔不絕、天長地久的架勢，心裡那股火再也憋不住，吃力地張嘴。「剛才妳回來的時候，是不是以為我死了？」妳是不是盼著我死？

隨安被他突如其來的一句話堵得心口一噎，立即升起怒氣。她怎麼會以為他死了？還不是擔心他出事！也抿著唇朝他猶帶了血跡的臉瞪去。

正月裡，兩個人分別的時候，他雖然也是精瘦，但是因著一直以來生活優渥，皮膚細嫩白淨，身上也帶著一股貴家子弟的優雅跟桀驁；然而時隔兩個月，現在的他雖然受了傷，卻更像個戰士，眼裡有不服輸的韌性。

隨安看著他白裡透著青的面孔，那點因他不客氣的問話而生出來的悶氣，也就煙消雲散。「您在想什麼呢？我這不是怕您發燒嗎？要是盼著您死，我幹麼辛辛苦苦地救人？」說到最後，話已經軟了下來。

褚翌心裡卻仍舊不爽。他見了她，見到這莊子，還有這頗為女性化的閨房，覺得處處詭異，簡直就是連聽到的秘聞都比不上的詭異。可他不能再多說了，起碼在他回到上京之前，不能把自己唯一的幫手給鬧得離了心。

可他心中還是委屈，還有怨氣──他擔驚受怕，給她求了平安符，又安撫她老爹，還仔細地收著她的東西，一想起她就默默祈禱蒼天一定要保佑她平安。結果呢，她果真平平安安，而且還過得很好！

這就像突然發現自己一直以來的扶貧對象是個土豪一樣！

他沒有當場怒髮衝冠已經算是涵養到家了。

他將怒火壓了又壓，實在壓不住，主要是看著她在眼前活蹦亂跳，恨不能起來先打她一頓，可終究還是理智壓住怒火。「我一天沒吃東西了。」

隨安忙道：「哦，是我疏忽了，我這就去做飯。」

麵條的香味漸漸傳了出來，她這才發現自己也是饑腸轆轆。

褚翌已經處於半昏迷狀態，一則是疼得，另一則是餓得。他正值發育期，又流了那麼多血，早就餓得不行了。

隨安先給他盛了幾筷子放到空碗裡，以便讓麵條快點散熱，然後輕聲喚他，見他睜開眼，就用小勺子先餵他湯水，然後餵麵條。

褚翌一連吃了三碗，吃完突然說了一句。「確實像子瑜說的，堪比春風樓的大廚。」

聽起來像誇讚服軟的一句話，落在隨安耳朵裡卻像捅了馬蜂窩，只覺得膽都裂了，好險沒有將碗直接蓋到他臉上。

她雙手捧著碗，努力讓自己的聲音聽起來不抖。「這是您餓得狠了，您快歇一歇，我把鍋刷洗一下。」

因為褚翌的一句話，兩大碗麵條進了肚子才讓她找回安全感，大腦終於肯思索接下來該怎麼辦？是殺人滅口還是送他歸西？

啪！她用手打了一下腦袋。別看她心裡想著滅口跟歸西，那都是沒用的念頭，當務之急是送他到安全的地方——對了，還不知道他到底得罪了誰，怎麼落到讓人追殺的地步？

他身上的事她沒搞懂，她身上的事亦不想讓他搞懂，這是怎樣的一團糟？

把事情分出輕重緩急來，她開始重新套車，馬身上也沾了些泥巴跟血跡。幸虧剛才沒讓莊頭的小兒子進來，否則他看見還不得大呼小叫。

從廚房找了幾塊糖，先放在手心裡餵了馬，然後便認命地開始洗馬。

自從母馬走了，棗紅馬的精神一直不好，像失戀了一樣。隨安看牠的可憐樣，心裡一酸，開始碎碎唸。「你放心吧，你有個好主子，以後想要什麼樣的美人他也能給你弄來，等他好了，我也會在他跟前替你說好話的。你是一條好馬，跑得快，把追兵都甩得沒影了……」

棗紅馬不理她，眼中似乎要流出淚來。

隨安嘆了一口氣。「我懂，我都懂！一見鍾情。偏又無緣。唉，可憐的馬……」

屋裡昏昏沈沈的褚翌聽她大放厥詞，氣得渾身發抖。等他好了，先宰了那匹只顧著發情的死馬，然後再把她拆了！

隨安出了一身汗，好歹把馬身洗乾淨了，還繼續叨叨。「這樣才對嘛，你洗得乾乾淨淨，也好勾搭女孩子不是？現在把你牽出去，包准她們眼前一亮，都不用你眼神勾搭，鐵定倒貼過來！」

「嗯，真是好馬！」連哄帶騙的，終於給馬安上了轡頭，又看了看車，琢磨著該怎麼擺弄？突然想起外頭有些草墊子，是春裡用來養苗的，現在已經無用，悄悄開了大門去抱了兩大捆回來。

又去廚房看了看，尋了兩只水囊跟一些蘿蔔鹹菜，又把幾碗麵生火烙成餅，一面做一面想著，小順快馬都要半天才能進京，她要是駕著馬車，就算一路上不迷路，怎麼也得一日一夜的工夫。所謂窮家富路，還是要在路上準備充足了才好。

至於王子瑜那裡，她好歹救的是他表兄，算是他的家裡人，心裡就不必感到愧疚了，頂多下次見面的時候跟他解釋一下。

這樣胡思亂想著，站到屋外，再想一想屋裡躺著的「刺頭兒」，這才是重中之重，是她打起精神要好好應對的，做了良久的心理建設，她才推開房門。

褚翌坐在桌子旁邊冷冷地看著她。

「您怎麼坐起來了？這時候就該先好好歇著。」

褚翌終於覺出哪裡不對勁來了。

兩個人這次相遇，她對他回話不再使用謙稱，而是直接自稱「我」。當然，她要是喜歡說「我」，他也不是多麼在意，是他發現她的話裡雖然依舊帶著謙卑，卻沒了諂媚，也就是說，她從心裡開始覺得不用「討好」他了！

這個褚隨安！吃了三碗麵，肚子裡熱呼呼的褚九老爺恨不能現在就將她按住打一頓出氣。

偏偏隨安沒看懂他的臉色，還伸手去摸他的額頭。「難道發燒了？」

褚翌使勁忍著，才沒把她的手打開，而是垂下睫毛，過了一會兒才慢慢地道：「我不能留在這裡，那些人遲早會找過來。」

「啊？現在就走嗎？」

「我有要事，要回上京。」他有了力氣，回話不再斷斷續續，口氣裡又帶著桀驁。

隨安氣結。這人就不會好好說話，他到底知不知道自己現在龍困淺灘啊！

褚翌看她一眼。「過來扶我。」

隨安慢吞吞地過去，將他的左手臂拉到自己肩上，然後右手去扶他的腰。

褚翌悶哼一聲。

「腰上也受傷了？」她一下子縮回手，去掀他的衣襬，然後重重地倒吸了一口氣。他的背上一片青紫，有的地方已經腫起來，看著就磣人。

「怎麼不早說?!」她沒了火氣，軟軟說了一句。

就這一句軟話，像是打開了他的內心，沒了那些隔閡，顯得略軟弱跟無奈，卻同時又讓他覺得親切。

隨安已經將他的裡衣脫下，也沒時間曖昧了，直接拿藥問他。「您後頭都青紫了，是用這種藥還是這種？」

褚翌伸手指了其中一瓶，隨安拔開塞子，倒出來是些液體，聞了聞，奇怪地問：「是紅花油嗎？裡有冰片的味道，搽上就行，還是要揉開？」

「不用。」

她不再說話，專心地給他搽藥，弄完之後顧不上擦汗。「還有哪裡受傷嗎？」

褚翌垂頭看著她，她的雙手扶在他的腰上，眼睛望著他，裡頭彷彿有盈盈的水光，像是帶著心疼的淚。

這一刻的她是真心實意的吧？

褚翌心裡有片刻酸軟，面上卻不顯露出來，只抿著唇搖了搖頭。

隨安直起身，用袖子擦了擦汗，從一邊的箱籠裡扒拉出逃跑穿著的土黃色棉衣。「先前不知道您背上也受了傷，這個雖然不好看，但裡頭的棉花是新的……」

「這是誰的？」褚翌問。

「我的，就穿了一回。」

褚翌便伸手先將右手穿到袖子裡，然後示意她幫忙穿左手。

隨安猛然間明白了他的意思，頓時面上飛紅一片。

褚翌勾了勾唇，心裡總算是好受一點。

隨安幫他把棉襖穿在身上，卻沒繫住扣子。主要是現在天氣比較熱，要是再給他捂得發燒，那就得不償失了。

「真的現在走嗎？要不我們晚上走？這莊子裡人不多，避著人的話應該不難。」當然再難也是她難，旁邊這位大爺是不知道什麼叫為難的。

褚翌轉身看了一下外頭的天色，隨安隨著他的目光看過去。嗯，好吧，天色已經有點發黑了。

她咬了咬牙，思忖片刻，然後拿定主意。「您稍等一下，我收拾收拾東西。」說完也不看他，徑直小跑到西屋，把寫的字紙都收拾起來，然後把小順送來的兩本孤本收起來，用自己的衣裳裹了，打包了一個小包袱。

又出來對褚翌講。「我跟莊頭說一聲，就說我去接父親，順便借一把砍刀使使。」

沒等褚翌反對，她快速地道：「我不會多說一個字的。」

褚翌便點頭，重新坐下，示意她趕緊去。

隨安出了院門就往後頭莊頭家的宅子走去，莊頭家正在吃晚飯，她把來意說了，莊頭臉上顯出為難。「妳一個小姑娘家家的，我明天有事，要不這樣吧，後日我跟妳去接妳爹？」

隨安連忙擺手。「不用、不用，王少爺找到我之前，我也是一個人來來往往的，這沒什麼可怕的。正好我回上京，去見見王少爺，到時候說不定留在上京也不一定呢！」

莊頭又問：「那什麼時候走？」

隨安撒了個小謊。「明天走吧，反正就這一、兩天。您別管了，我沒事，今天夜裡好好歇歇，回去就睡了。」

莊頭跟莊頭媳婦要送她，她急忙攔住，又拉起他們家小兒子的手。「讓壯壯送我吧！」

壯壯嘿嘿笑著，他正換牙，隨安把一小袋糖給他。「給了你，你可得少吃，兩天吃一塊才行；還有，姊姊有件事要請你幫忙。我買馬的事你先別說，其實我那是吹牛呢，一匹馬老貴了，把我賣了都買不起，那是小順從少爺那裡借來的……」

壯壯道：「我剛回來爹就讓我去給馬割草，剛想著說呢，嘿嘿……」

隨安摸了一下他的頭，笑著道：「等我將來賺了錢，真把馬買下來的時候你再說，你現在還是不要替我吹牛皮了。我不在的時候，你幫我看著點，別讓外頭的壞人進我的屋子，順走了東西。」

壯壯就道：「姊姊妳快去快回啊！」

隨安「嗯」了一聲，想了想道：「我要是一時回不來，就買些開蒙的書讓小順順路的時候捎過來。」王子瑜應該還會再去華州，到時候從富春走也算順路。

壯壯不樂意。「妳不能立即回來啊？」

隨安心虛地笑笑。「我也想啊，可我爹那裡什麼情況還不知道，萬一他給我找個後娘啥的……我看看到時候再說吧！」

壯壯很是替她憂傷地點了點頭，突然道：「隨安姊，妳下次回來，說不定我會不在家呢！順爺替主子少爺找小廝，說要跟著去華州，我爹想等主子爺來的時候帶我過去試試，要是行，我也能去華州那邊打蕃子啦！」

「你才多大？那兒太危險了！」隨安本來要讓他回去，一聽又停下腳步。「你娘也同意？」

「同意呀！再說打東蕃那是幹正事，我娘說好兒郎保家衛國，不能教東蕃人欺我們大梁無人！」

隨安汗顏。她一直對大梁沒什麼歸屬感，看待東蕃的入侵就像看歷史課本一樣，從未想過自己要不要去盡一分力？

第二十六章

隨安幾乎是深一腳、淺一腳地回了住處，好在東西都收拾得差不多了，放到馬車上就行。「雖然現在外頭沒人，可保險起見，您還是躺下，我給您蓋上床被子，要是發現有人，就把頭蒙起來，等出了莊就好了。」

褚翌見她魂不守舍，哼了一聲，任由她小心再小心地扶著自己躺倒。隨安拿自己的被子蓋在他身上，然後又蓋上兩個草墊子，把馬車的車篷支了起來。偽裝得差不多了，才悄悄地拉馬出門。

出了莊門，她往回看，見莊子裡燈火點點，處處透著安逸，然而這安逸之下，誰料到他們也有保家衛國的熱血？

夜色並不渾濁，漫天繁星照得大地清清楚楚，她輕輕喊了一聲「駕」，讓馬車小跑起來。

等走出了十來里路，她才回頭問褚翌。「您要不要坐起來？」

褚翌張了張嘴，卻發現自己出不了聲，他發起了高燒。

隨安伸手一摸他的額頭，被燙得差點滾下馬車，連忙停下將馬拴到路旁，然後把他從草墊子跟被子裡扒拉出來。

「九老爺！九老爺！」她小聲地喊著。

褚翌睜著眼看著她。
春末夏初的夜晚，涼風習習，入目是她滿臉的焦急。
隨安從馬腹上的褡連裡拿出水囊，倒了一杯，小心地餵他喝下，就這樣還灑了一半，她顧不得拿帕子，用袖子直接替他擦掉落在脖子裡的水。
「還有點濕，墊上帕子好了……您燒得厲害，要不咱們還是回去吧？莊子上雖然沒有大夫，可我去尋點蒲公英或者三七什麼的……」她話還沒說完，就被他攥住手。
「繼續趕路。」他的手滾燙，而她的冰涼。
他幾乎將她拉到懷裡，兩個人距離近到她都聞到他身上的藥味。「我睡一覺就好了，趕路吧！」說完就閉上眼。
隨安戰戰兢兢。她對於發燒的知識一知半解，只知道發燒是身體對抗病毒的保護機制，但一直發燒是肯定不行的，必須適當地降溫。
拿帕子重新沾濕水放到他額頭上，她一咬牙，解開韁繩繼續趕路，就是求醫問藥那也得找到有藥堂的城鎮才行。
左手拿著馬鞭，右手時不時地摸一摸他，指揮著馬兒小跑起來。
官道平坦，但也有少許的顛簸，過了一個時辰左右，他還沒有退燒，隨安覺得自己也要發燒了。翻出自己當日畫的輿圖，藉著星光勉強分辨方向，然後決定往東北走。那裡離富春最近，等天明趕到的時候說不定就能到達鎮上，這樣雖然繞點遠路，可給褚翌看了病之後再趕路也不遲。

褚翌高燒不退，她急躁擔憂之下倒是消滅不少趕夜路的恐懼，但是恐懼是不可避免的，在月亮落下後，她越來越著急，越來越擔心，她怕褚翌會死。

推測著應該過了子時，她從未如今夜這般渴望著黎明快快到來。

聽到叮叮咚咚的聲音，她還以為自己幻聽，結果四下張望，竟然在路旁小樹林的另一邊發現了一條小溪，馬兒這次自己停下，想來是渴了。

她按著老師傅教的，摸了摸馬脖子，果然摸到一手汗。「好馬兒，你出汗了，不能這麼喝水，得等你汗乾了才行。這次多虧你，要不是有你，我自己非得嚇死不可！等回了上京，我一定督促著九老爺給你找匹好母馬！」

棗紅馬嘶鳴一聲，隨安立即求饒。「好好好，不要別的馬，就要那一匹母馬，對吧？我記住了，絕對幫你實現願望！就算我一輩子單身，也要讓你有個老婆。」

不一會兒，馬身上的汗乾了，她將馬車停到一處空地，解開馬，把牠牽到水邊喝水，把轡繩拴在路旁的樹上，然後返身去照顧褚翌。

褚翌照舊無汗，臉色已經通紅，要是用冷水給他擦身子，汗更不容易發出來，這樣也不是辦法。跺了跺腳，她去樹林裡尋了兩塊石頭，又找了些乾樹枝，將帶著的銅盆裝滿水擱在石頭上，然後開始生火。

等銅盆裡的水燒溫了，她浸濕帕子給褚翌擦身體。

褚翌還在昏睡，呼出的氣燙人，他不能說話，她只好無話找話。「我這是為了救人，你可不能覺得我冒犯了你。還有啊，想讓我負責也不行！要是醫生救一個人就負責他的下半生，那也不用行醫了，整天光忙著娶老婆吧！」

擦完臉跟脖子，又解開他身上的棉襖，避開傷口幫他擦胸膛，嘴也沒閒著，繼續叨叨。「想想真是上輩子欠了你的，當初我是走投無路，可三年的做牛做馬也算報答得差不多了吧？為了你的名聲還挨了那些板子，沒想到竟然都出了上京，還能教我救你！你說老天這是在考驗我，還是看我不順眼在懲罰我啊？」

很快擦完胸膛，帕子也有些髒了，上面帶了些血，是原來傷口那裡流出來的。

她大喘一口氣，重新浸濕帕子，又換了一盆水燒上，繼續幫他擦。剛才還有點猶豫要不要給他擦腿，現在沒有一絲猶豫了。必須擦，連腳丫子也給他擦了！

不知道老天爺是不是被她善心感動，褚翌終於開始出汗，身上的溫度也慢慢降了下來。隨安累得直喘。「……這就是衝動的懲罰！」她要是不逃走——嗯，褚翌要是死在半路上，她也不一定有好結果。

收拾好東西繼續趕路，終於在啟明星亮起來的時候看見了城鎮的影子。天太早，藥堂還沒有開門，隨安站在門口，看著朦朧昏暗、空無一人的大街定了定神，然後使勁敲門。

顧不上留私房做後路，她把所有的銀子都拿了出來。「大夫，實在不好意思，我哥他受了很嚴重的傷……是去打獵，結果被老虎撓了一爪子，還摔了一跤……」

有銀子開路，大夫的神色總算緩了緩，出去把脈，看了看傷口，而後皺著眉頭道：「這是妳縫的？嗯，能縫成這樣不錯了。外傷是一回事，他這是受了內傷，五臟六腑都受損又累脫了力，確實不宜挪動。你們這是打哪裡來？」

隨安使勁一掐自己，轉過身，烏黑的眸子就盈滿了淚。「我家在上京，嬸娘給我哥說了個媳婦，他不樂意，心裡煩躁才跑出來的，誰知就遇上了這事。要不是我出來找他，他就要在山林裡餵狼了……求大夫給他開點藥吧，他夜裡發燒，我都要嚇死了……要是我哥有個好歹，我也活不成了……」

「行了、行了，他還年輕，這又不是要命的病，我先開些固本培元、養血安神的藥，妳煎好給他服下。」

隨安神色窘迫。「那個……能不能用用您的地方？」

大夫皺眉。「他這樣子必定要好好休息，最好躺在床上養上半個月，否則落下病根，以後年紀大了還要受罪。」

隨安想著褚翌堅持要回京的話，神色更窘，只得厚著臉皮撒謊。「我們出來的時候就帶了一匹馬，這車還是之後買的……借用您的地方先讓他服一次藥就好，您給我方子，等回京我再抓其他的藥。實在是……不知道該怎麼跟您說，家裡人都是看熱鬧不嫌事多的，要是知道我哥犯了這麼大的事，說不定又編排些什麼，我們早點回去，悄悄地進門就好了……」

大夫看了看高頭大馬的棗紅馬，再看看明顯不匹配的破落馬車，還有那馬車上露出來的紅綾被子，勉強相信了隨安的說辭，點了點頭。「妳把馬車先趕到後院，等餵了藥再行上路吧！這兒離上京不算遠，今天要是不耽誤應該能到。」

隨安千恩萬謝，聽那大夫喊了自己徒弟起來，拉著馬車從一旁的大門進了院子。她摸了摸褚翌的額頭，見他不發熱了，如釋重負，小聲喊了他兩聲，他仍舊在昏睡。

再回到藥堂裡，看著那藥堂學徒抓好藥，在院子裡尋了個避風的地方煎藥。

只是餵藥比較麻煩，她揪著褚翌的耳朵喊他，褚翌努力睜開眼，面白如紙，嘴唇失去血色，隨安連忙鬆開拉著他耳朵的手，低聲道：「您喝了藥再睡。」

她摸著藥碗還有些燙手，但也顧不得再放涼了，用勺子舀了，吹一吹餵到他嘴裡。

褚翌的眼神還有些迷糊，被她接二連三地灌了幾勺子，再看一眼她手裡比頭還大的碗，吃力地道：「妳扶我起來，我坐著喝。」

隨安低聲道：「您夜裡發燒，我怕得厲害，好不容易尋了個鎮子……」見褚翌的眉頭又皺，連忙道：「那大夫說喝完藥咱們就上路的話，今天定能到達上京，不過您要好好躺著，不能再挪動了。」

他盯著她，突然說了一句。「我昨天見到妳的時候，還以為我們兩個都死了呢！」

隨安的嘴動了動，想笑著說句玩笑話，卻怎麼也說不出來，只覺得心裡慌慌的。「快喝藥，大夫說您的傷不要緊，好好養上半個月就好了。」

褚翌眨了下眼，這次沒再說別的，由著她將一大碗藥都餵了下去。

隨安直起腰的時候，只覺得腰眼一麻，頓時天旋地轉、眼冒金星，不受控制地摔向褚翌。

褚翌用沒有受傷的左手將她抱在懷裡，只是這樣一來，兩個人成了女上男下，嘴對嘴的樣子。

褚翌的唇上還殘留著濃濃的草藥味。

天色大白，院子裡仍舊靜悄悄的，藥堂裡傳來卸開窗板的聲音。

隨安心跳如雷，萬分尷尬，勉強笑道：「對不起，是我剛才沒站穩。」說著就要起身，卻被褚翌一下子重新壓回了懷裡。她臉上的笑幾乎堅持不住，不由自主地朝他望去。

褚翌卻在這時又鬆開了手，隨安臉紅手抖，根本不敢看他的眼睛，慌忙地爬下馬車。

這之後，她又熬了濃濃的一大碗藥，把其中一個水囊倒空了，把藥灌了進去。那大夫吃過早飯出來看見，暗自點了點頭。見隨安小小年紀忙裡忙外，多了幾分佩服，倒把她那些說辭都信了大半。

等隨安還了爐子跟藥罐，鄭重朝他謝過，他笑了笑道：「你們兄妹倆也不容易，看病的診金妳給得多了，這些妳拿回去，路上買點吃的吧！」

隨安感動得不行，跪下結結實實地給他磕了一個頭。

為了讓大夫看病，她把身上所有的錢都拿了出來。說是不計後果也好，一時衝動也好，但她當時做的時候只怕人家嫌少不收，從沒想過自己這是給多了。現在大夫還回一塊碎銀子，於她來說無異於是意外之喜，還是帶著濃濃人情味的意外之喜。

大夫又道：「白天熱得很，他再穿棉襖就不好了，妳最好給他換身衣裳；路上或許還會發燒，要注意幫他降溫，妳先前用溫水給他降溫的法子就不錯。」

隨安恭敬地應下，告辭之後，牽著馬在鎮上尋了一間當鋪。

進門之前，她悄聲問褚翌。「咱們這樣大搖大擺地進京城沒事吧？」

褚翌睜開眼，她清澈的眼底分明寫著「你到底犯了什麼事」八個大字。他現在已經不想跟她置氣了，可也不想這麼簡單地滿足她的好奇心，淡淡道：「不一定。」

隨安在心裡撇了撇嘴。都這個時候還裝！

當鋪死當的東西是可以直接拿出來賣的；活當的，過了約定的日期也會拿出來賣。死當拿的錢多，一般人比較珍惜的東西才會活當。

隨安手裡捏著銀子，先看了死當的衣裳，有幾件沒有洗過，上頭的油污都滿了，價錢當然也不高；可褚翌現在受著傷，這些髒衣裳上頭還不知道帶了什麼病毒、細菌的。

「我再看看活當到期的衣裳。」

那小二笑了。「客官，咱們這裡活當的男裝不多，倒是前兒才出來一件女裝，這時候穿是正好的，掌櫃的還讓人洗了，現在就晾在外頭……您是今兒頭一個進店的，若是買下它，就按當初活當的錢給八錢銀子就行了。」

隨安剛要拒絕，突然靈機一動。褚翌說「不一定」，那就極有可能有人在上京對他不利。上京那麼大，要想找一個從外頭回來的人，最好的辦法就是等在城門口，然後來個甕中捉鱉，到時候，她作為跟褚翌同一條繩子上的螞蚱，自然也沒什麼好下場，沒準兒還沒到城門口就被人「喀嚓」了。

自從隨安離開馬車，褚翌就睜開眼，沒想到她很快又回來，手裡還抱著一個包袱，臉上笑得跟保媒成功的媒婆一樣。

隨安心情甚好。「您餓不餓？給您買幾個包子吃好嗎？」她雖然帶了餅，但這會兒特別想對自己好一點。

褚翌才灌了一大碗藥，胃裡並不舒服，微微搖頭。那大夫給的銀子在當鋪用了之後，還剩下一百個大錢，隨安便買了兩顆包子，把其中一顆包在油紙裡，另一顆咬在嘴裡，然後駕著車離開鎮子，繼續上了官道。

過了不久，褚翌藥性上來，又昏昏沈沈地睡了過去。隨安指揮著棗紅馬沿著官道一陣小跑，心裡卻在打壞主意——該怎麼說服褚翌穿上那身女裝呢？

別看他現在受傷，她要是用強，恐怕還抵不過他哩！

天氣果然如那大夫所說越來越熱，還沒到中午，她身上、臉上已經出了一層汗，再回頭看褚翌，果然臉色又不好了，她連忙拉住馬車。白天比夜裡的時候多了經驗，她先把棗紅馬解下來，拴到路旁讓牠吃草，然後去摸褚翌的額頭。

褚翌的臉通紅，卻沒汗，再摸他身上也是一樣，暗道一聲不好。她連忙四下張望，沒發現水源，只得把車轅上的小水罐拿下來；這裡也沒乾柴，便又從車上拽下一張大草墊子，照舊把水倒進銅盆燒熱。

褚翌渾身是汗地從夢中醒來，然後，整個人就不好了。

他過了五歲，不，四歲就不讓外人摸，自己也鮮少摸的那個寶貝，現在正被人擦洗著，還不是精心擦拭，是從上往下用力的那種擦洗！是那種毫不在乎的擦洗！

隨安不知他醒了，還在碎碎唸。「多長時間沒剪指甲了，也不怕撞斷了……」她已經擦到腳底板那裡，直到她擦完從馬車裡退出去，都沒發現褚翌醒了。

不過她退得正是時候，褚翌本來打算將她踹下去的。

可沒一會兒，她又回來了，手裡的帕子重新洗過，擰得半乾。由於是從馬車後頭進來的，她直接掀開他的棉襖，從脖子那裡開始擦。

溫熱的帕子擦過他胸前的兩點，眼看著就要繼續往下……

他一下子抓住她的手。

他的左手抓住她的右手，她的左手便落了空，又因為受驚，所以一下子按在了男人最重要的地方。

在這之前，隨安目光清正，她就是在照顧病人，就像醫生眼中病患無性別之分一樣，可褚翌用譴責的目光看著她，她又按到了不該按的地方，現在手底下還一團暖軟……

第二十七章

隨安的臉上頓時升起騰騰熱氣，有種被病患控告性騷擾的愧疚感。

她幾乎是心急火燎地掙脫了褚翌的手，跑出了馬車。

高門大戶裡的丫鬟，尤其是貼身丫鬟，即便沒有通房之名，把主子爺們伺候到床上去的多的是，主要是貼身伺候什麼的實在太容易發生曖昧了，不說別的，就是每天的沐浴更衣，總不能閉著眼睛給主子脫衣裳吧？搓背洗私處不都是尋常？

隨安雖然沒做過貼身丫鬟的活，可沒吃過豬肉也見過豬跑，但她明明是好心，卻被褚翌連番嫌棄了呢！

救死扶傷，她明明立場很正經，既然不是她的不對，那就是褚翌的不對！

想明白這一點，她頓時變得理直氣壯，走到馬車前，對褚翌道：「您還發著燒，大夫說用溫水降溫的法子不錯……」

褚翌生氣，不是因為她幫他擦拭，而是因為他覺得她那擦拭太……怎麼說呢，太雲淡風輕，太冷酷無情了！簡直就是大禹三過家門而不入的冷酷無情！

她怎麼能那樣對他！

他越想越生氣，所以在隨安說話的時候，不留情面地打斷了她的話。「扶我起來！」

隨安被他一噎，沒來得及生氣，先阻攔道：「您剛出了汗，還是好好躺著得好……」

褚翌想更衣，但拗勁上來，不想跟她解釋，她不來扶，他就自己起來。

隨安睜大了眼睛，覺得自己耳朵都氣疼了。這人就不知道好歹！雖然心裡這樣想，卻仍舊伸出手扶住他，還體貼地給他穿好鞋，將他扶出馬車。

褚翌一下車還有點暈眩，不過站了一會兒就好了。看見地上石頭搭成的簡易爐灶跟銅盆，沒說什麼，徑直往不遠處的一棵三人都合圍不起來的大樹走去。

隨安跟過去，直到褚翌站定，單手扯開褲帶，她才驚呼一聲，轉身就跑。

褚翌覺得自己總算報了一摸之仇，暫時收回了一點本金，那利息要等以後了。

隨安抬起自己左手看了看，剛才那種觸感彷彿還留在手上，慌忙往身上快速擦了兩下，然後，有一種被蛇盯上的感覺。

她驀地回頭，只見褚翌一手提著褲腰帶，正冷冷看著自己。「過來幫我！」

她正氣凜然地走過去，目不斜視地幫他繫好腰帶，在這個過程中甚至沒有喘一口氣，直到褚翌抬步往前走，才慢慢開始呼吸。

褚翌站在她臨時搭建的簡易爐灶旁，眼光目視她。「洗洗妳的臉。」

隨安不明所以，但看他神情十分不善，她不敢反抗，「哦」了一聲，乖乖將臉上的黃粉洗去，露出一張乾淨白皙的俏臉。

褚翌一直皺著眉，顯得極為忍耐，就是她洗完臉，也沒見他多麼高興，而是繼續冷聲道：「站到那邊那塊石頭上。」

見隨安張嘴要反抗，他立即道：「快點。」

「做什麼啊？」她低頭喃喃著，心裡雖然不情願，卻仍舊依言站到了石頭上。
石頭不小，這樣一來，她就高出了褚翌半個頭。
褚翌站到她面前。「低頭。」
見她睜圓了眼睛，一臉懵懂，他不再跟她廢話，伸手扣住她的後腦勺往下。
兩個人嘴巴撞在了一起。
別看她是穿越來的，但在親嘴這事上，尚屬新手，換言之，完全無感。
褚翌卻在華州的花樓裡見過。
打退了東蕃的新一輪進攻之後，守城的兵將歡呼著跑下城牆，手裡有幾個錢的就惦記著往花樓去。
褚琮自然是不差錢的，一些跟他相熟的起鬨讓他請客，褚翌那時故意避開到一邊，等褚琮他們都走了，他才慢吞吞地跟上。
他自小被老夫人精心教養，花樓這等地方一踏足便如入了污池，自是不會進入；然而人都有好奇心，卻不妨礙他找了個相鄰的酒樓，將花樓裡的一幕幕看了個分明。
滿頭珠翠、花枝招展的妓女，嘴對嘴將酒餵給恩客，而那些男人的手早已伸進了女人的衣裳裡……
更見花樓二樓房裡，有人敞著窗戶，就坐在窗邊行那等事。
那時候他眼裡見了，心裡卻只有厭惡，對那事也不喜起來，沒想到隨安早上趴到他身上，唇貼唇的時候，他的心竟然熱了一下。

當然，她那時候沒洗臉，髒得跟隻花貓一樣，他看著眼疼，現在洗乾淨了臉，再親就順眼多了。

這事就跟點心掉到地上，撿起來總要吹一吹再吃一樣。

貼上她的唇之後，他並沒有亂動；身上的溫度在下降，但是嘴唇仍然灼燙如火，她的唇倒是柔軟又冰涼，什麼怪味也沒有。

確定了她裡裡外外都很乾淨之後，他微微張開嘴，伸出舌頭去頂她的牙關。

隨安已經回神，張嘴就要說「我好幾天都沒有刷牙漱口」，褚翌這時已經能掌握她的思緒，趕在她開口之前低聲喝道：「妳閉嘴！」說完趁其不備，用牙齒咬住了她的舌頭。

他雖然生病發燒，力氣卻仍是隨安的數倍，牢牢將她按住，手指貼著她的軟髮，想起老人們說的，頭髮軟的人心腸也軟。他不覺得她哪裡心腸軟了，只知道她慣會給人插刀子，尤其是插他，知道他愛乾淨，便整日不是說自己沒洗澡，就是說自己沒刷牙。

他心底忽冷忽熱地胡思亂想，身體的反應卻格外誠實。

隨安很快就感覺褚翌下面的小火箭隔著衣裳頂到了她的腿上，她的心撲通撲通亂跳個不停，全身血液跟沸騰了似的，顧不得別的，她雙手齊發一把將他推開，自己則往後倒去，一下子摔在了草地上。

褚翌則捂著右肩，嘴唇紅豔，上頭猶自帶了晶瑩的涎液。

勝負已分，他也就不再計較她的冒犯，往前兩步伸手拉她。

隨安心還亂跳，對他伸過來的手視而不見。從前她是不敢這麼幹的，但現在，呵！

她抓下馬車上的包袱就往回走。

褚翌都做了初一，也不在乎多做初二，伸手將她拽住。「妳做什麼去？」

「這裡離上京已經不遠，我已經不是九老爺的奴婢了，送九老爺到這裡也算全了咱們主僕情分……」

褚翌冷笑。他能做初二就算是大發善心，想讓他做初三那是沒門。「說妳不知天高地厚，妳果然如此，難道不知道一日為奴、終生為奴的道理？就算脫了籍，也仍舊是我的奴才！奴背主，可是死罪。」

隨安氣急敗壞，頭上冒煙，伸手去拍打他的胳膊。「你放手！以為我沒看過大梁律嗎？」

「律法大不過人情，大梁律還規定官員不許行賄、受賄呢！妳見著幾個清官？」他把她的拉扯當成是小打小鬧，不為所動地要無賴。

隨安氣結，簡直筆墨難以描述，直接抬腳去踹他。

「跟著我有什麼不好？我是打妳還是罵妳或者虐待妳了？」褚翌單手將她雙手扣住，氣也上來。該死的婆娘果真是不打不行。

「跟著你有什麼好？做牛做馬、挨揍，我都經歷過了，你還要我給你當通房，叫我喝避子湯那種虎狼之藥！你們男人怎麼不喝！你看看老太爺的通房，哪一個有好下場？有的才三十不到就跟五、六十的老嫗一樣！還有大老爺、七老爺家裡的通房，哪一個落了好的？」

反正已經撕破臉，她乾脆想到哪裡說哪裡，放開聲音大聲嚷嚷起來。

褚翌氣得發抖。「我什麼時候給妳喝過避子湯！」

隨安知他還是個童男子，便口不擇言地糊弄道：「你都親我了，親了我我就有可能懷孕，就要喝避子湯！」張牙舞爪地扠腰做茶壺狀。

褚翌聞言哭笑不得。腰下的東西為何被叫子孫根，那是因為只有那樣了才會生孩子吧！他懷疑地看著隨安，半晌突然冷冷地道：「既然要喝，那先多親幾次！」說著就低下頭作勢咬她的嘴唇。

隨安「呸」他，可惜忘了地心引力，她是仰著臉的，嘴裡的唾沫沒噴到褚翌，倒是都落在了她自己的臉上。

結果就是褚翌沒得逞，她也沒落著什麼好。

褚翌的唇角挑起一個隨安極為熟悉的諷刺的笑，擱在以往，那對她來說就是清風拂面，可今兒她心情不好得很，長久以來的奴性也壓抑不了她的壞心情，於是使勁往他小腿上踹去——以女生打架撕破臉的力道。

褚翌只輕輕往後一退就卸了七分勁。相處這麼久，他當然知道如何讓她害怕，面容不免冷淡下來。「妳鬧夠了沒有！」伸手去抓她。

隨安將包袱抱到身前，這次不「呸」了。「我才沒跟你鬧，是你發神經！」說完就往北跑，反正褚翌急著回京，她等他走了，再去鎮子上坐車行的車去接父親就行。

褚翌長手長腳，在她轉身跑的時候便撲了過去，結果一個被壓在身下，一個牽動傷口，齊聲悶哼。

褚翌緩過口氣。「妳就不能消停點？」

隨安被兩人的天然差距氣得柳眉倒豎。「是你不消停，還……哼！」

褚翌左手壓在她胸前。怎麼摸上去扁平一片？他不理她的話，又摸了一遍。「咦，妳這裡怎麼這麼平？」以前總還有個小籠包的，現在直接只剩下籠布了。

隨安火冒三丈。「你走開！」

褚翌單手完敗她，陰惻惻地笑道：「信不信我在這裡要了妳？」

隨安又想呸他，可惜現在形勢依舊不利於自己，使勁壓抑下去，竭力用「冷靜」實則「走調」的聲音道：「我現在是良籍，你若敢用強，我就去官府告你！」

褚翌更是嗤笑，眼神冷冷地看她。

她雖然沒哭，眼睛周遭卻變成粉紅色，面頰也由白皙變成淡粉。果然是一白遮三醜，洗乾淨下嘴還不算難，好吧，親起來也還可口。

他想不通那些男人們怎麼就喜歡花樓那些迎來送往的女子，一個親了另一個親，不嫌吃到先前那男人的口水嗎？

隨安不知道褚翌心猿意馬，看他蹙眉冷眼，還以為他在琢磨什麼折磨她的法子，心底頓時驚風駭浪。據王子瑜所說，她爹還在上京褚家呢，褚翌可不是個不會遷怒的人，她跑了，褚秋水沒跑……

這麼一想，先前好不容易集聚的氣勢頓時一瀉千里。

可，就這樣示弱，然後走回以前的老路？那她辛苦跑一趟豈不是成了笑話？她那些理想、夢想都成了荒誕可笑的夢。

她撇了撇嘴，歪過頭。「你不是急著回京？我可以送你回去，也可以掩護你進城，但我已經脫籍，不是你家奴婢，你不能再糾纏。」

褚翌見她服軟，待要乘勝追擊，想著自己處境不妙，目前跟她硬拚那是兩敗俱傷，還不如等回到家中再「炮製」她。

他翻身，支使她。「拉我起來。」

隨安將他拉起來，臉拉得老長，褚翌心中也不舒服。「妳背主逃跑的事我可以不追究。」反正他早先放出風聲說把她挪莊子上了，要是對外宣揚她背主，無異於自搧耳光。「但以後妳好好待在府裡，妳的終身我自有安排，不會委屈妳的。」

隨安對這個條件不滿，強調道：「反正我不做姨娘，也不做通房。」

褚翌看著她冷淡無情的神色，只覺得心裡憋悶，幾乎喘不過氣，恨不能上前掐死她先解了自己的悶氣再說。

他漆黑的眸子裡烏雲翻滾，轉身就往馬車走去。

隨安遲疑一下，到底還是跟了上去。

褚翌坐在車板上。「妳給我買的衣裳呢？」他總不能穿這身土黃色棉襖回上京。

隨安剛才一怒，倒是把這事給忘了，現在記憶回籠，面上血色瞬間通紅。「在包袱裡。」

包袱裡是一件淺藍色底繡了白玉蘭花的曳地長裙。

「……上京有危險，我又只有那一點銀子……那小二還另外搭了一頂皂紗帽子……」她不知道他到底出了什麼事，也就無從說服他，越說越心虛，最後聲音完全低了下去。

褚翌喘了好幾口粗氣，才把跳得歡快的眼皮給壓制住。他覺得自己已經夠隱忍、夠寬容大氣了，偏偏她每次總能再替他刷出個新高度。

隨安見他沒有動手的傾向，膽子漸漸回來。「記得老夫人有家藥堂就開在柳樹街口，咱們從北門進，到時候就裝作……」把自己想到的主意說了一遍。

半晌，褚翌悶道：「幫我換衣裳。」

隨安心裡歡呼一聲，面上絲毫不敢洩漏情緒。

在換衣裳的過程中，褚翌一直盯著她。

謝天謝地，雖然情緒已經處在爆發邊緣，但理智還在，他聽了她的話，覺得勉強有點道理，可就算這樣，理智跟發瘋兩種極為矛盾的感情也在他臉上交織變幻個不停。

隨安沒敢耽誤時間，又幫他簡單梳了梳頭髮，最後戴上紗帽。

這樣的褚翌看起來就像個個頭高眺的冷美人了。雖然渾身上下連一點飾物也沒用，但他雙手白皙細長，如同最好的白玉，唇色豔麗，在紗帽下若隱若現，又因為身帶重傷，頗有幾分弱不禁風的病態，要是忽略他的陰寒眼神，還是很能入眼，令人一看再看的。

隨安垂著頭，在心裡小聲嘀咕。眉毛還有些濃……但她絕對絕對不敢動他的眉毛。

剩下的路程，兩人再無交流。

褚翌改躺為坐，因發燒跟遭「調戲」而跑掉的思緒也漸漸回籠。

他說上京不一定沒有危險，並不是危言聳聽。聽那兩人話裡意思，一個在李玄印身邊，另一個在太子身邊，就算不是太子的屬官，也是太子身邊的近臣。

皇帝只是喜歡安逸，而太子原本就腦殘，褚翌一想到連同自己在內的整個褚家，要為這樣的昏君賣命，就直犯噁心。

他心裡惡意不斷，不如誰都不說，任憑李玄印稱王，太子臉上就好看了。這種大逆不道的想法一度占了上風。

乃至於隨安告訴他「前頭就是城門了」時，他竟然「哼」了一聲。

對於這種鼻子不是鼻子、眼不是眼的回答，隨安只敢在心裡回一聲「哼」。

褚翌「哼」完回神，見她面露踟躕，諷刺道：「怎麼，近鄉情怯嗎？」

第二十八章

上京褚家，昨天一大早起來不見褚翌人影，把老夫人急壞了，好在現在家裡有老太爺坐鎮，打發了好幾批人悄悄出去找人，最後查出褚翌天不亮就出了城，但去了哪裡卻不知道。

老太爺一面打發人守著四個城門，一面讓人沿著褚翌出城的門口一路往北尋去。

要不是隨安因為褚翌發燒，夜裡回京的時候繞了遠路去尋醫找藥，估計這會兒兩方人就遇上了。

前天夜裡當值的武傑因為怠忽職守，挨了十板子軍棍，趴在床上起不來，武英便戴罪立功，守在外城北門。

隨安則早早跳下馬車，牽著馬排在進城的人流身後。

不知道是不是因為心裡有事，她總覺得今日城門排查得特別嚴。

後頭不知哪家官宦家的家眷也在馬車裡抱怨，有個小丫鬟掀開車簾俏聲喊車伕的名字。

「少奶奶不舒服，就不能讓咱們先進去嗎？」

隨安撇撇嘴。要是這樣，她這裡還有個受傷的呢！

那馬車伕向她看過來，她連忙做出一副焦急又傷心的樣子，拱手道：「還請見諒，若在平時我們讓一讓也沒什麼，只是我大嫂懷孕有些不大好，急著要進城給大夫看……」

那車伕顯然沒什麼主見，聽見她這麼說，便又看向車窗，過了一會兒，先前那丫鬟便不耐煩地說道：「好了、好了，讓你們先進。」

隨安連忙點頭哈腰地道謝，謝完又連忙牽著馬車往前挪了挪，感覺到褚翌看她的目光又變冷了，即便隔著紗帽，那冷氣都擋不住。

這個京城，她丁點兒回來的興趣都沒有！

不光是因為上京物貴，居大不易，還因京中貴人太多，就如那俗語所說：「天上掉塊磚，都能砸著兩個三品官。」她就算脫了籍，也是個無權無勢的無名小卒，避禍都來不及，何況主動惹事。

隨安想了想，把馬身上的馬褡連抽了下來，放進車廂裡，故意大聲道：「嫂嫂，這裡還有些麵餅，妳餓了就吃點，千萬別餓著我的小姪子。」

又等了一刻鐘左右，這才輪到隨安的馬車。

「車裡什麼人？下來檢查！」門將扶著腰刀上前。

隨安連忙開口。「這位軍爺，馬車裡是我嫂子，她懷了身孕，有些不好，我們鄉下的大夫說看不了，讓我們套車進城讓城裡的大夫看看。」

那守城的用刀撥開車簾，只見裡頭影影綽綽坐了一個戴著紗帽的婦人，又看了看車底板，見無異狀，揮手讓他們進城。

隨安鬆了一口氣，臉上還沒敢露出輕鬆的笑容，就聽一個熟悉的聲音遲疑地道：「隨安姊？」

隨安穿了小子服飾，聲音沙啞，但再怎麼改變也只能糊弄一下陌生人，對於朝夕相處的武英來說，還是一眼就認了出來。

事實上，她的打扮還算成功，武英一度覺得自己魔障了，可等她看了過來，他就確定自己沒認錯人。

隨安被他這一聲嚇得炸毛。

也不知道武英哪裡來的魅力，他一聲叫喚，竟然有好幾個人向她這邊看了過來。對危險的敏銳讓隨安一下子緊張起來，急中生智地笑著上前拉住武英的胳膊。「英弟，你果然來接我們了！九老爺臨走的時候說你會在城門口等著我們。」

武英一聽有褚翌的消息，驚叫出聲。「妳見過九老爺？」

「他就是看我們去了，不過只在莊子上待了一個時辰，就直接動身去了華州，說他厭煩了侍衛跟著，要自己走這一遭。」

武英張大了嘴，隨安沒等他說話，直接跺腳道：「哎喲，我不能跟你多說，我嫂嫂剛查出懷孕，這幾日落紅不止，我這是進京來求醫的。老夫人名下有間藥堂吧？我依稀記得在哪裡，你先帶我過去，稍後我就進府給老夫人請安……」

她滔滔不絕地說著，終於感覺到壓在自己身上的目光漸漸轉移開來。

武英被她推得哀哀叫。「九老爺出門也不打聲招呼，害得武傑挨了十板子，那可是軍棍啊！」

隨安坐在馬車裡，拍拍馬車邊緣讓武英坐上來。「打了招呼，還怎能瀟瀟灑灑地隻身遠赴邊關？」

武英平常很聰明的，可他再怎麼聰明，也聯想不到褚翌出城後的遭遇，聽見隨安這麼說，鬆了一口氣，卻又替褚翌緊張起來。「九老爺怎麼一個人走了？這一路豈不是要餐風露宿？」

馬車裡的褚翌氣得不行。老子在你眼中就這麼不濟？還有隨安，喊嫂子喊上癮了是吧？小姪子快保不住了是吧?!

好在，城門口的異樣他也感覺到了，所以一直沒有出聲，冷眼看著隨安演戲。

馬車行到柳樹街，隨安剛回頭要喊「九老爺」，就聽褚翌壓低了聲音。「後頭有人。」

她立即坐正了，武英也聽出車裡的褚翌聲音，渾身一震，吃驚地看著隨安，隨安繼續笑著。「我出去這幾個月，老夫人可還好？老太爺可好？」

武英一直跟不上戲，全靠隨安出色的演技撐場子。

好在武英最後終於被隨安拉回一點智商，到了老夫人名下的藥堂，主動進去打點，不一會兒，那掌櫃便親自出來開了大門，將隨安及馬車迎了進去。

藥堂店內有人走到連著院子的門口，往裡頭探頭探腦。

隨安渾身一凜，站在馬車前抓著掌櫃的衣袍就跪下了，號哭著。「大夫，您一定要救救我的小姪子啊！」

聲音太過撕心裂肺，連樹上的鳥都嚇得撲著翅膀飛走了，兩根羽毛飄飄蕩蕩地落在武英頭上。

藥堂的掌櫃也看到那些進來內院看熱鬧的人，頓時攆人。「這種事有什麼好看熱鬧的?!」又吩咐藥堂裡的學徒。「去請保和堂的徐大夫，還有廣善堂的劉大夫，這兩位都是擅長婦科的，請過來探探脈吧！」

吩咐完這些就關上藥堂連接內院的門，然後小心翼翼地請褚翌下車。

褚翌不肯下來，他像關在籠子裡的困獸，憤懣地低聲喝隨安的全名。「褚隨安！」

隨安跟他心有靈犀，聞言忙跟掌櫃解釋。「敵暗我明，九老爺做了些偽裝，麻煩您跟武英先迴避一下。您只跟我說讓九老爺住哪裡，我伺候九老爺進屋就行。」

掌櫃的表情有些複雜。九老爺失蹤的事他也聽說了，還打發兩個兒子去府裡聽使喚，沒想到九老爺回來是回來了，卻不僅受了傷，這其中似乎還有極大的內情。

他或許不必聽一個小丫鬟的話，但這個小丫鬟若是代表九老爺，那他自然是要尊重九老爺的意思。

「後罩房那邊最安全穩妥，裡頭也乾淨，不如請九老爺先暫住在那裡。」

隨安也不用褚翌做出決定，連忙點頭。「行。」

掌櫃跟武英都轉過身，背向馬車。

褚翌已經將紗帽扯了下來，他右臂受傷，左手沒有右手靈活，衣裳只扯開了卻沒脫下來。

隨安上前扶他。「您慢點。」說完發現自己話裡又帶了諂媚，手上則快速地幫褚翌將外衣脫了下來。

褚翌自然也聽出她話裡的情緒，深深看了她一眼，率先往剛才掌櫃指的後罩房的夾道走去。

隨安恨不能捶自己兩下。別的穿越女不是發家致富奔小康，就是自強不息、勇登人生高峰；或者翻手為雲、覆手為雨玩弄權勢，為何到了她這裡，卻這麼奴性堅強？這才伺候了一日一夜，她好不容易找回的氣勢一進京就蕩然無存，就像築基期大圓滿的修真者，眼瞅著就要結金丹了，卻失敗，一下子又掉階回到煉氣期，還被褚翌拿住自己把柄，簡直就是盲人騎瞎馬、夜半臨深池，不能再衰了！

她就是再有戶紙，也無力對抗褚家；至於她救了褚翌的事，從來也沒想過能從中得到好處。老太爺是非不分，褚翌睚眥必報，她跟他們要好處？

掌櫃的機靈，很快就送了熱水跟衣物進來，跟武英一直等著隨安叫進才敢進門。

武英一聲驚呼，抬頭一看，不由自主地往前走了兩步，臉色蒼白道：「這是軍中重弩所傷！」他上前仔細打量褚翌的傷勢，又小心地按了按傷口。「雖然上藥縫合，可裡頭已經化膿，要把膿水弄出來，否則以後這肩膀就廢了。」

隨安羞愧地垂頭。

褚翌淡淡瞥了她一眼，而後吩咐掌櫃。「你先把外頭的事處理好，我這裡不著急。等那兩位大夫來，要仔細應對，實在不行就找個女子遮掩了容貌讓他們把脈。」

掌櫃都一一地應下。「那小的先下去處理這些事。」

他早年也跟著老太爺在軍中待過一陣子，那時候老夫人跟老太爺還算情濃，捨不得老太爺死在戰場上；後來八爺出生，老夫人就把他叫回來。這一晃都過去近二十年了，他在這藥堂對外的名聲是精於風寒、風熱、辯證，可誰又還記得他也是精於外傷治療的呢？

褚翌打發了掌櫃，又打發武英去門口守著。

武英應「是」，然後快速退下。

隨安讓熱水降溫，然後放到褚翌身邊。「您喝口水。」

褚翌左手握住杯子，杯子上的餘溫燙得他心口彷彿也跟著發熱，他看了隨安一眼。「我的傷口妳處置得已經很好了，比軍中的一些軍醫都好，不用自責。」

隨安聽了他的安慰，莫名眼眶發酸，悶聲悶氣地「嗯」了一聲，聲調都有點變了。

褚翌喝了口水，把胸腔裡升起來的咳嗽壓下去。她的情緒，他自然也感覺到了，這便是他要的結果。她不是怕性命不保，怕生不了孩子嗎？他便慢慢地溫存了她，看她還捨不捨得離開自己？

心頭漣漪微微蕩過，他繼續說道：「我接下來的話，妳聽仔細了，然後回府，只說給父親、母親兩個人聽……」

隨安越聽眼睛睜得越大，本已疲憊不堪的身子像是瞬間被打了雞血，這種狗血的劇情都能被褚翌遇上，說他什麼好呢？天命所歸？

「太、太子本就耽於享樂，若是身邊再有些壞人惡意攛掇，太子以後做出的決定豈不是要禍國？」

褚翌讚賞地看了她一眼。他就知道，隨安的想法有時候會跟自己不謀而合。

隨安將他說的話快速複述了一遍，褚翌聽完，點了點頭。「我不再回家了，在這裡養幾日傷，等傷口好了就直接去華州。父親、母親也不必即刻就來，總要等完全安全了再說。」

隨安將雙手都絞到一塊兒。那她呢，能不能真正地放她自由啊？

似乎聽到她的心裡話，他平淡的語氣添加了三分冷淡。「至於妳，我會給母親休書一封，讓妳不要做通房丫鬟，先跟著母親學學，將我的那些產業管起來。」

隨安一時五味雜陳。她為了逃跑醞釀了那麼久，沒想到才短短兩個多月就不得不回到原地，還是自投羅網；然而褚翌這樣的安排，將來她要脫身的話，只要藉口年紀大了，讓父親進府求一求，說不定老夫人真就准了。

「那我要怎麼說自己在半路遇到您的事啊？」他們總得對好口供，免得將來洩漏消息。

「就說我把妳送到了一個莊子上，母親知道妳救了我，不會過於追究的；她若問妳詳細的，妳只說自己什麼也不知道就是。」

隨安應「是」。

等她叫武英從外頭走了，褚翌的氣勢才卸了下來，像個真正的病號，咳嗽不停。咳嗽雖然牽動傷口，可不咳嗽更是難受。

掌櫃的過來覆命。「兩位老大夫都是精於養胎、名聲在外的，把了脈都說孩子沒了。」他看了褚翌一眼，覺得褚翌對待隨安很不同。「隨安姑娘求兩位大夫開藥，藥方裡用到黃芪跟阿膠。隨安姑娘說，家裡值錢的都變賣乾淨了，這藥太貴，武英在一旁說不如回府去求求老夫人，老夫人最是心善，沒準兒會賞些什麼？兩位大夫出門，小的都派了人送他們，果然回來後都說有人打聽這次看病的事。」

褚翌眼神一睇。看來是事蹟揭露之後，他們也認定自己是從京城出來的，又因為褚家找他的事沒瞞住人，這是懷疑上他了。

掌櫃一邊說話令褚翌分神，一邊麻利地用在燒酒裡泡過的剪刀，將他的傷口上縫合的桑皮線剪開，動作做起來比隨安強了無數倍。

見裡頭的肉也縫合了線，還讚了隨安一句。「隨安姑娘竟然知道將裡頭的肉也一層層地縫上，想當年小的做軍醫的時候，還以為將外頭的皮縫好就好了呢！」

用了麻沸散，褚翌沒覺得痛，只是聽他偶爾說起隨安，覺得心裡又麻又癢。隨安確實不一般，換做別的丫鬟，誰敢連夜上路將他送回上京？誰敢一點點從他的皮肉之下將箭頭挖出來？誰敢大聲地對他吼不要做通房，也不做姨娘？

說她膽子大、志氣高，她又龜縮在一個莊子上，他現在不查，不代表以後不會查，她若是好則罷，不好，這就是一輩子的把柄。

一會兒又想太子如此不堪，不知道皇帝的其他兒子們怎樣？賢妃生的三皇子，淑妃生的四皇子，可惜這些皇子平素都不大出宮，也沒多少消息傳出來；皇帝倒是到哪都帶著太子，所以在外人看上去，太子地位很高，遠遠高於他的其他兄弟姊妹。

「接下來要給您擠出膿血，有些痛，您忍忍。」掌櫃的說完就兩手使勁擠壓。

他之前在傷口外頭貼了幾張草紙，褚翌左手按住草紙，膿血出來，很快就被草紙吸收。

一連用了十來張草紙，掌櫃的更是出了一身汗，見褚翌一聲痛都沒喊，心裡佩服至極。

第二十九章

重新上藥，包紮傷口，先前在屋裡熬的藥好了，褚翌喝下，汗水立即從額頭上冒出來。

「過兩刻鐘，您再喝些粥。」

至此，麻沸散的藥效過去，褚翌方才覺出痛，他問：「這樣的膿血還需擠多少回？」拆了線再縫合，實在太麻煩，他想盡快趕回邊關。

掌櫃一邊擦汗一邊道：「以後就不用跟今天似的這麼麻煩了，明天看看傷口癒合情況。幸虧那箭頭早就拔了出來，否則整塊皮肉潰爛，就需要挖出肩頭的肉才行。在戰場上，中箭尚未死的人，通常都會因為救治不及出現險情，冬天還好些，要是趕上夏天，傷口一旦腐爛，離死也不遠了。九老爺這次做得就很好，保住命才是最重要的。」

褚翌點了點頭。這傷口能像如今的樣子，多虧了隨安，不過他不打算誇她，免得她眼睛長到頭頂上去；何況若是沒有這兩天的經歷，他竟不知道她心裡存了那麼多小心思。

就算她害怕喝避子湯，可就因此遠遠地逃開也著實可惡！可恨他還與她抵足而「眠」、談天說地，引以為知己！

褚翌完全不覺得自己脾氣陰晴不定，才使得隨安不敢說心裡話。

他淺淺咳嗽了兩聲，覺得喉嚨比之前舒服了，跟掌櫃說道：「你把馬車上的東西都拿過來。」

掌櫃出去親自辦這件事。

褚翌暫時將隨安的事放到一旁，專心想朝堂上的事，想父親知道李玄印擁兵自固之後有什麼打算？

隨安跟著武英一路走到褚府角門。

武英遲疑道：「隨安姊，妳要不要換身衣裳？圓圓現在在書房小院裡。」

隨安看了看自己，搖了搖頭。她風塵僕僕才有說服力，若是進門先去換衣裳，落在老太爺眼裡，說不定又是一重罪過。「事不宜遲，先見了老太爺跟老夫人再說。我這樣，徵陽館可能進不去，你進去通報的時候就說我遇到了九老爺，九老爺讓我進城跟家裡說一聲，他已經去了華州，另外還交代了我一些話要親口轉述。」

武英不解。「九老爺明明在上京……」

「你也看到他受了很嚴重的傷，因為這京裡有人對他不利，所以才不得不遮掩身分進京。你放心，我會偷偷告訴老太爺跟老夫人的，主子們自然會有所安排。」

武英聽了最後一句就放心了，又道：「隨安姊，等妳見過了老太爺跟老夫人，一定要給我講講這兩天的事，還有這段時日妳都在哪裡啊？」

隨安一頭冷汗。「這個以後再說。行了，你快進去給我通報。」推著武英往前。

武英進了門，她則垂頭站在門口，不時有小丫鬟經過，瞧她一眼，可她這會兒疲累上來，才想起自己也是兩日一夜沒有睡了，腦子裡暈乎乎，思緒也飄得虛虛浮浮。

沒過多久，紫玉就匆匆出來，沒等隨安行禮，一把拉過她的胳膊。「快跟我進來。」溫暖的春風夾雜脂粉的香氣撲到她臉上，本是安逸溫煦的氣氛一下子將她理智拉回。她進了門，跪在地上冷靜地開口。「隨安給老太爺、老夫人請安。」

上首無人叫起。

隨安心裡並不懼怕，既然走到那一步，就不可能再倒退回去，救命之恩她可以不要，但她先前所得，也不希望被褚府眾人無視，然後繼續當這府裡的奴婢。

褚府老太爺或者老夫人給她的威壓，也不過是使她更為冷靜，她躬身以額貼手靜靜地跪俯在地上。「賊人亂京之前，婢子得到九老爺恩典，得以脫籍出府，在臨近雅州的一個莊子上討生活。就在昨日，婢子正在官道旁學著駕車，沒承想巧遇九老爺，九老爺留了幾句話，讓婢子轉告老太爺跟老夫人，請老太爺跟老夫人屏退眾人，容後稟報。」

她說完繼續跪在地上，沒有抬頭，但知道屋裡眾人的目光都落在自己身上，其中不乏許多不滿意的目光。

「老夫人，這隨安失蹤兩個多月，再回來卻拿著雞毛當令箭，依老奴看，定是她狐媚了九老爺，才脫了奴籍；現在聽見九老爺不見了，所以過來府裡看是否有機可乘，這奴婢的話不可盡信！」

屋子裡響起一個僕婦的聲音，隨安沒聽出是誰，不過這話裡的惡意倒是聽出來了。她不著急辯解，想聽聽老太爺跟老夫人怎麼回答？

德榮郡主看著老夫人的臉色，低聲咳嗽一聲。「母親，您為了九弟也擔了一夜的心，兒媳去幫您煮碗杏仁茶吧！」

老夫人露出個微笑，點了點頭。「小九不懂事，讓你們這些做哥哥、嫂嫂的跟著擔心，他下次回來，我定然要給他個教訓，讓他知道這家門出好出，進難進。」

隨安一動不動，將這些話聽在耳裡。心道，我若是個小氣的，就把這話傳給妳兒子聽，有這樣不分青紅皂白的父母，難怪褚翌脾氣跟著陰晴不定。

德榮郡主因地位最高，她說了要離開，其他人自然也都站起來往外走。

剛才說話的王嬤嬤沒走。她是老夫人的陪房，也是蓮香的親娘，蓮香沒當成九老爺的通房，又被九老爺壓制，匆匆忙忙地隨便嫁了個廚房管事的姪子，男人不務正業，把王嬤嬤恨得不行。她不敢恨九老爺，就恨上了九老爺看中的隨安。

「老夫人，您可不能聽她的。」她喘著氣道：「若是只留下您跟老太爺兩人，誰知道她會不會行那不軌之事？」

隨安暗自撇了撇嘴。她又不是刺客，能對老太爺跟老夫人行什麼不軌？再說就是她腦子進水刺殺了這兩人，要怎麼出這褚府？

王嬤嬤卻越說越急躁，她本想惹得隨安跟她分辯幾句，借著這個由頭繼續在老夫人面前上點眼藥，可隨安一句不說，顯見是個心思陰沈的！她更怕隨安借了九老爺的勢，趁勢回府。

要知道，老夫人給九老爺這次安排的兩個通房，九老爺可是一個都沒有收用，若不是心被眼前這小蹄子拴住了，能看見美人不心動？

這便過去一刻鐘，隨安只是靜靜趴跪。說實話，她於跪地一事，特別地入鄉隨俗，若是一味威武不屈，這會兒恐怕墳頭的草都能高過屋了。

老太爺瞥一眼王嬤嬤，對於她覺得這丫頭能對他們夫妻造成傷害一事十分不滿。他雖然年過花甲，可尋常的壯年男子也少有能打過他的，更別提隨安這單薄的小丫頭片子了。

「都出去，且先聽聽九哥兒不辭而別有什麼由頭？」老夫人拿著帕子抿了抿唇。「不管怎麼說，他這樣不說一聲就跑出去，明白的知道他一心為國盡忠，那些糊塗的還不是想怎麼敗壞他的名聲就怎麼來，他也太任性了。」

這話說得有些重了，老太爺剛要說話，看見妻子目光緊緊地盯著隨安，他也看過去，只見隨安仍舊平平穩穩，一絲也沒有動——她若不是有底氣，聽到老夫人這樣的話，就該辯白幾句。

想到這裡，他立即道：「沒聽見我的話嗎？都出去！我倒要看看這小丫頭有什麼說辭！」

屋裡伺候得很快都下去了。

「妳可以說了。」

「是。」一來的路上，隨安已經思考過自己要說的話。「婢子先前所說九老爺已回華州是無奈之舉，因為九老爺受了箭傷，現在進京，安置在老夫人名下的柳樹街藥堂裡。」

老夫人一聽褚翌受傷，只覺眼前一黑，先是心痛，之後緊跟著怒氣上湧。「妳該死！怎不早說！」

隨安抿了下唇，告訴自己，這就是上位者，他們擁有權力，所以可以不講理，明明她一進來就說了要單獨回稟，他們卻一味地防備施壓，這也虧得不是讓他們救命，若是這般耽擱，早見閻王了。

「婢子不敢早說，因為九老爺受的傷雖然暫且無性命之憂，但他捲入的事件卻非小事，若是不慎走漏消息，後果不敢想像。老太爺請看，這是九老爺身中的弩箭。」

她直起身打開擱在地上的小包袱，一支比嬰兒手腕略細的軍用弩箭露了出來，箭頭上還帶著已經乾了的血跡。

老太爺心中大震，顧不得端架子，從上首快步下來，一把拿過箭支。「這是軍中重弩，沒有五石弓根本拉不開。妳說褚翌他沒有性命之憂，是誰給他取的箭?!來人！」

隨安揚聲阻止。「老太爺！九老爺出事跟東宮太子以及肅州節度使李玄印有關。」

老太爺沒有接話，注視著手中的箭支，表情陰晴不定。

老夫人這才明白剛才隨安為何堅持要將人都遣走，不禁有些後悔。她自以為了解兒子，便如剛才王嬤嬤言下之意，她也以為褚翌不告而別是去看隨安了，誰知道他是出了大事！隨安接下來的話，教她這後悔更是放大數倍不止。

「接下來的話，是九老爺跟婢子說的，說只說給老太爺跟老夫人聽。他前日一早出門，騎馬出城，去了靈隱寺……」

她怕外頭有人聽見，聲音極低，可落在上首的兩人耳邊卻如重錘擊心。

老夫人恍了恍神，聽見自己聲音。「那他是如何逃脫的？」

「不知是如何逃脫的？見到九老爺的時候，九老爺已經半昏迷，正從馬上滑下來，渾身擦傷。婢子救了九老爺，把箭頭挖出來……到進上京的時候，已經可以坐在馬車裡。婢子在城門遇到武英，假裝是帶著家中嫂子進城求醫，直接將人拉到了藥堂……」

老夫人不知兒子在外頭有如此一番遭遇，這一日一夜竟比他上戰場還多了幾分凶險，不禁唸了一聲菩薩保佑！

她也算知恩的，不再是先前看隨安那厭惡的眼神，立即親自倒了一杯茶，又將隨安扶了起來。「好孩子，我以前沒有看錯妳，喝口水。」離得近了，才發現隨安也是眼下發青，嘴唇起皮，便拉著她的手將她引到一旁的太師椅上。「妳快坐下，這次要不是遇上妳，九哥兒……」

「婢子受了九老爺大恩，得以脫籍，一直苦無報答的機會，天意如此，也是九老爺平日為人仁善，所以安排了婢子正好遇見九老爺。」說到褚翌「仁善」的時候，她連停頓都沒有，聽到老夫人耳朵裡就格外順心順意。

她拍了拍隨安的手。「我早就說過妳是個好的。九哥兒他現在怎麼樣了？老太爺，咱們什麼時候過去看他，還是悄悄地命人將他接回來？」

上位者的變臉，隨安早就有了覺悟，道：「那藥堂的掌櫃最擅長外傷，九老爺現在有他照顧，應該無虞。」

老夫人點了點頭，返身坐回上首。「是了，他早年也曾做過軍醫，我都把這一茬給忘記了。」

兩個人妳來我往說了不少話，旁邊站著的老太爺一直神色多變，卻無他言。

隨安想了想，便把褚翌那些不回府的話都悶下，等著看老太爺做何決定？

「此次雖然東蕃進攻，朝廷上下譁然，然而保住華州之後，歌功頌德聲，諂媚往上聲，日日不絕於耳，我以前征戰在外竟不知道朝堂到了如此地步……」老太爺的聲氣漸漸低沈。

隨安垂首不語。在老太爺未班師之前，她也是將他當成國之英雄崇拜過的，可她不是佛子，也沒用佛心，無法在老太爺不分緣由打了自己一頓之後，還對老太爺有任何好感。

老太爺感嘆完，又罵了幾句李玄印亂臣賊子。這期間隨安都沒有動靜，彷彿屋裡只有他跟老夫人兩個人，他不免要將目光落在隨安身上，仔細打量她。

他是個武人，一貫不擅長跟女人們打交道，自己有過兩個閨女，年紀也都三、四十了，其中四姑奶奶前些年病死，五姑奶奶是婢女所出，也早就嫁人，說起來，老太爺都不太記得這兩個閨女的模樣。而之後，也就大房人丁興旺些，老六那邊娶了李氏娘家表妹，沒有孩子也沒什麼特出；老七娶的德榮倒是目光明亮，人也機警，但那與她自小就處的尊貴環境有關，所有人都捧著，所以特別自信。

便如隨安這樣，小小年紀，遇到事能拿定主意，鎮定從容甚至滴水不漏，老太爺在軍中的兵士身上都少見。

老太爺是帶兵打仗的人，他很清楚什麼樣的人能培養起來，放到軍中什麼位置。

不過隨安再穩重，到底是她帶來的消息更為重大。

「妳說城門那邊查得嚴？」

隨安雖然走神兒，一聽這話就知是問自己，連忙答道：「是，聽說城門處平常有四個兵卒，今日進城時有十六個人，且個個帶刀。」

老夫人著急。「難道真的是找九哥兒？」手裡的帕子攥成一團。

老太爺正要說話，外頭響起徐嬤嬤的聲音。「老夫人，大老爺過來了。」

老夫人道：「叫他進來，也多個人商量商量。」

老太爺本想點頭，卻突然問隨安。「褚翌還有其他交代嗎？」

隨安早已疲累不堪，此時不過強撐著，好在剛才坐在椅子上，又喝了一杯水，稍微緩過一些精神，聞言站起來道：「九老爺的意思，既然一開始在城門那裡說了他已經去華州，他就要盡快回去，褚府更是不能回了，免得有心人打聽出來，以此推測知道他聽了秘聞，對褚家不利。」

她又看了老夫人一眼。「婢子剛才未說，是因為九老爺雖暫無性命之憂，但傷勢著實不輕，他不僅中了箭，還從那巨石上頭跌了下來，背上青紫一片，可以說趴臥都痛，婢子度九老爺的意思，大概是怕老夫人見了心痛。」

一句話說得老夫人眼中淚水滾洛下來。「這孩子自來不教人省心，卻偏是個孝順的，讓我想罵他幾句都捨不得……」

隨安垂首，默默唾棄了一下自己。她這見人說人話、見鬼說鬼話的本事是越發地見長了。

老太爺卻又接著問：「妳呢？妳接下來有什麼打算？」

第三十章

隨安吃驚。老太爺是太尉，怎麼會關心一個脫籍的婢女？她張嘴就想說「自然是回家侍奉父親」，可話到嘴邊，想起自己也算是聽過秘聞的人了，褚家絕對不會讓她置身事外。她向老太爺望去，就見他也正雙目沈沈地看著自己，彷彿她一回答得不對他的心意，就能立時斃命在這裡似的。

只不過片刻，她就有了決定，與其跟這些人兜兜轉轉，你來我往，還不如自己博一條路出來。「九老爺的意思是，婢子以後伺候老夫人，可婢子心裡也有些其他想法。」

「哦？」老太爺看了一眼妻子。「妳也算九哥兒的救命恩人，有什麼想法直說。」

「婢子進城的事，落在有心人眼裡，若是那些人這幾日都沒有查到當日偷聽的是誰，那麼，不免有人會開始往前懷疑，在藥堂時已有人闖進後院打聽。婢子想，若是依照尋常行事，婢子帶了嫂子進京求醫，求醫不成，婢子還要再出京，也好把這事圓起來，可九老爺並沒有這樣吩咐，這也只是婢子的一點淺薄見識。」

老太爺哈哈大笑，往前兩步重新坐回上首。「沒想到九哥兒得了一個忠僕，難得地還有幾分機智！」

這話雖然聽起來像是誇獎，卻也帶了幾分上位者對下位者的蔑視，是誇獎不假，更是告誡。

隨安深吸一口氣。既然決定要闖一條生路，就不能半途而廢，老太爺的笑聲只不過是給她更多的清醒。「九老爺一心為國，只願馬革裹屍，卻不喜這些朝堂上的勾心鬥角。這事九老爺只讓婢子告訴您兩人，意思就是他想從這件事裡全然地脫身。六老爺、八老爺現在俱都在華州，九老爺也即將奔赴華州，若是此等密謀由褚家揭露出來，不僅讓人知曉當日偷聽的就是九老爺，而且在華州奮勇殺敵的褚家軍肯定也會受到重創，東蕃、李玄印、太子這邊屆時會是什麼境況，婢子見識淺薄，實在想像不出……」

李玄印擁兵自固的想頭若是由褚家暴露出來，他一定會將矛頭先對準褚家；不說他現在還沒有擁兵自固，就是形成事實，朝廷裡也不是沒人向著他，屆時群起而攻之，褚家當了出頭鳥，就要有被人打下來的覺悟。

老夫人沈思片刻，反應過來，急急對老太爺說道：「隨安說的……」

老太爺的目光總算多了幾分鄭重，他抬手止住了妻子的話，輕聲對隨安道：「妳這兩日辛苦了，讓徐嬤嬤給妳安排住處，先下去好生歇歇。」

隨安明白他的意思。在老太爺這裡，她就是一缸清水，一目了然，而褚家肯定會有許多機密要事，那就不是她一個外人能夠摻和的了。所以她把她的底反兜給人看了，就可以滾蛋，妄圖去看別人家的底，她還沒有這樣的能力。

雖然，她的確也沒想著摻和過。

想到這裡，她便再行一禮。「那婢子先下去了。」

老夫人給老太爺使了個「我下去交代一下」的眼神，老太爺點頭表示了解。

屋子外頭站了不少人，王嬤嬤的眼神比徐嬤嬤還要急切，她恨不得老太爺當場就把隨安拆了。

隨安一看，發現多了不少陌生的面孔，不過也有善意的。

老夫人本想叫徐嬤嬤，轉念一想，徐嬤嬤若是出去辦事，留下王嬤嬤在這裡，老太爺現在不計較，若是看見王嬤嬤說不定就想起她先前那些話。其實就是老夫人自己，現在也有點不喜歡王嬤嬤了，覺得還是隨安這樣的，確實忠心可靠，就算脫了籍，也還是把褚翌當成主子，知恩圖報。

隨安要是知道老夫人現在這麼想她，一定在心裡給自己比個中指。

「隨安這兩日趕路辛苦，妳帶她下去梳洗一下，給她拿些乾淨衣裳，去我的小廚房裡讓人給她做些愛吃的；被褥也拿床最近曬過的新被褥……」老夫人叫了紫玉在跟前，事無鉅細地吩咐。

王嬤嬤在一旁聽了，眼珠子差點掉出眼眶。她就說隨安狐媚，這不連老夫人都迷住了！王嬤嬤告訴自己一定要沈住氣，但心裡雖這樣想，可眼睛還是不住地睃著徐嬤嬤。

徐嬤嬤比較淡定，她已經知道隨安帶來九老爺的消息，老夫人現在這樣對待隨安，那肯定是隨安值得這麼對待。

紫玉高高興興地大聲應「是」，老夫人臉上露出一個淡笑，拍拍隨安的手。「好孩子，妳先歇歇去，等醒了咱們再說話。」有關兒子事，她就是聽一百遍也不厭煩，何況還是受了重傷。

紫玉挽著隨安的胳膊。「我早知道妳是個好的，不像某些人所說，哼！」

隨安點頭。「紫玉姊姊一向最知道我。」

「那是，咱們多少年的交情，若是這點分辨沒有，我寧願把眼珠子摳出來！」紫玉笑著道。

紫玉是大丫鬟，她的房子在後罩房裡最好的一間，吩咐下去，不一會兒浴桶裡的熱水就滿了。「妳先洗洗，洗完正好出來吃飯。九老爺這一日不見，咱們都沒有吃個囫圇飯，總算有了消息，還得多謝妳讓大家吃頓安心飯呢！」

「姊姊說得我要無地自容了。」隨安連忙討饒。

紫玉還要再說幾句，見她眼下確實發青，也不再鬧。「妳快洗好了，吃完飯趕緊睡覺，睡醒了，我這裡還有一籮筐話要問妳呢！」

隨安果真飛快地梳洗了一番。她嫌棄自己灰撲撲，連頭髮也洗了一遍，出了浴桶，總算能深吸一口氣。

「飯菜是我看著要的，也不知道哪些妳喜歡？」紫玉遞給她筷子。

隨安的眼睛盯著眼前的四菜一湯。「等我吃完再告訴姊姊答案。」

紫玉哈哈大笑，結果兩人像是比賽，把幾道菜都吃了個乾淨，隨安只覺得自己胃裡撐得難受，慢慢地走著消食。

紫玉也吃得太飽，可她前面還有事。「我給妳留下杏兒，妳若是有事就吩咐她，等消食後就好好歇歇。」

隨安應下，看著叫杏兒的小丫鬟收拾好飯碗，她又繼續走了一刻鐘，才算緩過勁來。

紫玉去而復返，嘴裡的笑都合不攏。「老夫人聽說妳吃撐了，笑得不行，叫我給妳拿了兩丸消食丸來。」

隨安沒想過要做個完人，聞言一面做「羞愧」狀，一面又忍不住跟著傻笑。

紫玉打開帕子，看著她嚼著吃下，這才又回去前面覆命。「不跟妳多說了，老夫人說明日要去大成寺上香，現在前面正亂著呢！」

隨安琢磨，老夫人大概會藉著去大成寺的機會乘機看看九老爺。

她實在疲累至極，摸著頭髮乾得差不多，就側身睡在榻上，連紫玉半夜才回來都沒有驚動她。

她睡了個好覺，可在藥堂坐臥都難受，不得不側身勉強歇著的褚翌，卻將她翻來覆去地罵了一夜。

傷口那裡本來是脹痛，還能忍忍，可擠出膿水後，重新上藥就好似被火烤一樣，喝了藥也不管用。武英倒是過來伺候，可是他來這裡還不如不來——也不知他幾天沒好睡了，夜裡的呼嚕震天響。

褚翌自是將這件事也記到了隨安頭上。

當然，讓他住在藥堂這事，還是安排得比較有道理的。城門那些窺伺的眼光他也感受到了，而且因為他就是當事人，心中的震動其實更大。既然嚴查城門，代表他聽到的消息，無論是對李玄印還是對京中的某些人來說，都是大事。

然而他根本不知道那兩人的身分，偷聽也沒偷聽幾句，除了那句李玄印資助了東蕃五千石糧草，其他的只要沒有事發，他說了也得有人相信啊！

他又埋怨隨安。進了府說完話就應該趕緊回來，她倒好，一去不回，這是忘記她還有個已經「小產」的「嫂子」了！

老太爺這一夜卻沒怎麼合眼。他派遣心腹替自己看了一眼褚翌，確定兒子確實如隨安所說「暫時無性命之憂」之後，就緊急召集了幕僚議事。

當然，他的心腹幕僚可不是林先生這種貨色。

「雷先生先說，你說這個消息咱們要怎麼用？」他喝著老夫人親手沖的濃茶，急躁的心已經淡定下來。

雷先生想了想，道：「能不能安排咱們的人替九老爺頂了這件事，一來轉移那些人的注意力，二來咱們從暗處走到明處，也讓大家知道褚家是真正的忠君愛國，李玄印之流當真可惡。」

雷先生學的是孔孟之道，他聽說李玄印送給東蕃糧草，噁心得想吐，比聽說李玄印想擁兵自固還要噁心。

老太爺先前也是這麼想的，可褚翌的想法也有道理。「這事再想想，不是一天半天的事，我這會兒心裡也跟著亂了。李玄印勾結東蕃，北地的幾個州府……唉，縱然北地民眾比上京剽悍些，可那也是逼出來的，東蕃就是狼……」

雷先生深以為然，加了一句。「太子也太容易受人蒙蔽了。」

老太爺背過身偷偷翻了個白眼。太子簡直比他這個大老粗還蠢。

老夫人也沒睡，等聽了老太爺那邊傳來褚翌還好的話，她才長長舒一口氣。

看見紫玉，想起隨安，問了一句。「隨安怎麼樣了？」

紫玉忙行禮，上前扶著老夫人的另一邊胳膊，笑著答道：「早就睡著了，說那消食丸很管用，早知道就只吃一粒。」

說得老夫人笑了起來。「妳個促狹的，她這是餓的時間長，肚子裡空縮了，吃兩粒正好。好了，妳也回去歇著吧，明兒一早跟我去上香。」

紫玉看著一旁服侍的徐嬤嬤，咬了咬唇。她知道老夫人肯定要跟徐嬤嬤說心裡話，她也想被主子當成心腹中的心腹看待，她眼裡也是只有主子的；可老夫人的吩咐她不敢反駁，垂頭應「是」，捏著帕子看著老夫人跟徐嬤嬤走進徵陽館。

一轉身，看見在院門不遠處探頭探腦的王嬤嬤，她心裡又高興了。

王嬤嬤前幾日都說動了老夫人，眼瞅著就能管九老爺的錦竹院，紫玉當時心裡被嫉妒憤怒所困，可又沒辦法。這下好了，她雖然不清楚隨安是怎麼說動了老夫人，可看架勢，王嬤嬤今日絕對是惹了老夫人厭惡。就是王嬤嬤之後真管著九老爺的院子，等九老爺回來也沒好果子吃，也不想想錦竹院哪是那麼好染指的！

紫玉看著王嬤嬤上竄下跳，心裡終於體會到一點「妳過得不好，我就舒坦了」的心情，哼著小曲回了住處，又見隨安得了那麼大的臉面仍舊給她留了床，笑嘻嘻地捏了一把隨安熟睡中的臉蛋，逕自洗漱睡了過去。

隨安睡在紫玉床對面的榻上，五更天時醒來，噴嚏不斷，心裡嘀咕。這是誰在背地裡罵我？她這一夜鼻子時時發癢……

反正睡不著了，就悄悄起來，自己打水梳洗，才出了門，就看見武英過來。「隨安姊，可算找到妳了，我還以為妳歇在書房小院呢！九老爺叫妳過去。」

說到最後一句，把聲音放得極低。

隨安一拍額頭，她把自己小產的「嫂子」忘在藥堂了！

「我跟徐嬤嬤說一聲就過去。」

兩個人悄悄地趕到了藥堂。

褚翌臉色陰沈得像能滴下水來，當著武英的面毫不客氣地開罵。「妳還知道回來？」罵完又覺得不對，她不是知道回來，是他打發武英把她叫回來的。

隨安張了張嘴。昨天老太爺跟老夫人打發她去歇著，她要是說過來藥堂，那兩人還不以為她對他有企圖啊？

再說，她那時候餓了、累了，也忘了，不是親「嫂子」，實在沒記起來。

「您還沒洗漱吧？我去打水。」隨安覺得怎麼說都不對，乾脆來一招金蟬脫殼。

外頭掌櫃的已經親自提了熱水，準備了帕子、青鹽等，隨安也不過是接過來，然後轉身進去，打算把先前那一章揭過去。

褚翌磨了磨牙，完全成了一個超級大號嬰兒，只管著張嘴，支使得隨安團團轉，擦臉、擦手又擦身上，最後洗腳。

褚翌垂目看著她的小手圍著自己的腳丫子不住地揉搓，心中升起一種怪異的滋味，低咳了一聲，問：「昨天妳怎麼回的話？」

隨安換了一盆水，重新幫他用香胰子洗腳，拿布擦乾，這才一一回答。

褚翌不再做聲，心裡默默計較。父親肯定不會害褚家，他已經表明不想做出頭鳥，想來也不會強逼他，這樣一來，他明日就可動身了，或者今日換了藥就走；還有他的那些侍衛也得帶上，到時候約個地方碰面……

「我已經叫人連夜從莊子上找了個婦人，就安置在前頭院子裡，妳過了中午仍舊套車出門，裝作妳嫂子將她拉到廣平的莊子上。」

說到這裡，他有意一頓，就見她的臉色一點點地添上喜悅，明亮的眼睛像浸了水的黑曜岩，含著快活。

褚翌的心裡就像被蚊子叮了一下，又麻又癢，甚至還有說不清的一點酸意。她就這麼盼著離開他？

隨安心裡確實高興，她很想順勢回家，看一看爹爹。昨天武英已經說過，爹爹在褚府差點沒哭瞎眼，她擔心得不行，不看一眼實在不能放心。

褚翌卻沒對她接下來去哪裡再行處置，而是看著自己的腳淡淡說道：「腳趾甲有些長了。」

「我去借把剪子。」隨安立即道。他肯受人哄，她不介意哄他，只要他別再說那些什麼一日為奴，終身為奴的話。

她剛轉身，就聽他繼續道：「妳馬車上的東西掌櫃都拿進來了，我瞧著裡頭好似就有把剪子……」

隨安的寒毛一下子站起，根根站得筆直。

她怕那剪子戳傷人，特意用布包了，跟王子瑜給的那兩本珍本放進了包袱。

是主動自首，還是殺人滅口？

主動自首她沒有勇氣，殺人滅口她沒有力氣。

——未完，待續，請看文創風616《丫頭有福了》2

2018年3月出版

丫頭有福了

文創風 615～618

穿越也是門技術活！誰教她運不好，穿成一個喪母的小丫頭，
為了救治生病又沒謀生能力的父親，她也只好咬牙賣身去當丫鬟；
誰知自己會讀書識字的優點，當了丫鬟卻變成天大的缺點……

奴比主大 不服來愛／秋鯉

穿來這異世，卻成了喪母的小丫頭，還得養活百無一用又生病的書生爹爹，
也只能隨遇而安，找個人牙子把自己賣了，改去當丫鬟賺錢救父！
她秉持原則，既然來了將軍府、被九爺挑去當差，盡心做事就是了，
只是九少爺簡直是將軍府小霸王，發起脾氣連將軍跟夫人也要逃之夭夭；
偏她是書房唯一的丫鬟，主子不開心，倒楣的都是底下的她──

文創風 615

丫頭有福了 1

國家圖書館出版品預行編目資料

丫頭有福了 / 秋鯉著. --
初版. -- 臺北市 : 狗屋, 2018.03
冊 ; 公分. --（文創風）
ISBN 978-986-328-840-4（第1冊：平裝）. --

857.7　　107000508

著作者	秋鯉
編輯	張蕙芸
校對	沈毓萍　簡郁珊
發行所	狗屋出版社有限公司
地址	台北市104中山區龍江路71巷15號1樓
電話	02-2776-5889～0
發行字號	局版台業字845號
法律顧問	蕭雄淋律師
總經銷	知遠文化事業有限公司
電話	02-2664-8800
初版	2018年3月
國際書碼	ISBN-13　978-986-328-840-4

本著作物由阿里巴巴文學信息技術有限公司授權出版

定價250元

狗屋劃撥帳號：19001626

網址：love.doghouse.com.tw　E-mail：love@doghouse.com.tw